KB271860

중국 창족 서사시

중국 창족 서사시

중국 창족 서사시

中国羌族敍事詩

허련화(許蓮花) 편역

역락

창족 구전서사시를 읽는 즐거움

조현설(신화학자, 서울대 교수)

허련화 교수가 『중국 창족 신화와 전설』에 이어, 이번에는 창족 서사시를 번역 출판한다고 한다. 첫 번째 번역서의 추천사 <신화와 전설로 만나는 낯선 창족>에 이어 또 하나의 추천서를 쓰게 되니 동아시아 신화 연구자로서 기쁨을 금할 수 없다. 이런 번역 작업이, 향후 창족의 신화서사시와 문화에 대한 이해를 넘어 동아시아 신화서사시에 대한 안목과 비교연구의 편폭을 확장할 수 있으리라는 기대가 있기 때문이다.

화하족의 기원으로 여겨지는 창족은 <창거대전>, <무제주와 더우안주>, <츠지거부>, <송신우> 등의 4대 서사시를 비롯하여 다수의 서사시를 전승하고 있다. 한국의 무당(심방) 집단이 한국 무속서사시의 전승자이듯이 창족의 서사시 전승자는 스비로 불리는 샤먼이다. 이 책에는 창족의 4대 서사시를 비롯하여 <츠>, <러얼> 등의 영웅서사시를 수록하고 있어 연구자들의 비교연구를 자극하고, 독자들의 흥미를 불러일으킨다.

번역자가 미리 보내온 자료를 일별하니 창족 서사시에는 몇 가지 특징이 있는 것으로 보인다. <창거대전>은 창족의 창세신화를 담고 있는데 제목이 시사하듯이 창족과 거지인의 대결 화소가 나타난다. <비거뉴>에도 같은 세계관이 표현되어 있는 것으로 보이는데 천신이 창족과 한편이 되어 거지인을 물리친다는 서사시이다. 창세신화에 민족 간의 대립이 나타나는 경우는 드문데 창족 창세서사시에는 대립이 두드러지는 바 이는 창족의 역사성을 반영한 결과로 보인다.

<무제주와 더우안주>·<무제주와 란비와>는 천신의 딸과 지상 청년의 결혼 이야기이다. 이른바 인신혼 신화인데 대개 인신혼 화소는 홍수신화의 한 유형으로 동아시아 신화에 나타난다. 대홍수 뒤 혼자 살아남은 지상의 청년이 짝을 찾아 천상으로 올라가기 때문이다. 그런데 창족의 인신혼에는 홍수 화소가 없다. 홍수 없이 지상의 인물이 난제를 해결한 뒤 마침내 천신의 딸과 결혼에 성공한다는 점에서 특징적이다.

<츠>는 아주 특이한 영웅서사시이다. 영웅 서사의 주인공은 탁월한 능력으로 공동체를 위기에 빠뜨린 적을 물리치거나 부모의 원수를 갚는다. 그런데 창족의 영웅 츠는 복수의 열망을 앞세워 적진으로 행군하여 전투에 임하지만 승리하지 못하고 회군한다. <츠>는 복수에 실패하는 영웅신화, 실패한 복수를 싸움에 대한 부정으로 승화시켜 적과 친구가 되는 독특한 영웅서사시이다.

<송신우>는 중국 치수의 영웅 우 임금을 찬송하는 서사시인데 대우를 창족 땅에서 태어난 창족의 조상으로 표현하고 있다는 점에서 특징적이다. 이는 화하족의 신화적 영웅을 창족의 조상으로 내세움으로써 창족의 자부심을 표현하려는 것이다. 치수의 방법을 찾는 과정에서 대우의 배필이자 조력자로 투산의 창족 처녀를 내세운 것도 같은 취지로 보인다.

지적 도전을 촉발하는 허 교수의 이번 번역서는 해당 분야의 연구자들에게 큰 참고서가 될 것이다. 이 번역서를 통해 비교연구물이 축적된다면 창족에 대한 이해뿐만 아니라 한중 간의 문화 교류도 일층 성숙해지리라. 번역은 문화적 성숙을 위해 땅을 일구어 씨를 뿌리는 일이다. 번역의 괴

로움을 마다하지 않은 허 교수의 노고에 감사한다는 말을 추천사로 대신
하고 싶다.

2024. 6.

차례

창족의 역사·문화와 서사시

필자는 2009년 말 쓰촨성에 살게 된 이래 중국에서 가장 오래된 민족의 하나인 창족의 구전문학에 깊이 빠지게 되었다. 본서는 필자가 2023년 1월 역락에서 출판한 『중국 창족 신화와 전설(中国羌族神话传说)』에 이어 두 번째로 출판하는 창족 구전문학 번역서이다. 따라서 본서는 이미 출판된 『중국 창족 신화와 전설』을 함께 독서하면 의미 맥락이 더욱 분명하게 살 것이다. 이 두 권의 번역서로 창족 구전문학의 중요한 부분인 신화, 전설, 서사시에 대한 대체적인 번역 소개를 마친 셈이다.

1. 구름 위에 사는 민족

창족은 자칭 '얼마(尔玛)', '마(玛)', '르마(日玛)', '얼마이(尔麦)', '얼메(尔咩)', '르마이(日麦)' 등으로 부르는데 '본 지방 사람'이라는 뜻이다. 중국에서 창족은 '구름 위에 사는 민족'으로 불린다. 그것은 그들의 거주 지역이 대부분 고산 협곡 지대이기 때문이다. 창족 사람들은 대부분 고산이나 산 중턱에 수십 가구가 모여 부락을 이루고 산다. 부락마다 높고 견고한 망루가 세워져 있으며, 부락 주위에는 구름과 안개가 감돌고 노을이 비추는데, 이런 생활 모습은 '구름 위에 사는 민족'이라는 칭호에 잘 어울린다.

현재 창족은 주로 쓰촨성 아바장족창족자치주(阿坝藏族羌族自治州)의 마오현(茂县), 원촨현(汶川县), 리현(理县), 헤이수이현(黑水县), 쑹판현(松潘县)과 몐양시(绵阳市)의 베이촨창족자치현(北川羌族自治县)에 집거해 살고 있으며, 일부 쓰촨성 간쯔장족차지주(甘孜藏族自治州)의 단바현(丹巴县), 몐양시(绵阳市)의 핑우현(平武县) 및 구이저우성(贵州省) 장커우현(江口县)과 스첸현(石阡县)에 흩어져 살고 있다. 2021년 『중국통계연감』에 따르면 창족의 인구는 31만 2,981명인데, 이는 중국 56개 민족 중에서 28번째로 많은 것이다.

창족은 중국에서 가장 오래된 민족의 하나이다. 대량의 고고학적 문물은 창족 사람들이 5~6천 년 전 신석기 시대 때부터 이미 중국의 서북, 서부 지역에서 생활했음을 보여준다. 갑골문 복사(甲骨文卜辞)에는 '창(羌)'에 대한 기록이 거의 400개에 달한다. 한나라 때 허신(許慎)의 『설문해자(說文解字)』는 창족을 "서융(西戎)의 목양인(牧羊人)이며, 羌이라는 글자는 사람 '인(人)' 자와 양 '양(羊)' 자가 결합되어 이루어진 것"이라 해석했다. 이로부터 상고시대에 창족은 유목업이 비교적 발달한 민족임을 알 수 있다. '강(姜)'씨는 고대 창족 중 가장 먼저 유목 생활에서 벗어나 농업 생산으로 전향한 한 갈래로, "강은 창에서 나왔다.(姜出于羌)"라는 말이 있다. 중국 농업의 시조인 염제 '신농씨(神农氏)'가 강씨라고 전해진다. 신농씨는 토지를 갈아엎고 곡물을 파종하는 쟁기를 발명하여 중국 농경 문화의 효시를 이루었다.

중국 역사상 최초의 노예제 왕조인 하(夏)는 창족을 주체로 하여 세워진 왕조이다. 오랜 역사 속에서 창족은 선령창(先靈羌), 소당창(少唐羌) 등 수십 갈래로 발전하고 분화됐다. 진한(秦汉) 이래 창족은 사방으로 이주하였다. 『후한서·남만서남이열전(后汉书·南蛮西南夷列传)』에는 "염방이(冉駹夷)

　　　　　　　　　　　　　　　　　　　　　　중국 창족 서사시

는 무제가 개척한 것으로, 원정(元鼎) 6년(기원전11년)에 원산군(汶山郡)이 되었다. … 그 산에는 6개의 이(夷), 7개의 창(羌), 9개의 저(氐)가 있는데, 각기 부락을 가지고 있다."라는 기록이 있다. 위진남북조 시대에 남안창인(南安羌人) 요씨(姚氏)는 후진(后秦)을 건국하고 창족 및 중원의 각 부족을 33년간 통치하였다. 수당 시대에 티베트고원(靑藏高原)에는 당항(党项), 동안(东安), 백란(白兰), 서산(西山), 백구(白狗), 부국(附国) 등 창족 부락이 있었다. 이러한 부족은 대부분 다른 부족과 융합되었는데, 예를 들면 한족, 티베트족 등과 융합되었다. 소수 부족은 독자적으로 살아남아 발전하였다. 송나라 이후 남쪽으로 이주한 창족과 서산의 여러 창족은 일부가 티베트-버마어족의 여러 민족으로 발전하였고, 일부는 민강 상류 일대로 이주·번성하여 현지 주민과 융합되어 점차 오늘날의 창족으로 형성되었다. 명말 청초에 창족의 일부가 쓰촨성에서 구이저우(贵州)성의 퉁런(铜仁) 지역으로 이주했다. 이로써 현재 창족의 분포 구도가 기본적으로 형성되었다.

서기 11세기에서 13세기에 창족의 한 갈래인 당항창이 중국 서북에서 크게 발전하여 서하국(西夏, 1038-1227년)을 건국하고 서하문을 창제하였다. 본래의 명칭은 대하(大夏)이나 송나라의 서쪽에 있다 하여 송나라에서 서하라고 불렀으므로 지금도 이 명칭으로 불린다. 10대의 황제를 거쳐 189년간 존속하는 동안, 그 전기에는 요(辽), 북송(北宋)과 함께 삼국 정립의 국면을 이루었고, 후기에는 금(金)과 병립하였고 최종적으로는 몽골에 의해 멸망되었다. 서하 문자도 존재하였으나 서하국의 멸망과 함께 점차 실전되었는데 후세에 고고학적 발견에 힘입어 부단히 연구되고 있다.

중화문명의 발전사에서 창족은 중국 각 민족의 형성과 중화문명에 중요한 기여를 하였다. 3천 년 이상의 역사를 가지고 있고 여러 민족을 파생시킨 창족에 대해 중국의 저명한 인류학자 페이샤오퉁(费孝通) 선생은

'외부로 수혈한 민족'이라고 불렀다. 이는 창족이 오랜 역사 기간에 걸쳐 중국의 중원과 서남 지역에 흩어져 한족과 티베트족을 비롯한 여러 민족으로 동화된 역사적 사실을 가리키는 것으로, 창족의 발전사에 대한 적절한 평가라고 할 수 있다.

2. 창족의 종교와 스비

창족은 유구한 역사를 거치면서 종교 신앙과 민속, 스비 문화, 수공예, 무용, 음악과 문학 등을 포함하여 찬란한 민족 문화를 창조하였다. 창족은 일부 티베트 불교를 신앙하는 사람들 외에 대부분 원시종교를 신앙한다. 즉 만물에 영이 있다고 믿으며 조상숭배, 다신숭배 사상을 가지고 있다. 섬기는 신들로는 천신, 지신, 산신, 조상신, 가축신, 석장신 등 여러 신이 있는데, 그중 천신의 지위를 최고로 여기며, 특히 백석(白石)을 매우 숭배한다.

천신은 지역에 따라서 무바써(木巴瑟), 아바무바(阿巴木巴), 무비타(木比塔), 마베(马别) 등 다양한 명칭으로 불린다. 창족은 백석을 숭배하는데, 이는 창족 종교의 표징이 되었다. 그러나 지역에 따라서 백석신에 대하여 천신이라 여기기도 하고 가축을 관리하는 신이라고 여기기도 하며 모든 신의 상징이라고도 한다. 창족 사람들은 언제나 지붕이나 망루, 탑 위에 백석을 올려놓고 경배하는 풍습이 있다. 창족은 또한 신림(神林) 신앙을 갖고 있는데, 마을 위쪽에 신성한 숲을 남겨 두고 벌채나 방목을 금하며 매년 파종 이후 산신제를 지낸다.

창족의 무당인 스비(释比)는 저승과 이승을 연결하고 신령과 통하는 사람으로 추앙받는다. 창족의 스비는 대부분 남성이며 여러 가지 명칭으로 불리는데, 한족은 '단공(端公)'이라 부르며, 창족은 '쉬(许)', '비(比)', '스구(释

古)’, ‘스비(时比)’, ‘아바비(阿巴比)’ 등으로 부른다. 스비는 아버지로부터 아들로 세습되는 경우와 사도제(师徒制)로 스승을 모시고 배우는 경우가 있다. 스비는 스승을 모시고 기능을 전수받으며, 경문을 외우고 주문을 외우며 주술을 행할 수 있으며 산신제를 지내고 축귀, 치병, 안신, 초혼, 액막이, 벽사 등의 역할을 수행한다.

창족은 출생, 결혼, 장례 등 태어나서부터 죽기까지 모든 중요한 행사에 스비를 모시고 법사를 하며 병이 나거나 집을 짓거나 신에게 제사를 지내는 등 생활의 모든 면에서 스비를 떠날 수 없다. 스비는 창족 사회에서 사회적 지위가 높으며, 사제인 동시에 문화의 집대성자라고 할 수 있다. 창족의 문화는 주로 스비의 구전에 의하여 대를 이어 전해 내려왔다. 스비는 창족 사람들의 정신적인 지도자이고 스비 문화는 창족 전통문화의 핵심이다.

스비는 법사를 할 때 보통 양가죽으로 된 옷을 입고 원숭이털 모자를 쓰며 양가죽 북을 두드리고 신장(神杖), 방울 등 법기를 사용하며 법기에는 각종 짐승의 털, 양의 뿔, 구리 조각 등을 달아 놓는다.

창족은 언어는 있으나 문자는 없다. 문자에 관련하여 재미있는 전설이 있는데, 원래 창족은 문자가 있었다고 한다. 스비의 시조가 자작나무 껍질에 경문을 적어서 제자한테 주고 천계로 돌아간 후 하루는 제자가 초원에서 경서를 보다가 피곤해서 잠이 든 틈을 타서 흰 산양 한 마리가 그만 경서를 다 먹어버렸다고 한다. 경서를 잃은 제자 스비는 경문에 대한 기억을 상실해 경을 부를 수 없게 되었다. 스비가 애가 타서 울고 있는데 금사후(金丝猴, 들창코 원숭이)가 나타나서 흰 산양을 잡아 그 가죽으로 북을 만들어 두드리면 경문을 기억해 낼 수 있을 것이라고 알려 주었다. 그 말대로 했더니 과연 기억을 되찾고 경을 부를 수 있게 되었다. 원숭이를 기념하기 위하여 스비는 원숭이털로 모자를 만들고 원숭이 꼬리로 모자 위에 세 개의 뾰족한 모양을 내서 쓰게 되었다. 이것이 스비가 양가죽 북을 두드리고 원숭이털 모자를 쓰게 된 유래이다.

창족의 스비 경전은 중국의 중요한 무형문화유산으로, 그 정리와 출판은 '중국소수민족고전 중대 출판 프로젝트'로 선정되었다. 이에 따라 쓰촨성에서는 많은 연구 인력을 동원하여 생존해 있는 스비를 모셔 스비경을 부르게 하고 녹음, 정리, 음 표기, 번역 등 작업을 진행하였으며 2008년 12월에 쓰촨민족출판사에서 상, 하권으로 된 『창족스비경전(羌族释比经典)』을 출판하게 되었다. 이 책의 통계에 따르면 1900년부터 2008년까지 모두 49명의 스비가 있었으며, 그중 2008년까지 생존해 있던 스비는 36명인 것으로 드러났다.

3. 창족 서사시

서사시는 보통 스케일이 크고 역사가 유구한 민간 서사시로 보통 창세 서사시와 영웅 서사시로 나뉜다. 창세 서사시는 하늘과 땅, 인간 및 만물의 기원에 대한 고대 사람들의 이해를 반영하며 영웅 서사시는 중대한 역사적 사건이나 전설을 내용으로 영웅 인물 형상을 부각하며 부락 간의 전쟁을 보여주기도 한다. 이런 장편 서사시는 내용이 웅혼하고 환상적 색채가 짙고 신화적인 요소가 많아서 운문적인 신화라고도 불린다. 특히 중국 남방의 서사시는 신화와 긴밀한 연계를 가지고 있고 내용이 거의 동일하다.

중국의 소수 민족 서사시는 아래와 같은 몇 가지 특징을 가지고 있다. 첫째, 스케일이 크고 내용이 풍부하며 해당 민족의 역사와 문화, 경제와 기술, 종교와 철학, 민속과 언어, 윤리 등 많은 상황을 반영한다. 둘째, 낙관주의, 영웅주의, 자기희생 정신 등 선명한 사상성을 띠고 있다. 서사시의 내용은 적극적이고 진취적이며 부락 간의 전쟁, 자연과의 투쟁에서 싸워 이기고 새로운 운명을 개척하려는 정신을 보여준다.

셋째, 서사시는 여러 민족 간의 밀접한 교류와 융합의 관계를 보여준다. 예를 들어 나시족의 창세기는 인류의 시조와 여신이 결합하여 세 아들을 낳는데 바로 나시족, 티베트족과 바이족의 선조이다. 넷째, 구성이 방대하고 층차가 분명하며 이야기의 줄거리가 굴곡적이고 상상력이 풍부하고 기발하면서도 그럴듯하고 개연성이 있다. 다섯째, 오랜 세월을 전해 내려오는 과정에서 끊임없이 다듬어지면서 다양한 예술적인 수법이 가미되고 운문적인 성격이 강화되었다.

창족 서사시도 위와 같은 여러 가지 특징을 띠고 있으며, 창세 서사시와 영웅 서사시를 모두 가지고 있다. 창세 서사시에는 천지 창조 서사시, 인간 창조 서사시, 홍수 후 남매혼 서사시, 만물 기원 서사시, 불의 기원 서사시 등이 있고, 영웅 서사시에는 창족과 토착 부족 사이의 전쟁 이야기를 다룬 <창거대전>, 인간 총각과 천신의 셋째 딸의 사랑이야기를 다룬 <무제주와 더우안주> 등이 있다. 영웅 서사시가 시조신 기원 서사시, 만물 기원 서사시의 성격을 띠고 있기도 하다. 상대적으로 창족의 창세 서사시는 비교적 단편적이고 영웅 서사시는 편폭이 좀 더 넓고 내용이 굴곡적이라고 할 수 있다.

창족 서사시는 오랜 세월 동안 구비로 전승되어 왔으며 특히 스비가 부르는 경문을 통하여 구전으로 전승되어 왔다. 통계에 의하면 스비가 부르는 경은 약 500부이며 내용이 풍부하고 언어가 생동하나 현재는 일부 실전되어 찾을 길이 없다. 모든 구전문학이 그러하듯이 이본 역시 다양하다.

본서가 번역한 원본 텍스트는 펑지차이(冯骥才) 주편, 중국민간문예가협회 편의『창족 구전 유산 집성(羌族口传遗传集成)』의 서사시장시편(史诗长诗卷)의 일부 서사시 작품과『창족스비경전』의 작품이다. 창족 거주 지역은 지진대에 자리잡고 있으며, 지각판의 운동으로 2008년 5월 12일 14시 28분 4초에 쓰촨성 아바티베트족창족자치주(阿坝藏族羌族自治州) 원촨현 잉슈진(映秀镇)에서 리히터 규모 8.0의 대지진이 발생하였다. 69,227명의 사망자가 발생한 이 대지진에서 창족은 참혹한 인적·물적 피해를 입었으며 창족 민족문화 보존의 위기감을 촉발했다. 2009년 5월 문련출판사(文联出版社)에서 신화전설편(神话传说卷), 민간고사편(民间故事卷), 서사시장시편(史诗长诗卷), 민간가요편(民间歌谣卷) 총 4권으로 구성된『창족 구전 유산 집성(羌族口传遗传集成)』을 긴급 출판하였다.

그중 본서는『창족 구전 유산 집성·서사시장시편』에서 <창거대전(羌戈大战)>과 <무제주와 더우안주(木姐珠与斗安珠)>의 이본 각각 두 편, <츠지거부(迟吉嘎布)>와 <러얼(勒尔)> 각각 한 편 등 모두 6편의 서사시를 번역하여 수록하였다.

그런데 이 책에 대우(大禹)에 관한 서사시가 수록되어 있지 않은 점이 너무 아쉬웠다. 왜냐하면 대우에 관한 서사시는 <창거대전>과 <무제주와 더우안주>, <츠지거부>와 함께 창족의 4대 서사시로 불리기 때문이다. 그래서『창족스비경전·서사시편』에 수록되어 있는 서사시 <송신우(颂神禹)>를 추가로 번역해서 함께 싣기로 했다. 결국 본서의 원본 텍스트는 두 권이고 각편은 총 7편이 되었다.

아래 이 서사시들에 대하여 한 편씩 구체적으로 살펴보기로 한다.

1) <창거대전>

<창거대전(羌戈大战)>은 창족 서사시 중에서 가장 연구가 많이 된 서사시이며 <무제주와 더우안주>와 함께 창족 사람들이 가장 좋아하는 서사시이기도 하다. 1980년대 초에 뤄스쩌(罗世泽)가 처음으로 <창거대전>이라는 제목을 붙이면서부터 이 제목이 이 유형 서사시들을 지칭하는 통칭이 되었다.

이 서사시에는 여러 이본이 있는데, 대체로 간단한 구성의 이본과 복잡한 구성의 이본으로 나눌 수 있다. 본서에 수록된 두 편의 이본은 모두 간단한 구성에 속하며 그중에서도 원촨현(汶川县) 옌먼향(雁门乡) 샤오자이즈(小寨子) 마을의 스비 위안전치(袁禎祺) 노인이 부른 <비거뉴(必格纽)>가 가장 널리 불려지고 가장 기본적인 구성이라고 할 수 있다.

주요 내용은 아래와 같다.

(ㄱ) 천신의 맏아들이 인간세상에 와서 소를 방목하던 중 몇 마리를 도둑맞는다.
(ㄴ) 천신과 맏아들이 조사를 벌인 결과 거지족 사람들이 천신의 소를 훔쳐 먹었을 뿐만 아니라 천신도 공경하지 않음을 발견하고 분노한다.
(ㄷ) 천신은 창족 사람들과 거지족 사람들을 싸우게 하고 몰래 창족 사람들을 도와준다. 창족 사람들은 전쟁에서 이겨 거지족 사람들을 전멸시킨다.
(ㄹ) 창족 사람들은 승리를 경축하고 땅을 나누고 부락을 건설한다.
(ㅁ) 러산 부락 두령이 청두에 가서 돼지를 사다가 신에게 제사를 드린다.

구성이 가장 풍부한 이본은 『창족스비경전』에 수록된 <창거대전>이다. 이 이본은 후반부는 <비거뉴>와 거의 비슷하지만 전반부에 아주 많은 내용이 첨가되었다. 전반부의 내용만 살펴보면 아래와 같다.

평화롭게 살던 창족 사람들은 흉악한 적군에게 쫓겨 각각 아홉 형제를 따라 아홉 갈래로 나뉘어 경황없이 도망가게 되었다. 아홉 형제의 맏형 아바바이거우(阿巴白构)도 인마를 거느리고 한 갈래로 도망을 갔다.

스비 시조가 아바바이거우에게 스비 경서를 주고 경문과 법술을 가르쳐 주고 하늘로 돌아간다. 아바바이거우는 스비 경을 배운 후 재능이 일취월장한다. 그런데 하루는 흰 산양 한 마리가 경서를 몽땅 먹어버렸다. 아바바이거우는 산양을 잡아 가죽북을 만들어 두드렸다.

흉악한 적군이 또 쫓아와 창족 사람들은 도망을 간다. 위급한 위급한 때 천신이 백석 세 개를 던져 세 개의 설산을 만들어 흉악한 적군을 막고 창족을 구해 주었다.

창족 사람들은 먼 길을 걸어 드디어 아름다운 러즈(热兹) 지역에 정착해 살게 되었다. 그런데 야만스러운 토착 부족 거지인이 자꾸 싸움을 걸어오고 소와 양을 약탈해 간다.

『창족스비경전』의 <창거대전>은 위안전치(袁禎祺) 노인이 부른 <비거뉴>의 내용에 여러 가지 신화적 요소가 첨가되어 이야기의 완성도가 높아지고 더 굴곡적이고 정채롭게 된 것을 볼 수 있다. 먼저 신화적인 내용을 본다면, 스비가 법사를 할 때 양가죽 북을 사용하게 된 유래, 백석신을 모시게 된 유래 등이다. 천신이 백석 세 개를 던져 설산을 만들어 창족을 보호했다는 신화는 창족이 백석신을 모시게 된 유래담 중의 하나이다. 때로는 천신의 딸이자 창족의 조상신이기도 한 무제주가 백석 세 개를 던

                                                    중국 창족 서사시

졌다고도 한다.

또한 아홉 형제의 맏형 아바바이거우를 창족의 두령으로 영웅화함으로써 영웅 서사시의 성격을 한층 강화시켰다. 그러나 이 서사시가 이렇게 풍부한 구성을 가지게 된 것은 정리자들이 스비가 부른 여러 개의 작품을 합쳐서 만들어 낸 것이라는 견해도 있다. 필자가 보기에 전반부 내용에는 아바바이거우의 영웅적인 면모가 많이 부각되고 있지만 후반부에는 아바바이거우라는 이름이 한 번도 나타나지 않는 것으로 보아 일견 신빙성이 있어 보이기도 한다.

그러나 무엇보다 연구자들에 의해 많이 논의되는 것은 이 서사시의 역사성이다. 즉 이 서사시에 나타나는 두 번의 전쟁과 역사적 사실과의 관련성에 대한 연구이다. 하나는 이 서사시 처음에 창족이 흉악한 적군에 쫓겨 서남 지역으로 도망을 쳐서 러즈 지역에까지 이르게 되는 내용이 있는데, 이것이 창족의 역사상 대이동과 어떤 관련이 있는지 하는 문제이고, 다른 하나는 서사시에서 창족 사람들이 새로운 정착지에서 토착 부족 거지족 사람들과 싸운 이야기는 과연 역사적 사실인가 하는 문제이다.

우선 첫 번째 문제, 즉 창족이 흉악한 적군에 쫓겨 대이동을 했다는 내용은 역사 기록에 부합된다. 『후한서』의 창족에 대한 기록에 따르면 창족이 기원전 4세기 진헌공(秦献公) 때 서북 지역에서 민강 유역으로 이동해 왔다고 한다. 연구에 따르면 이때뿐만 아니라 오랜 기간에 걸쳐 창족이 중국 내지와 서남 지역으로 이동을 하였는데, 그 원인을 기후의 악화로 인한 생존 공간의 축소와 이민족과의 전쟁으로 본다.

창족 사람들이 민강 유역의 러즈(热兹, 현재의 쑹판현)에 이주한 후, 르부바(日朴坝, 현재의 마오현)에서 토착 부족인 '가(嘎)' 혹은 '가얼부(嘎尔补)'라고 부르는 민족과 생존 공간을 쟁탈하기 위한 전쟁을 벌여 가 민족을 쫓아

내고 이 지역을 차지한다. 고증 자료에 의하면 가 민족은 산속 동굴에 살았고 사후에는 석관장(石棺葬) 형식으로 장례를 치렀다. 민강(岷江)과 짜구나오하(杂谷脑河) 지역에서 이런 무덤이 많이 발견된다. 가 민족을 현재 거지인(戈基人)으로 부르고 있다.

전쟁과 이동 중에 겪은 갖은 고난은 민족의 기억 속에 깊이 각인되어 구전문학에 반영되었음을 알 수 있다. 비록 <창거대전>에 나오는 내용을 완전히 역사적 사실과 같다고 볼 수는 없겠으나 역사적 사실에 근거해서 만들어졌다는 것만은 의심할 바 없다.

창족은 원래 서북 지역의 유목 민족이다. 민강 상류에 정착한 후 점차 농경 문화로 전향하였다. <창거대전>에는 거지인과의 싸움에서 승리한 뒤 신에게 제사를 지내기 위하여 러산 부락 두령이 청두에 가서 돼지를 사오는 과정이 상세하게 서술된다. 흥미로운 것은 러산 부락 두령이 돼지를 사러 간다는 말을 들은 연도(沿道) 다른 부락 두령들도 너도나도 돼지를 사달라고 부탁한다는 점이다. 러산 부락 두령은 그들의 부탁을 일일이 들어준다. 나중에 그가 돼지 떼를 몰고 부락에 돌아왔을 때 부락 사람들은 환호한다. 그들은 큰 돼지는 천신에게 제사를 지내고 작은 돼지는 우리에 넣어 기른다.

신석기 시대의 고고학적 발굴 자료에 따르면 원시적 농업이 있는 곳에서는 모두 돼지 사육 유적을 발견할 수 있었고 반대로 돼지 사육 유적이 발견된 곳에서도 농경 문화의 흔적을 발견할 수 있었다. 즉 돼지 사육과 농업은 일찍부터 함께 발전하였다는 것이다. <창거대전>에서 여러 부락이 모두 돼지를 사오고 작은 돼지는 우리에 넣어 기른다는 대목은 바로 창족 사람들이 유목업으로부터 농경문화로 변화하는 과정을 그린 것이라고 볼 수 있다.

　　　　　　　　　　　　　　　　　　　　　　　중국 창족 서사시

사람들이 <창거대전>을 좋아하는 이유는 그것이 민족의 역사를 반영해서만이 아니라 문학적인 상상력과 생동감이 있기 때문이기도 하다. 특히 천신이 창족을 도와 거지인을 소멸하는 과정은 기발한 상상으로 넘친다. 또한 천신이 마음먹고 천신을 도와주는 것을 통하여 창족 사람들이 역사적으로 가지고 있는 종교적 신앙심과 종교적 우월감을 엿볼 수 있다. 천신을 공경하고 도둑질을 혐오하고 더 좋은 무기를 사용하는 점 등에서는 유목 민족 창족이 혈거부족 거지인에 비해 문화적으로 상대적 우위에 있었음도 알 수 있다.

2) <무제주와 더우안주>

<창거대전>이 민족적이고 역사적인 전쟁 서사시, 영웅 서사시라면 <무제주와 더우안주>는 신분과 계층을 초월한 낭만적인 애정 서사시이며 시조신 서사시이다. 이 이야기 역시 신화, 서사시, 스비 경문 등 여러 가지 형식으로 존재한다. 창족의 풍속, 금기, 정신 신앙, 세계관 등을 보여주며 언어가 유창하고 아름답고 인물 성격이 형상적으로 잘 부각되어 있으며 이야기가 굴곡적이고 흥미진진하게 전개되어 높은 문학적인 가치를 지니고 있다.

창족은 문자가 없어 이야기가 구전으로만 전승되었기 때문에 지역에 따라 이본이 다양할 뿐만 아니라 제목이나 인물의 이름 또한 통일되지 않는 경우가 많다. <무제주와 더우안주>는 이 유형 이야기의 보편적 명칭이다. 무제주는 천신의 셋째 딸이고 더우안주는 인간세상의 총각이다. 본서에 수록된 서사시의 제목은 <무제주와 란비와>로 남자 주인공의 이름이 란비와이다. 그런데 란비와는 다른 신화 이야기에서는 신과 인간 여

성의 아들로 천신만고 끝에 천궁에 가서 불씨를 얻어 오는 영웅의 이름
이다. 창족의 시조신인 무제주도 무제줘, 무제, 무지 등 여러 가지 이름으
로 불린다.

비록 이본도 다양하고 제목이나 인물의 이름도 통일되지 않으나 이야
기 내용은 아주 비슷하다. 아래와 같다.

(ㄱ) 천신의 셋째 딸 무제주와 인간인 총각 더우안주가 만나 사랑에 빠
    진다.

(ㄴ) 더우안주는 무제주와 함께 천궁에 올라가 천신에게 청혼한다.

(ㄷ) 천신은 신분적 차이 때문에 혼사에 동의하지 않고 세 가지 난제를
    내놓는다.

(ㄹ) 더우안주는 무제주의 도움을 받아 난제를 해결하고 결혼 허락을
    받는다.

(ㅁ) 결혼하는 날 천신은 무제주에게 많은 혼수품을 딸려 보내면서 뒤
    를 돌아보지 말라고 당부하지만 무제주가 금기를 어기고 뒤를 돌
    아보는 바람에 많은 짐승이 산속으로 달아나 야생동물이 된다.

(ㅂ) 무제주는 집 생각이 나서 천궁에 돌아가나 천신은 자기 딸을 알아
    보지 못한다. 천궁의 개가 무제주를 알아보고 반겨준다. 천신은 그
    제서야 자기 딸임을 알고 들여놓는다.

(ㅅ) 무제주는 인간세상에 내려와 더우안주와 함께 근면하게 노동하여
    행복한 생활을 꾸려간다. 천신은 속세와 천궁으로 통하는 길을 끊
    어버린다.

'난제 구혼'형 이야기에 속하는 이 서사시에서 가장 핵심적인 부분은

천신이 내놓은 세 가지 난제를 해결하는 것이다. 첫 번째 난제는 황무지를 개간하여 화전을 만드는 것이다. 천신은 더우안주에게 하루 사이에 아홉 개의 산비탈과 아홉 개의 산골짜기의 잡목을 모조리 베어버리고 황무지를 개간하라고 한다. 더우안주가 무제주가 알려준 방법대로 임무를 완성하였으나 천신은 결혼을 허락하지 않고 베어버린 잡목을 모조리 불에 태워 화전을 일구라고 한다. 더우안주는 혼자 화전을 일구다가 하마터면 불에 타 죽을 뻔 하였으나 무제주의 구원을 받고 살아난다.

두 번째 난제는 하루 사이에 새로 일군 화전에 아홉 말의 유채씨를 파종하라는 것이다. 더우안주가 무제주의 방법대로 임무를 완성하였으나 천신은 결혼을 허락하지 않고 파종한 유채씨를 모조리 다시 주워 오라고 지시한다. 더우안주가 유채씨를 주워 왔으나 아홉 알이 모자라, 활로 산비둘기를 쏘아 그 배 속에서 아홉 알의 유채씨를 찾아와 임무를 완성한다.

세 번째 난제는 더우안주에게 산골짜기에 가서 산꼭대기에서 굴러내리는 바윗돌과 나무, 천신을 받아내라고 하면서 더우안주를 죽이려고 든다. 더우안주는 무제주가 알려준 방법대로 마지막 임무도 완성한다.

어떤 연구자는 세 가지 난제를 성년식으로 본다. 성년식의 목적은 남자 아이에게 갑작스런 변화를 주어 그로 하여금 과거 생활과의 관계를 단절하고 성년의 세계에 들어서게 하려는 데 있다. 목동이던 더우안주는 부모를 떠나 천궁에 와서 낯선 농경 문화 즉 황무지 개간, 화전 일구기, 파종 등의 성년들이 하는 일을 배우게 되는데 이것은 바로 그가 결혼을 하기 전에 반드시 거쳐야 하는 성년식이라는 것이다.

그렇다면 천신의 셋째 공주가 어찌하여 속세의 총각과 사랑에 빠질 수 있었을까? 다른 한 이본에서는 이렇게 말하고 있다. 즉 무제주가 인간이 환생할 때 반드시 거쳐 가야 하는 숲속에 가서 놀다가 아름답게 핀 양각화(두견화)를 꺾었는데 이것은 셋째 공주가 나중에 인간과 결혼하리라는 것을 암시한다는 것이다.

창족 사람들의 풍속에 양각화는 사람의 출생과 결혼을 상징한다. 왜냐하면 모든 사람은 환생할 때 반드시 여신의 숲에 가서 양각화를 꺾고 또 양의 뿔을 하나씩 가져야 세상에 태어날 수 있기 때문이다. 여신은 두견화 숲속에 집을 지어 놓고 천궁에서 먹고 남은 양의 뿔을 가져다가 오른쪽 뿔과 왼쪽 뿔을 각각 집 양쪽에 쌓아 두고 환생하는 인간들로 하여금 남자와 여자로 나누어 각각 집의 오른쪽과 왼쪽으로 돌면서 양의 뿔을 하나씩 가지고 태어나게 하였다. 한 양의 두 뿔을 나누어 가진 남녀가 결혼하여 한 쌍을 이루는 것이다. 창족 풍속은 여자가 양각화를 꺾어 마음에 드는 남자에게 주면 남자가 청혼하여 정혼을 한다. 그래서 약혼식을 차화(插花, 꽃꽂이의 뜻)라고 부르기도 한다.

천신은 셋째 딸에게 각종 금은보화와 짐승, 곡식과 나무와 풀의 종자 등을 혼수품으로 지참해 보내는데 이것들은 모두 창족 사람들의 생활에 필수불가결의 것이며, 무제주는 이로써 창족의 시조신, 곡모신으로서의 성격을 지니게 된다. 또한 천신은 각종 생활 규칙과 금기 사항을 알려준다. 그런데 무제주는 이런 금기 사항을 제대로 지키지 못하여 많은 고생을 하게 된다. 이런 것들은 모두 창족 사람들의 생활 풍속을 폭넓게 반영하는 것이다.

이 서사시에는 또한 무제주, 더우안주, 천신의 성격이 생생하게 부각되어 있다. 무제주는 개성이 뚜렷하고 자기 주장이 강하고 신분적 차이를 무시하고 용감하게 사랑을 추구한다. 그는 더우안주를 격려하고 각종 위기에 지혜롭게 대처하며 인간세상에서의 고난도 두려워하지 않고 새로운 생활을 개척해 나간다. 더우안주는 정직하고 근면하며 착하다. 그 역시 무제주의 도움을 받아가며 용감하게 자신의 사랑을 쟁취한다. 더우안 주의 형상을 통하여 고난을 두려워하지 않고 권력과 횡포에 굴하지 않으며 용감하게 행복을 추구하는 창족 사람들의 강인한 성격을 볼 수 있다.

천신의 성격은 좀 더 입체적으로 부각된다. 총애하는 셋째 딸이 속세 총각을 데려왔을 때 놀라고 불쾌해하고 분노하여 끊임없이 난제를 내어 더우안주를 물러나게 하려고 하며 심지어는 죽음으로 내모는 것까지 서슴지 않는다. 딸의 행복을 지켜주기 위해서 강하고 교활하고 잔인한 성격을 드러내는 것이다. 그러나 결혼을 허락한 뒤에는 많은 혼수품을 주면서 딸의 장래를 걱정하는 자애로운 모습을 보인다. 생활의 규칙과 금기에 대해 알려줄 때는 엄격한 모습을, 딸이 거지 모양으로 친정집에 돌아왔을 때는 놀라고 마음 아파하는 모습을, 그러나 딸이 인간세상에 돌아간 뒤 천궁에 돌아오는 길을 끊어버릴 때는 무정하고 냉혹한 성격을 보여준다.

3) <츠지거부>

<츠지거부(赤吉格布)>는 <저지가부(泽吉嘎布)>, <츠지거부(迟基格布)>, <띠지거부(缔吉格补)> 등 여러 가지 제목으로 불리며 창족 사람들은 이 경을 불러 불결한 것을 제거한다. '츠(迟)', '츠지(赤吉)', '저지(泽吉)', '츠지(迟吉)', '띠지(缔吉)'는 인명이고, '거부(格布)', '가부(嘎布)', '거부(格补)'는 모두 고아의 뜻이다.

<츠(迟)>는 스비가 부르는 경의 제목이다. 츠지거부는 창족 전설 중의 영웅이다. 이 경문은 창족 사람들이 민족 영웅을 존경함을 반영한다. 스비가 그의 사적을 노래 부름으로써 사악한 것을 쫓고 불결한 것을 제거한다.

이 서사시는 복수의 이야기를 서술하되 보통의 복수 이야기와는 다른 특별한 복수 이야기를 다룬다. 츠지거부는 태어나서부터 비범한 영웅적 기개를 보인다. 그러나 어려서 부모를 잔인하게 잃고 복수를 다짐하며 열여섯 살 때 군사를 일으켜 이둬(현재의 청두)에 복수하러 간다.

원수가 누구인지 서사시에서는 정확하게 말하지 않고 지명만 밝히는데, 청두 평원은 한족의 거주지이므로 대체로 한족으로 보인다. 아주 흥미로운 것은 이본에 따라 복수의 양상이 다르게 묘사되는 점이다. 본서에 수록된 이본에서는 츠가 촨시바(청두 평원)에 이르러 원수와 교전을 하여 양쪽 모두 인마가 일부 죽었다. 그러나 츠는 양쪽 군사력의 차이가 엄청나게 크고 승전 가망이 없음을 직감하고 바로 회군을 결심한다. 회군은 쉽지 않았고 지혜와 용감성을 필요로 했다. 특히 그는 한 곳에서 대형 멜대와 미투리를 보고 그 크기에 놀라 더더욱 회군을 결심한다. 겨우 무사히 고향에 돌아온 츠와 그의 군사는 살아서 돌아온 것에 큰 기쁨을 느끼며 크게 경축 행사를 벌인다.

다른 이본에서는 교전하지도 않고 바로 회군한다. 또 다른 이본에서는 교전하여 원수를 갚고 회군한다. 이 이본은 영웅주의를 선양하고 있다. 여러 이본에 모두 대형 멜대와 짚신, 양파 모티프가 등장하는데 이것을 만들어 배열해 놓은 사람과 보고 놀라는 주체가 모두 다르게 나온다. 원수를 갚고 개선하는 이본에서는 츠가 이런 것들을 만들어 놓아 한족 군사가 보고 깜짝 놀라는 것으로 되어 있다. 이로부터 이것은 군사상에서 우위를 점한 일방이 상대방을 놀라게 하고 공포를 느끼게 하는 장치로 작용하고 있다는 것을 알 수 있다.

복수를 했든 못 했든 상관없이 모든 이본에서 츠지거부는 영웅으로 받들린다. 청두 평원의 규모와 대방의 군사력에 겁을 먹고 회군하더라도 그의 영웅의 형상에 조금도 손상을 주지 않는다. 그는 무모한 영웅이 결코 아니다. 심지어 고향에 돌아와서는 살아 돌아온 것에 감격해 좋은 술, 좋은 고기로 부하들과 경축하며 적군과 친구가 되어 함께 장사를 한다. 일부 경문에서는 양측이 담판을 거쳐 전쟁을 끝내고 그때부터 좋은 일, 궂은일이 있으면 서로 나누면서 함께 다리와 도로를 닦고 무역을 했다고 한다. 이는 그가 평화를 사랑하고 생활을 사랑하며 부모의 원수보다는 자신과 부하들의 생명을 더 소중하게 생각하는 평화주의자, 현실주의자, 실리주의자이며 미래지향적 사고를 가지고 있음을 보여준다. 또한 이런 츠를 비겁하다고 욕하지 않고 영웅으로 노래하는 창족 역시 이러한 민족성을 가지고 있음을 보여준다고 하겠다.

주목해 볼 점은 그가 고향에 돌아온 뒤 비록 부모의 원수를 갚지 못했지만 애썼다고 자신의 마음을 위로하면서 스비, 라마, 스님을 청해 법사를 하고 경을 읽는 대목이다. 마음을 가라앉히는 데 종교적인 신앙의 힘을 빌림을 알 수 있다. 스비는 창족의 무당이요, 라마는 티베트 불교의 스님에 대한 명칭이고 스님은 한족들의 불교 스님이다. 츠가 살고 있는 지역에 서로 다른 여러 종교들이 존재했고 서로 크게 배척하지 않는 분위기였음을 나타낸다.

이 서사시는 복수를 주제로 하고 있지만, 전쟁 장면은 한두 구절밖에 언급되지 않고 오히려 츠가 청두 평원에 갔다가 돌아오는 과정에 초점이 맞춰져 있고 상당히 자세히 묘사되어 있다. 연도의 각 부락 두령들이 츠의 군사를 맞이하고 길을 열어주는 방식이 각각 다른데 이를 통해 그들의 각기 다른 성격이 드러난다. 이들 중 많은 부락은 창족 부락이지만 기타 민족 부락도 있다. 그렇지만 이들은 민족을 떠나서 대체로 부모를 잃은 츠를 동정하고 그의 복수에 동조한다. 고대 이런 지역들에서 민족보다는 인간의 보편적인 감정으로 서로 교류를 해왔음을 짐작게 한다.

『창족스비경전·전쟁편』에는 <츠(赤)>라는 제목의 경이 있는데, 츠에 대해 완전히 다른 평가를 하고 있어서 이색적이다. 즉 츠는 어렸을 때부터 장난이 심한 말썽꾸러기였는데 커서는 전쟁을 일으켜 사람들에게 큰 재난을 안겨 주었다는 것이다. 이 전쟁은 9년이나 지속되다가 교전 양측이 담판을 하였으나 담판이 결렬되어 또 아홉 낮 아홉 밤을 싸워 피가 강처럼 흐르고 가옥이 흙더미가 되고 삶의 터전이 초토화되었다. 양측은 어쩔 수 없이 마침내 전쟁을 끝내고 산과 강을 경계 삼아 평화를 되찾았다. 이리하여 츠는 결국 전쟁을 상징하는 사악한 신이 되었으며, 스비는 경을 읽으면서 많은 신들을 청해 츠를 쫓아내는 의식을 진행하여 전쟁을 없애는 목적을 이루려 한다. 이 경문은 영원히 전쟁을 종식하고 평화를 추구하려는 창족 사람들의 아름다운 염원을 보여준다고 하겠다.

4) <러얼>

<러얼(勒尓)> 혹은 <얼(尓)>로 불리는 이 서사시는 스비가 부르는 경문이다. 창족 사람들은 갑작스런 죽음이 발생했을 때, 스비를 청해 법사를 하고 이 경을 부르게 한다. 『창족스비경전·건축편』에는 <얼1부(尓一部)>라는 제목으로 이 경이 기록되어 있다.

창족 사람들은 비명횡사한 사람은 그 영혼을 악귀에게 빼앗겼기 때문에 사후 다시 사람으로 윤회할 수 없고, 부락과 가정의 우환이 되기 일쑤라고 믿는다. 그래서 비명횡사한 사람의 집에서는 반드시 스비를 청해 경을 읽어, 악귀들로부터 그의 영혼을 빼앗아 와 무덤에 가져간다. 그래야만 죽은 자가 다시 사람으로 윤회를 하게 되고 부락과 가정에 해를 끼치

지 않게 된다. 스비를 청해 치르는 이 법사를 '초혼제흑(招魂除黑)'이라고 부른다.

본서에 수록된 이 서사시는 원촨현(汶川县) 몐쓰향(绵虒乡) 스비 왕하이윈(王海云)이 부른 이본이다. 러얼은 신이나 영웅이 아니라 목수라는 직업을 가졌다는 데서 기타 서사시의 주인공들과는 다른 특징을 보인다. 즉 그는 한 전문 분야의 기술직 전문가인 셈이다. 물론 그도 범속한 인물은 아니다. 어려서부터 총명하고 재주가 뛰어나 '스비로 차리면 스비 같아 보이고 관리로 차리면 관리 같아 보였다'. 그뿐만 아니라 목수의 재능이 뛰어나서 천궁에 불려가서 천궁을 지을 정도이다. 재간이 하도 뛰어나서 염라지부의 염라왕이 천궁을 다 짓고 나면 염라궁을 지으라고 한다.

염라왕이 저승사자 러부비를 보내 러얼을 요청하나 러얼과 그의 부모는 가기를 몹시 꺼린다. 그래서 러얼의 어머니는 저승사자에게 수차례 러얼의 행방을 거짓으로 알려줘서 저승사자가 허탕을 치게 한다. 나중에 저승사자는 꾀를 써서 러얼의 목수 공구를 모조리 가져가 버린다. 러얼은 할 수 없이 염라지부에 간다. 러얼의 부모는 안으로부터 밖으로 나오는 방향으로 염라궁을 지으라고 당부하나 러얼은 한번 염라지부에 간 뒤로 돌아오지 않는다. 러얼의 부모는 할미새, 원숭이, 까치에게 아들의 소식을 알아봐 달라고 했는데 이들은 모두 러얼이 돌아올 수 없다고 알려주었다. 러얼의 부모는 아들의 죽음을 알게 되고 스비를 불러 경을 읽어 그의 혼을 부른다.

『창족스비경전·건축편』에 실린 <얼1부>는 내용이 대동소이하나 러얼의 죽음을 명확하게 드러내는 점이 다르다. 즉 저승사자 할머니가 수차례 러얼의 어머니한테 속아 러얼을 찾으러 다니다가 러얼의 어머니가 일부러 거짓말을 하는 것을 알고 목수 공구를 달라고 하자 러얼의 어머니는 염라지부에 갈 수 없다고 딱 잘라서 거절한다. 화가 난 저승사자는 풀 줄기로 돌을 매달아 놓는다. 그 밑을 지나던 러얼은 떨어지는 돌에 맞아 죽어서 염라지부에 간다.

그러나 염라지부에 가서 죽든 아니면 가기 전에 죽든 상관없이 염라지부에 가면 돌아올 수 없고 죽는 것이다. 러얼과 러얼의 부모는 염라지부에 가지 않으려고 거짓말도 하고 시간도 자꾸 미루어 보지만 결국 가지 않을 수 없고 운명을 거스를 수 없다. 이로써 신 앞에서 인간의 존재라는 것이 얼마나 나약한 것인지 드러내고 운명에 순응할 수밖에 없다는 숙명관을 보여준다.

5) <송신우>

대우는 우(禹) 임금을 높여 부른 말로, 그는 중국에서 가장 오래된 왕조인 하(夏) 나라의 시조라고 전해진다. 가장 큰 업적은 물곬을 소통시키는 방법으로 홍수를 다스린 것이며, 그의 고향에 대해서는 여러 가지 설이 있으나 가장 유력한 것은 쓰촨성 베이촨창족자치현(北川羌族自治县) 우리향(禹里乡)이라는 설이다. 또한 대우는 창족으로 알려졌다. 굴원의 『초사·천문(楚辞·天问)』에는 우가 서융(西戎)의 조종신에서 유래했기 때문에 '융우(戎禹)'로 불리기도 했다. 서융은 바로 창족을 가리키는 것이다.

대우는 중국에서 역사적인 인물인 동시에 신화적인 인물이다. 역사적으로 보면 그는 순 임금 시대 9년간 치수를 책임졌던 곤(鲧)의 아들로 아버지가 치수 실패의 책임으로 처형을 당한 후 치수 사업을 이어받아 13년간 치수를 한다. 치수의 공으로 순 임금에게서 선양을 받아 제위에 올랐고 죽은 후 회계산(會稽山, 지금의 저장성 사오싱)에 장사 지냈다. 지금까지 우묘(禹廟), 우릉(禹陵), 우사(禹祠) 등이 남아 있다. 진시황 때부터 역대 많은 제왕들이 우릉에 제사를 지냈다.

1995년에 대우제 전통을 회복하고 1996년에 전국중점문물보호단위로 지정되고 1997년에는 전국 100대 애국주의교육시범기지로 지정되고 2007년에는 대우제가 국가무형문화유산명록에 올랐다. 『시경(诗经)』, 『서경(书经)』의 <요전(尧典)>·<우공(禹贡)>, 『사기(史记)』 권2 <하본기(夏本纪)>, 『국어(国语)』, 『묵자·겸애(墨子·兼爱)』 등 문헌에 우의 사적이 실려 있다. 이런 것들은 모두 역사적 실존 인물로서의 대우의 역사적 공적을 보여주고 있다.

다른 한편, 『산해경·해내경(山海经·海内经)』과 『초사·천문』에는 우와 그의 아버지 곤이 모두 신으로 나타난다. <해내경>에는 곤이 천제의 동의 없이 천제의 신기한 흙인 식양(息壤)을 훔쳐 치수에 사용했기에 천제는 축용을 시켜 곤을 살해했다고 나온다. 곤이 처형당한 후 그의 배 속에서 우가 태어난다. <천문>에서는 곤이 죽은 후 누런 곰이 되어 서쪽으로 갔으며, 무당이 그를 구원했다고 한다. 또한 곤이 죽은 후 큰 고기가 되었다는 전설도 있다.

대우와 그의 아내 투산 씨에 대한 전설도 있다. 서한의 『회남자(淮南子)』에 대우가 늘 아내에게 점심 도시락을 날라오게 하되 북소리가 들리면 날라오게 하였다. 한번은 대우가 산을 파다가 돌멩이가 튀어 북을 울려 소리가 났다. 투산 씨가 북소리를 듣고 점심밥을 날라와 보니 커다란 곰이 두 발로 미친 듯이 산을 파고 있었다. 투산 씨는 자기 남편이 곰인 것을 알고 놀라서 황급히 도망을 갔다. 대우가 쫓아갔는데 투산 씨는 힘이 다해서 바위로 변했다. 그때 투산 씨는 이미 임신 중이었는데 대우가 내 아들을 돌려달라고 외치자 바위가 갈라지고 그 속에서 대우의 아들 계

(啟)가 태어났다고 한다. 돌을 깨고 나왔다고 해서 계라고 이름을 지었다고 한다. 어떤 연구자는 이를 두고 계가 난산으로 배를 가르고 난 자임을 상징하는 것이라고 분석한다.

대우의 아버지 곤이 사후 누런 색의 곰으로 변했다고 하니 대우가 곰으로 변해 산을 팠다고 하는 것도 개연성이 있다고 할 수 있다.

그렇다면 본서에 수록된 서사시 <송신우>에서는 대우에 대해 어떻게 형상화하고 있는가? 일단 이 서사시를 통해 창족 사람들이 대우를 얼마나 높이 추앙하는지 알 수 있다. 창족의 선조인 대우를 신이라고 찬양하고 그의 공덕에 대해서 대대로 받들 것이라고 맹세한다.

비록 동떨어진 말이긴 하지만 이 서사시에서 대우의 행적이 예수와 비슷한 패턴을 보이는 것 같다. 성경에서 예수는 신의 아들이지만 평범한 부모 밑에서 태어나 인간을 사랑하고 여러 가지 기적을 남긴다. 대우는 원래 용신으로 뭇 신의 신임을 받을 만큼 훌륭한 품격을 갖추었으며 평범한 창족 부부의 아들로 태어나 백성들을 위해 홍수를 퇴치하였으며 그 과정에 산을 옮기는 것과 같은 비범한 재주를 보인다. 이 서사시는 자비로운 성품과 끈질김, 지혜와 인내력, 책임감, 재주 등 모든 면에서 훌륭한 대우의 형상을 부각했다고 하겠다.

대우의 아내 투산 씨 역시 초월적인 존재이다. 이는 그가 꿈, 소원 빌기 등의 방식을 통해 천신과 소통이 가능하다는 점, 돼지로 변해 산을 평지로 깎아 버리는 점, 큰 산봉우리로 변한 점 등에서 드러난다. 그뿐만 아니라 투산 씨는 그 가계부터 삼강구수도(三江九水圖)를 대대로 전해내려 올 정도로 실력 있는 집안 배경을 갖고 있다. 또한 아름다운 용모, 예술적인 재능의 소유자이며 남편을 돕고 백성들을 위하려는 훌륭한 품성까지 갖추고 있는 이상적인 여성의 형상으로 부각되었다.

　이로부터 <송신우>는 그 제목에서 드러나는 것처럼 창족 사람들이 자랑스러운 선조 대우에 대해 신격화, 이상화하여 대대로 노래하고자 만든 작품임을 알 수 있다. 또한 이 서사시는 수신과 화신의 싸움으로 홍수의 내력을 설명하는 부분에서 기발한 상상력과 예술적인 수준을 드러내기도 한다.

　총체적으로 창족의 서사시는 스비가 강창하는 경문의 형식으로 많이 존재하며 신화와 내용이 같다. 이야기가 굴곡적이고 상상력이 뛰어나며 문학적 가치가 높고 역사성, 신화성, 종교성을 강하게 띠며 창족 사람들의 생활과 풍속을 폭넓게 반영하고 있다.

중국 창족 서사시

가(<창거대전>)[1]
嘎(《羌戈大战》)

하늘에서 노래를 불러

산 위에까지 이르고

산 위에서 노래를 불러

땅 위에까지 이르네.

---

1 가는 嘎, 고대 민족의 명칭이다. 서사시 〈가〉는 쓰촨성 원촨현(汶川县) 몐후향(绵虎乡) 추터우(簇头) 부락에 있는 스비 왕즈궈(王治国)가 부르는 경문 중 상단경(上坛经) 의 일부 내용이다. 같은 내용의 서사시를 쓰촨성 원촨현(汶川县) 옌먼향(雁门乡) 샤오자이즈(小寨子) 부락에 있는 스비 위안전치(袁祯祺)는 중단경(中坛经)의 일부로 부르고 있으며 제목은 〈거웨(格约)〉 또는 〈거뉴(格钮)〉라고 한다.

〈창거대전〉은 이 유형 서사시의 통칭이다.

스비(释比)는 창족 사람들의 종교적 사제로 한족들은 단공(端公)이라고 부른다. 창족은 만물에 모두 영혼이 있다고 믿으며 스비는 이승과 저승을 넘나들며 인간과 신을 연결시키는 매개자이다. 스비는 창족의 가장 권위 있는 문화인이자 지식의 집성자로 존경과 숭상을 받는다.

전하는 이야기에 의하면 고대 창족 사람들은 중국의 간쑤성, 칭하이성 일대에서 동남 방향으로 이동하여 민강 유역에 이르러 정착하였다. 그때 민강 상류 지방에는 '가(嘎)' 혹은 '가얼부(嘎尔补)'라고 불리는 민족이 살고 있었다. 창족 사람들이 민강 유역에 이주한 후, 빈번한 전쟁을 거쳐 가 민족을 쫓아내고 이 지역을 차지했다. 고증 자료에 의하면 가 민족은 산속 동굴에 살았고 사후에는 석관장(石棺葬) 형식으로 장례를 치렀다. 민강(岷江)과 짜구나오하(杂谷脑河) 지역에서 이런 무덤이 많이 발견된다. 가 민족을 현재 거지인(戈基人)으로 부르고 있다.

하늘을 노래하면 하늘과 같고
산을 노래하면 산과 같고
땅을 노래하면 땅과 같네.
무엇을 노래하든지
다 같고
어디까지 노래 부르든지
다 같다네.

나는 지금 노래를 부르려네
아바무비타[2]의 셋째 아들이
인간 속세에 내려와 순시를 하였다네
그는 겨울과 여름이 나뉘지 않는
넓고 넓은 삼림을 보았네
곡식을 심지 않은
넓고 넓은 초원을 보았네
아바무비타의 셋째 아들이
인간 속세에 내려왔는데
정월 초하루, 초이튿날
날씨가 따뜻해지고
여름이 왔네[3]
칠월 십사일과 십오일

---

2   아바무비타는 阿巴木比塔, 창족어의 음역이다. 阿巴는 웃어른, 木은 하늘, 比塔는 신이라
는 뜻이다. 따라서 아바무비타는 천신 혹은 하느님을 말한다.

3   고대 창족은 일년을 여름과 겨울 두 계절로 나누었으며, 봄과 가을이 없다.

쉐룽바오[4] 설산의 구설이 녹고
신설이 내렸네
구설 신설이 바뀌었네
겨울이 가고
여름이 오고
겨울과 여름이 바뀌었네.

아바무비타의 셋째 아들
속세의 정월 초하루 초이틀
돼지와 말에 속하는 이 좋은 날에
소를 몰고 속세에 왔다네
칠월 십사일 십오일
돼지와 소에 속하는 이 좋은 날에
소를 몰고 속세에 왔다네
그때부터
아바무비타의 셋째 아들
여름과 겨울이 나뉘지 않는 넓은 삼림 속에서 소 방목을 했네
곡식을 심지 않은 넓은 초원에서 소 방목을 했네.
어느 날
천신 아바무비타가

---

4 쉐룽바오는 雪隆包, 창족어로 雪灵堡 혹은 雪龙包라고도 불리는 지명이다. 이현(理县), 원촨현(汶川县), 샤오진현(小金县) 세 현의 접경지에 있는 대설산을 말하며, 이는 전설 속 창족의 성지이다. 창족의 선조인 무제주(木姐珠)가 인간 세상에 내려올 때 이곳을 경유했으며, 스비(释比)의 시조 아바무라도 인간 세상에 내려온 후 이 산에서 살았었다고 한다.

셋째 아들에게 말했네
"네가 인간 세상에 가 소 방목을 하니
자주자주 가서 보살펴야 하느니라
풀은 먹을 만큼 충족한지
물도 마실 만큼 넉넉한지
소들이 병에는 걸리지는 않았는지
소들이 없어지지는 않았는지."
아바무비타의 셋째 아들이
인간 세상에 내려와 소를 살펴보았네
연한 풀들은 산에 산을 잇고
샘물은 철철 넘쳐흘렀네
병에 걸린 소는 없었지만
몇 마리가 적어진 듯 했네
아바무비타의 셋째 아들이
세어 보고 또 세어 보아도
가지뿔 황소가 안 보이네
이리 보고 저리 보아도
이마에 흰 털이 박힌 암소가 안 보이네.
신의 소를 훔친 자는
러[5]인가 가[6]인가?

신의 소를 훔친 자는

---

5   러는 熱의 중국어 발음이고, 창족 사람을 가리킨다.
6   가(嘎)는 토착 민족인 거지인을 가리킨다.

죽을 죄를 지었네
병에 걸릴 큰 죄를 범했네.
아흔 날 아흔 밤이 지난 후
아바무비타의 셋째 아들이
다시 인간 세상에 와서 소를 세어 보았네
세어 보고 또 세어 보아도
꼬리가 짧은 암소가 안 보이네
이리 보고 저리 보아도
절름발이 암소가 안 보이네
신의 소를 훔친 자는
러인가 가인가?

신의 소를 훔친 자는
죽을 죄를 지었네
병을 앓을 큰 죄를 지었네
러에게는 방법이 많았네
러에게는 좋은 생각이 많았네
러는 하늘에 올라가
아바무비타에게 요청했네
인간 세상에 내려와 살펴보시라고
인간 세상에 내려와 조사를 해 보시라고
신의 소를 훔친 자가
러인지 가인지.

아바무비타는 셋째 아들을
인간 세상에 보내 조사를 했네.
셋째 아들은 가의 집 문어귀에서
소의 두개골 머리뼈 세 개를 파내고
러의 집 문어귀에서
나무옹이 세 개를 파냈네
아바무비타의 셋째 아들이 말했네
"신의 소를 훔친 자는
러가 아니라 가이다
가, 너는 죽을 죄를 지었다
가, 너는 병을 앓을 큰 죄를 지었다!"

인간 세상의 러는
방법을 생각했네
인간 세상의 러는
좋은 방법을 생각했네
인간 세상의 러는
순무를 먹고
인간 세상의 가는
쇠고기를 먹었네
인간 세상의 러는
하늘에 올라가
아바무비타의 셋째 아들에게 요청했네
인간 세상에 내려와서
러의 입안을 살펴보고

가의 입안을 살펴보시라 했네
신의 소를 훔친 자가
러인지 가인지 알아보시라 했네.
아바무비타의 셋째 아들은
속세에 내려왔네
러의 입안에서
치아 사이에 끼어 있는
순무 찌꺼기를 세 개 빼냈네
가의 입안에서는
치아 사이에 끼어 있는
쇠심줄을 세 개 빼냈네
아바무비타의 셋째 아들은
노여움에 떨었네
아바무비타의 셋째 아들은
화를 냈네
아바무비타의 셋째 아들은
이를 악물었네
아바무비타의 셋째 아들은
두 눈을 부릅떴네
아바무비타의 셋째 아들이 입을 열었네
"신의 소를 훔친 자는 러가 아니라
가, 바로 너다
가, 이제 너는 죽을 죄를 지었다
가, 이제 너는 병을 앓을 큰 죄를 지었다!"

아바무비타의 셋째 아들은
급히 하늘나라에 올라가
모든 것을 고해바쳤네
아바무비타는
하늘궁전을 나와
인간 세상에 내려와
러와 가를 직접 만나보기로 했네
도대체 그들이 신을 공경하고 있는지
도대체 그 마음이 얼마나 경건한지
이날,
아바무비타는 먼저 러에게 물었네
"너는 신을 어떻게 공경하느냐?"
러는 공손하게 대답했네
"신령에는 크고 작은 구별이 있고
신을 공경함에는 선후 순서가 있으니
먼저 큰 신에게 경배하고
그다음 작은 신에게 경배합니다.
측백나무는 집 뒤의 산에 심고
소나무는 집 앞의 나지막한 곳에 심지요.
소원을 비는 넓은잎삼나무 가지와
자작나무 가지는
잘 묶어서 집 뒤 신에게 경배하는 곳에 꽂아 두고요.
소나무 가지는
잘 묶어 집 아래 길가에 꽂아

여러 귀신에게 줍니다.
먼저 천신을 공경하고
그다음 다른 모든 신들을 공경하고
그 후에
조상을 공경하고
부모님을 공경하고
외삼촌을 공경하고
어르신들을 공경하고
친구를 공경하고
그다음 자기가 먹고
맨 마지막에 개를 먹입니다.”

아바무비타가 이번에는 가에게 물었네
“너는 어떤 순서로 신을 공경하느냐?”
가는 이렇게 대답했네
“저는 신을 공경함에 있어서
먼저 작은 신을 공경하고
그다음 큰 신을 공경합니다.
측백나무는 집 앞의 나지막한 곳에 심고
소나무는 집 뒤의 산 위에 심습니다
소나무 가지는 마구 묶어
집 뒤 신을 공경하는 곳에 꽂아 두고
넓은잎삼나무 가지와 자작나무 가지는
묶어 집 앞 낮은 곳에 꽂아

여러 귀신에게 드립니다.
음식은 먼저 제가 먹고
돼지와 개를 먹이고
그다음에야
형제와 친구들을 공경하고
어르신들을 공경하고
외삼촌을 공경하고
부모님을 공경하고
조상님들을 공경하고
여러 신들을 공경하고
맨 마지막에 천신을 공경합니다.”

아바무비타는 다 듣고 나서 말했네
“가, 너는 신을 공경할 줄 모르는구나
가, 너는 신을 공경함에 경건하지 못하구나.
틀렸어, 틀렸어,
가, 네가 틀렸어!
너희 둘이 여기 와 내기를 해 보거라
누가 먼저 천궁에 오르는지 보자.”

아바무비타는
러를 오르기 쉬운 박태기나무 위에 올려놓고
가를 오르기 어려운 가지 많은 나무 위에 올려놓았네
러는 박태기나무에서

한마디 외침 소리와 함께 천궁에 올라갔네
가는 가지가 많은 나무 위에서
여기를 밟아도 온전치 못하고
저기를 디뎌도 든든치 못하여
겨우겨우 천궁에 올라갔네
가는 러보다 늦게 천궁에 도착했네.

아바무비타가 가에게 말했다.
"너는 행동이 이렇게 굼떠서야
어찌 들짐승과 싸워 이길 수 있겠느냐!"
아바무비타는 러와 가에게
강둑에 누가 먼저 내려가는지 내기를 시켰네.
아바무비타는 얼음이 가득한 링빙초[7]에 밀짚단을 펴 놓고
러를 그 위에 앉혔네
러는 한마디 외침 소리와 함께 강둑까지 미끄러져 갔네
가는 황막한 산중에서
강둑을 향해 뛰어 내려가느라
가시가 손에 가득 박히고
수림 속을 뚫고 뛰어 내려가느라
가시가 발에 가득 박혔네
뛰고 또 뛰어
강둑에 이르러 보니

---

7   링빙초는 凌冰槽, 산 위에서 아래쪽으로 자연스럽게 형성된 움푹 파인 홈채기 또는 골짜
기이다.

러는 벌써 강둑에 앉아 있더라.
아바무비타가 말했네
"너는 동작이 그리 느려서야
어찌 농사를 짓겠느냐!
틀렸어, 틀렸어,
가, 네가 틀렸어.
잘못했어, 잘못했어,
가, 네가 잘못했어."

아바무비타는 또
러와 가에게
무예를 겨루게 했네
강둑 위에서 서로 상대방을 후려쳐
누가 이기는지 보자고 했네
아바무비타는
러에게는 싸리나무 채를 주고
가에게는 밀짚을 주었네
러는 싸리나무 채로
가를 후려치고 후려쳐
많은 가를 죽였네
가는 밀짚으로
러를 후려치고 후려쳤으나
러는 모두들 멀쩡했네
아바무비타가 말했네
"후려치기도 이기지 못하다니

정말 멍청하구나.
틀렸어, 틀렸어,
가, 이번에도 네가 틀렸어.
잘못했어, 잘못했어,
가, 이번에도 네가 잘못했어."

아바무비타는
러와 가더러
돌팔매질로 겨뤄 보라고 했네
아바무비타는
러에게는 흰 차돌을 주고
가에게는 찐빵을 주었네
러와 가는 서로 돌팔매질을 했네
가는 러에게 찐빵을 던졌네
러는 맞아도 생채기 하나 안 생길 뿐더러 떡을 주워 먹고
싸울수록 힘이 나서
흰 차돌을 던져 많은 가를 죽였네.
아바무비타가 말했네
"가, 너는 참으로 아무짝에도 쓸모없구나.
돌팔매질에도 지다니
틀렸어, 틀렸어,
가, 네가 틀렸어.
잘못했어, 잘못했어,
가, 네가 잘못했어."

아바무비타가 러에게 물었네
"네가 사는 곳에는
호수가 있느냐?
큰 강은 있느냐?
계곡물은 있느냐?"
러가 아바무비타에게 대답했네
"제가 사는 곳에는
물이 가득한 호수가 있고
물결이 출렁이는 큰 강이 있고
쏴쏴 흐르는 계곡물이 있습니다."

아바무비타가 가에게 물었네
"네가 사는 곳에는
호수가 있느냐?
큰 강은 있느냐?
계곡물은 있느냐?"
가가 아바무비타에게 대답했네
"제가 사는 곳에는
물이 가득한 호수가 있고
물결이 출렁이는 큰 강이 있고
쏴쏴 흐르는 계곡물이 있습니다."

아바무비타는
하늘궁전에 돌아와

셋째 아들을 불러
인간 세상에 가서 알아보라고 했네
호수가 있는지
큰 강이 있는지
계곡물이 있는지
아바무비타의 셋째 아들이
인간 세상 사처에 다니며 돌아보고 나서
돌아와 아바무비타에게 아뢰었네
"러와 가가 살고 있는 곳에는
호수에는 물이 출렁이고
큰 강에는 물이 가득 흐르고
계곡에도 물이 가득 흐르더이다."
아바무비타에게
좋은 생각이 떠올랐네
아바무비타에게
훌륭한 방법이 생겼네
아바무비타는
신을 공경할 줄 아는 러를 불러
쇠가죽 배에 숨어 있으라고 했네
아바무비타는 법술을 부렸네
아바무비타는 홍수를 내렸네.

가가 사는 곳에는
호수의 물이 넘쳐났네

큰 강의 물도 넘쳐났네
계곡물도 넘쳐났네.
아바무비타가 셋째 아들에게 물었네
"호수의 물이 어디까지 잠겼느냐?"
"호수의 물이 무릎까지 잠겼나이다."
아바무비타가 홍수를 내렸네
아바무비타가 셋째 아들에게 물었네
"큰 강의 물이 어디까지 잠겼느냐?"
"큰 강의 물이 허리까지 잠겼나이다."
아바무비타가 또 홍수를 내렸네
아바무비타가 셋째 아들에게 물었네.
"계곡의 물이 어디까지 잠겼느냐?"
"가가 살고 있는 곳이 전부 잠겼나이다.
나무 끝도 보이지 않나이다."
아바무비타가 법술을 부렸더니
큰물이 쏴쏴 소리와 함께
흔적 없이 사라졌네.

아바무비타의 셋째 아들이
아버지의 명을 받고
인간 세상에 내려와
홍수 피해 상황을 돌아보았네
이리저리 둘러보노라니
신을 공경할 줄 아는 러가

쇠가죽으로 만든 배에 앉아 있네
또 이리저리 둘러보노라니
창궐한 가는
모조리 물에 잠겨 죽고
한 사람도 살아남지 못했네
설산에 사는 들소도 왔네
산당나귀도 왔네
산양도 왔네
노루도 왔네
아바무비타의 셋째 아들이 물었네
"창궐한 가가 아직 살아 있느냐?"
"창궐한 가는 전부 물에 잠겨 죽고
한 놈도 살아남지 못했나이다."

붉은부리까마귀도 날아왔네
뱁새도 날아왔네
꿩도 날아왔네
개똥지빠귀도 날아왔네
참새도 날아왔네
뱀도 왔네
아바무비타의 셋째 아들이 물었네
"창궐한 가가 아직 살아 있느냐?"
"창궐한 가는 전부 물에 잠겨 죽고
한 놈도 살아남지 못했나이다."

곰이 뛰어왔네
아바무비타의 셋째 아들이 물었네
"창궐한 가가 아직 살아 있느냐?"
"창궐한 가는 아직도 많아요.
일부는 소를 잡고
일부는 돼지를 잡아
천신을 공경하더이다."
아바무비타의 셋째 아들은 노여웠네
"너 곰은 성실하지 못하구나
너 곰은 거짓말을 하는구나
너 곰은 자자손손 검은색이 되리니
영원히 희지 못하리라
이는 천신의 결정이다."

멧돼지가 달려왔네
아바무비타의 셋째 아들이 물었네
"창궐한 가가 아직 살아 있느냐?"
"창궐한 가는 아직도 많아요.
일부는 소를 잡고
일부는 돼지를 잡아
천신을 공경하더이다."
아바무비타의 셋째 아들은 노여웠네
"너 멧돼지는 성실하지 못하구나
너 멧돼지는 거짓말을 하는구나

　　　　　　　　　　　　　　　　

너 멧돼지는 자자손손 크지 못하리니
영원히 크지 못하리라
이는 천신의 결정이다.”

까마귀가 날아왔네
아바무비타의 셋째 아들이 물었네.
“창궐한 가가 아직 살아 있느냐?”
“창궐한 가는 아직도 많아요.
일부는 소를 잡고
일부는 돼지를 잡아
천신을 공경하더이다.”
아바무비타의 셋째 아들은 노여웠네
“너 까마귀는 성실하지 못하구나
너 까마귀는 거짓말을 하는구나
너 까마귀는 자자손손 검으리니
영원히 검으리라
이는 천신의 결정이다.”

강창자: 王治国, 남, 67세, 창족, 스비, 사숙 4년 정도
채록자: 刘尚乐, 李明, 孟燕, 周辉枝
번역자(창-중): 汪友伦, 남, 42세, 창족, 공무원, 중졸 수준 학력
정리자: 李明, 남, 63세, 한족, 교사, 대졸 수준 학력
채록지: 四川汶川县绵箎乡簇头寨
채록일: 1987.3

비거뉴(<창거대전>)[1]
必格纽(《羌戈大战》)

소를 잃다

천신 아바무비타

무비타에게는 아들 셋이 있었네

맏아들은 화궈산[2]에서 소를 방목하고

둘째 아들은 황허우포[3]에서 말을 방목하고

셋째 아들은 양원산[4]에서 양을 방목했네.

1　비거뉴는 必格纽, '돼지를 몰다'라는 뜻이다. 즉 돼지를 잡아 신에게 제사를 드리고 신에게 발원할 때 한 약속을 지킨다는 뜻이다. 원촨현(汶川县) 옌먼향(雁门乡) 샤오자이즈(小寨子) 마을의 스비(释比)인 위안전치(袁祯祺) 노인이 재해를 없애는 법사 때 부르는 경문 중 중단경(中坛经)의 하나이다. 그 내용은 서사시 〈창거대전(羌戈大战)〉의 내용과 같다. 천신의 도움을 받아 거지 사람들과의 싸움에서 이기는 과정과 하늘과 천신의 은혜에 보답하고자 돼지를 사다가 신에게 제사 지내는 과정을 보여준다. 이 경문은 이현(理县), 원촨현(汶川县)에 널리 유전되고 있다.

2　화궈산은 花果山, 산 이름. 쓰촨성 다저우시(达州市) 쉬안한현(宣汉县) 묘우안향(庙安乡)에 위치해 있으며, AAA급 관광지이다.

3　황허우퍼는 黄猴坡, 산 이름. 오늘날 黄猴坡라는 산 이름은 찾을 수 없으며, 쓰촨성 청두시 신진구(新津区) 리화시풍경구(梨花溪风景区)에 猴儿坡라는 산이 있다.

4　양원산은 羊汶山, 산 이름. 오늘날 羊汶山이라는 산 이름은 찾을 수 없다. 이 책에 나오는 다른 한 서사시 〈무제주〉에서는 천신의 딸 무제주가 사랑하는 총각에게 자기의 세 오빠

어느 날,
천신의 맏아들은 소를 몰고 천궁을 떠나
화궈산으로 갔네
목장에서 소를 세어 볼 때는
가지뿔 소가 무리에 있었네
뿔이 둥근 소도 무리에 있었네
해가 서산에 지고
황혼이 깃들어서
소를 몰고 천궁에 돌아가려고
천신의 맏아들이 소를 세어 보니
가지뿔 소도 보이지 않고
뿔이 둥근 소도 보이지 않았네
천신의 맏아들은 초조했네
천신의 맏아들은 어찌하면 좋을지 몰랐네
목장 주위를 샅샅이 뒤져 보아도
어디에도 종적이 없네
천신의 맏아들은 천궁에 돌아가
천신에게 보고를 드렸네
"오늘 화궈산에서 방목을 했는데
목장에서 소 떼의

를 소개하면서 "큰 오빠는 화궈산에서 말을 방목하고 둘째 오빠는 황허우퍼에서 소를 방
목하고 셋째 오빠는 원산에서 양을 방목한다."고 한다. 이로부터 양원산은 원산과 같은 산
일 것으로 추측해 볼 수 있다. 원산(汶山)은 일반적으로 민산 산맥(岷山山脉)을 가리킨다. 민
산 산맥은 쓰촨성 북부와 간쑤성 남부 경계에 있다.

숫자를 헤아려 볼 때에는
가지뿔 소도 있었고
뿔이 둥근 소도 있었나이다.
그런데 황혼이 되어 돌아오려 할 때에는
가지뿔 소도 안 보이고
뿔이 둥근 소도 안 보이고
목장 주위를 샅샅이 찾았건만
어디에도 종적이 없으니
아바무비타여,
저는 어찌하면 좋나이까?"

조사

천궁의 소가 사라졌네
아바무비타는 노여움에 떨었네
천신은 맏아들과 의논하여
함께 인간 세상에 내려왔네.
천신과 맏아들은
먼저 창족 사람을 찾아 물었네
"너희 창족 사람들이 화궈산
신의 목장에 간 적이 있느냐?
가지뿔 소를 본 적이 있느냐?

뿔이 둥근 소를 본 적이 있느냐?”
창족 사람들은 급히 대답했네
“천신의 목장에 가 본 적이 없나이다
가지뿔 소도 본 적이 없나이다
뿔이 둥근 소도 본 적이 없나이다.”

천신은 거지 사람[5]에게도 물었네
“너희 거지 사람들이 화궈산
신의 목장에 간 적이 있느냐?
가지뿔 소를 본 적이 있느냐?
뿔이 둥근 소를 본 적이 있느냐?”
거지 사람들은 급히 대답했네
“천신의 목장에 가 본 적이 없나이다
가지뿔 소도 본 적이 없나이다
뿔이 둥근 소도 본 적이 없나이다.”

목장에서 사라진 가지뿔 소
목장에서 사라진 뿔이 둥근 소
창족 사람들이 훔쳐다 죽였을까?
창족 사람들이 불러다 죽였을까?

---

5   거지 사람은 戈基人으로, 거지는 음역이다. 창족 사람들이 간쑤성(甘肅省), 칭하이성(青海省)
     일대에서 동남쪽으로 이동하여 민강(岷江) 유역에 와서 살게 되었을 때, 그 지역에 원래부
     터 살고 있던 민족으로 '가(嘎)' 혹은 '가얼부(嘎尔补)'라고 불렀다. 이들의 정식 명칭은 거지
     인(戈基人)이다.

창족 사람들이 그 고기를 먹었을까?
소의 뼈는 거지 사람들의 동굴 입구에 쌓여 있었네
거지 사람들은 소뼈에 붙은 고기를 보고
하나둘 뜯어먹고 있었네
창족 사람들은 천신이 조사하러 올 것을 염려하여
저마다 야채 말랭이를 집어 먹었네
잇새에 야채 말랭이가 가득 끼었네.

과연 천신이 조사하러 왔네
천신은 창족 사람들의 잇새에서
야채 찌꺼기를 찾아냈네
천신은 거지 사람들의 잇새에서
쇠고기 찌꺼기를 찾아냈네.

천신은 생각에 잠겼다가
창족 사람에게 물었네
"신과 창족, 거지족 중 너희는 누구를 좋아하고 위하느냐?"
창족 사람들이 대답하기를
"저희는 신을 공경하고 창족을 위하지만
거지족은 싫나이다!"
천신은 몸을 돌려
거지 사람에게 물었네
"신과 창족, 거지족 중 너희는 누구를 좋아하고 위하느냐?"
거지 사람들이 무비타에게 대답하기를

"신도 싫고 창족도 싫나이다.
다만 우리 거지족만을 좋아하고 위하나이다."
천신은 듣고 나서 분노해서
맏아들을 이끌고 천궁에 돌아갔네.

첫 전투

아바무비타는
심중에 계책을 세웠네
창족과 거지 사람들을 르부바[6]에 불러
창족과 거지 사람들을
전장에서 승부를 가르게 했네.

아바무비타는
나무 몽둥이를 창족 사람들에게 나눠 주고
삼 막대를 거지 사람들에게 나눠 줬네
천신은 먼저 거지 사람들에게 외쳤네
창족 사람들을 쳐부수라고 외쳤네.

---

6 르부바는 日补坝, 창족 지명으로 중국어로는 룽둥거우바즈(龙洞沟坝子)이다. 오늘날의 마오현(茂县) 펑이진(凤仪镇) 난차오촌(南桥村)에 있다. 日补는 용이 사는 곳이라는 뜻이고, 坝는 넓은 개활지를 뜻한다.

거지 사람들은 아바무비타의 외침 소리를 들었네

거지 사람들은 아바무비타의 명령을 따랐네

삼 막대를 쳐들고 전투에 나서

삼 막대로 창족 사람들을 때려 부쉈네

삼 막대로 사람을 때리는 소리

삼 막대가 끊어지는 소리

외침 소리, 함성 소리가 진동했네

거지 사람들은 용감하게 전투에 임했네

아바무비타는 연이어 거지 사람들을 칭찬했네

"거지 사람들은 모두 쇠처럼 단단하구나."

아바무비타는 몸을 돌려

창족 사람들에게 외쳤네

손에 든 나무 몽둥이로

거지 사람들을 힘껏 족치라고 외쳤네.

몽둥이로 한 번 내리치면 하나가 죽고

몽둥이로 두 번 내리치면 둘이 죽고

몽둥이로 세 번 내리치면 셋이 죽고

거지 사람들이 무수히 죽어 나갔네

르부바에 시체가 가득 널렸네.

아바무비타는

거짓으로 창족 사람들을 꾸짖었네

"창족 사람들은 능력이 없구나

몽둥이를 힘없이 휘두르는구나."

힘 겨루기

하루는 아바무비타가
창족 사람과 거지 사람을 불렀네
장작 패기로 힘을 겨루되
많이 팬 사람이 이긴 것이라 했네.
창족 사람은 흰 쇠도끼를 허리춤에 차고
장작 패러 나왔네
왼손으로 장작을 집어 놓고
오른손으로 흰 쇠도끼를 휘둘러
삽시간에 한 무더기를 팼네
거지 사람은 힘이 센 것을 믿고
도끼 없이 맨손으로 장작을 쪼개려 했네
이리 쪼개도 안 쪼개지고
저리 쪼개도 안 쪼개져서
거지 사람은 당황했네
거지 사람은 조급했네
거지 사람은 큰 공을 세우고 싶었네
창족 사람이 도끼로 장작을 찍어 틈을 내자
거지 사람은 그 틈새에 손을 들이밀어
큰 장작을 쪼개려 했네
창족 사람이 재빨리 도끼를 빼내자
거지 사람의 손은 장작에 집혔네
거지 사람은 아파서 비명을 질렀네.

치열한 전투

아바무비타는
또다시 창족과 거지 사람들을 산 위에 불러와서
산 위에 전장을 차렸네
아바무비타는 거지 사람들에게 눈 세 덩이를 주면서
눈덩이를 무기로 삼으라 했네
천신은 먼저 거지 사람들에게 외쳤네
눈덩이를 들어 창족 사람들에게 힘껏 던지라고 외쳤네.
눈덩이가 창족 사람의 몸에 맞으니
눈덩이가 흩어지고
눈꽃이 마구 날렸네
두 번째 눈덩이가 창족 사람의 몸에 맞으니
눈덩이가 흩어지고
눈꽃이 마구 날렸네.
세 번째 눈덩이가 창족 사람의 몸에 맞으니
눈덩이가 흩어지고
눈꽃이 마구 날렸네.
천신은 거짓으로 거지 사람들을 칭찬했네
"거지 사람들은 재주가 좋고
쇠처럼 단단하구나."
거지 사람들은 득의양양했네
거지 사람들은 이를 드러내고 웃었네.
아바무비타는 몸을 돌려

세 개의 백석(白石)을 창족 사람들에게 주면서

백석을 무기로 삼아

거지 사람들을 힘껏 족치라고 했네.

창족 사람들은 백석을 뿌렸네

거지 사람들이 백석에 맞아 죽었네

백석을 하나 뿌리면 한 사람이 죽고

백석을 두 개 뿌리면 두 사람이 죽고

백석을 세 개 뿌리면 세 사람이 죽었네

해가 뜰 때부터 해가 질 때까지

새벽부터 황혼까지 싸웠네

죽고 다친 거지 사람들이 온 산을 뒤덮고

창족 사람들은 싸울수록 더 힘이 났네.

지혜로운 전투

아바무비타는 또 거지 사람들과 창족 사람들을 불렀네

붉은 벼랑가에 전장을 마련했네

천신은 창족 사람들을 도와주려고

창족 사람들에게 벼랑 아래 숨어 있으라고 몰래 알렸네

허수아비를 만들라고 몰래 알렸네

허수아비에 창족 옷을 입히라고 몰래 알렸네.

허수아비가 벼랑 옆에 서 있는 모양이

창족 사람들이 진을 치고 있는 듯이 보였네
아바무비타는
허수아비 세 개를 벼랑 아래로 내려뜨리고
허수아비가 벼랑 아래에 떨어지자
벼랑 아래에 대고 소리쳐 물었네
"벼랑 아래에 샘물이 있느냐?
벼랑 아래에 꽃이 있느냐?
벼랑 아래에 삼림이 있느냐?
벼랑 아래에 새가 있느냐?
벼랑 아래는 추우냐 더우냐?
벼랑 아래에 살 곳은 있느냐?
벼랑 아래에 잡아먹을 돼지는 있느냐?
벼랑 아래에 마실 짜주[7]는 있느냐?"
벼랑 아래 숨어 있던 창족 사람들은
구구절절 그럴듯하게 대답했네
"벼랑 아래 샘물은 달아요
벼랑 아래 두견화는 향기로워요
벼랑 아래 삼림은 얼마나 넓은지 몰라요
벼랑 아래 새는 노래 불러요
벼랑 아래는 춥지도 덥지도 않아요
벼랑 아래 망루는 연이어져 있어요
벼랑 아래 돼지고기는 3년을 먹을 수 있어요

7　짜주는 咂酒의 음역으로 짜주술을 가리킨다. 창족 사람들이 알곡으로 빚어 만든 전통술이
　　다.

벼랑 아래 짜주는 9년을 마실 수 있어요."
이때 천신이 명령을 내렸네
"붉은 벼랑가에 진을 치되
창족 사람들은 나의 왼쪽에 서고
거지 사람들은 나의 오른쪽에 서거라
벼랑 아래 경치가 좋으니
먼저 차지하는 자가 주인이 될 것이야!"
거지 사람들이 조급해했네
거지 사람들이 당황했네
창족 사람들이 벼랑 밑 좋은 땅을 차지할까 봐
너도나도 벼랑에서 뛰어내렸네
하나가 뛰면
하나가 죽고
둘이 뛰면
둘이 죽고
벼랑 밑에 시체가 댐처럼 높이 쌓였네
그때부터 거지 사람이 보이지 않았네.

경축

르부바에 사람들이 인산인해를 이루었네
가죽북 두드리는 소리가 하늘가에 울려 퍼지고

노랫소리는 산천을 뒤흔들었네

인간과 신이 함께 승리를 경축했네.

산도 웃고

물도 웃고

대장의 구령 소리에 맞춰

병마가 일제히 열을 지어 섰네.

"거지인은 소멸되었다

거지인은 멸종되었다

그러나 앞으로 적은 또 나타날 것이고

치열한 싸움도 있을 것이다

창족 사람들은 함께 노력하여

창족의 성을 쌓자

성을 다 쌓으면

견고하여 적을 막기 좋으리."

창족 사람들은 한마음으로 뭉쳐

낮에도 성을 쌓고

밤에도 성을 쌓았네

뜨거운 햇볕 아래에서도 성을 쌓고

눈보라가 몰아쳐도 성을 쌓았네.

성을 다 쌓고 나서는

란룽부[8]도 지었네

8　란룽부는 冉陇府, 란룽은 부락명이다. 사마천의 『사기·남이전(史记·南夷传)』에 기록이 있
　　다. 부는 관청이나 관아라는 뜻이다.

란룽부는 산을 병풍 삼고
그 앞에는 물이 흘렀네
란룽부 주위에는
망루가 구름 위에 솟았네.

거지 사람들이 다 죽고 없어지자
땅은 넓고 사람은 드물게 되었네
창족 사람들은 성씨에 따라
땅을 나누었네
사람마다 분주히 새 터를 잡고
부락마다 두령을 뽑았네
공정한 사람을 뽑았네
전투에 능한 사람을 뽑았네
방목 잘하는 사람을 뽑았네.

침입하는 적을 막기 위하여
원산군[9]에 군대를 파견했네.
부락마다 산채마다 사람을 뽑아
산을 순시하였네
산골짜기를 순시하였네
밀림 속을 순시하였네
창족 산천의 안녕을 수호하였네

9　원산군은 汶山郡, 고대 군 이름이다. 한무제는 지금 쑹마오(松茂) 등 창족 집거 지역에 원산
군(汶山郡)을 설치하였다.

창족 부락의 안녕을 수호하였네.

돼지를 사다

창족 사람들은 거지 사람들과 싸워 이겼네
창족 사람들은 거지 사람들을 소멸하였네.
이는 천신의 도움이요
무비타의 사랑이라
청두[10]에 가서 돼지를 사 와야 하네
신령스런 돼지를 사다가 천신에게 드리고
하늘의 은혜에 감사를 드려야 하네.

러산자이[11] 두령이 먼 길을 떠나게 되었네
러산자이 두령이 고향을 떠나게 되었네
먼 길을 떠나기 전에는
먼저 지신님께 제사를 지내야 하네
고향을 떠날 때에는
먼저 지신님께 경배해야 하네.

---

10 청두는 成都, 오늘날 쓰촨성 성 정부 소재지.

11 러산자이는 乐善寨, 乐善은 지명이고, 寨는 부락을 뜻한다. 乐善寨는 오늘날의 원촨현(汶川县) 옌먼향(雁门乡) 샤오자이즈(小寨子)이다. 각주 19부터 러산자이 두령이 청두에까지 이르는 동안 연도의 각 부락명이 나오는데 그중 창족 부락이 많고 청두에 가까운 곳은 한족 부락일 가능성이 있다. 옌먼향에서 청두까지 거리는 약 230km쯤 된다.

러산자이 두령은
은전을 어깨에 메고
정교한 저울을 허리춤에 차고
쭝취[12] 지방에 이르니
쭝취 두령이 돼지를 사 달라 부탁하네
돼지를 사서 천신에게 공양하겠다고 하네
신을 공경하는 것은 큰일이라
러산자이 두령은 도와주리라 했네.

러산자이 두령이 스구[13]에 이르니
스구자이 두령이 돼지를 사 달라 부탁하네
돼지를 사서 천신에게 공양하겠다고 하네
신을 공경하는 것은 큰일이라
러산자이 두령은 도와주리라 했네.

러산자이 두령이 치싱관[14]에 이르니
치싱관 두령이 돼지를 사 달라 부탁하네
돼지를 사서 천신에게 공양하겠다고 하네
신을 공경하는 것은 큰일이라
러산자이 두령은 도와주리라 했네.

---

12 쭝취는 宗渠, 지명. 마오현(茂县)성에서 15리 떨어진 곳에 있다.

13 스구는 石鼓, 지명. 오늘날의 마오현(茂县) 스구향(石鼓乡)이다.

14 치싱관은 七星关, 지명. 마오현(茂县)성에서 45리 되는 곳 난싱향(南星乡)에 있다.

러산자이 두령이 옌먼[15]에 이르니
옌먼자이 두령이 돼지를 사 달라 부탁하네
돼지를 사서 천신에게 공양하겠다고 하네
신을 공경하는 것은 큰일이라
러산자이 두령은 도와주리라 했네.

러산자이 두령이 웨이저우[16]에 이르니
웨이저우자이 두령이 돼지를 사 달라 부탁하네
돼지를 사서 천신에게 공양하겠다고 하네
신을 공경하는 것은 큰일이라
러산자이 두령은 도와주리라 했네.

러산자이 두령이 원촨[17]에 이르니
원촨자이 두령이 돼지를 사 달라 부탁하네
돼지를 사서 천신에게 공양하겠다고 하네
신을 공경하는 것은 큰일이라
러산자이 두령은 도와주리라 했네.

러산자이 두령이 냥즈링[18]에 이르니

---

15 옌먼은 雁门, 지명. 오늘날의 원촨현(汶川县) 옌먼향(雁门乡)이다.

16 웨이저우는 威州, 지명. 오늘날의 원촨현(汶川县) 웨이저우진(威州镇)이다. 원촨현 동북부에 있고 동쪽은 마오현(茂县), 남쪽은 펑저우시(彭州市), 서쪽은 멘쓰진(绵虒镇), 북쪽은 바저우진(瀰州镇)과 잇닿아 있다.

17 원촨은 汶川, 지명. 오늘날의 원촨현(汶川县) 현성이다.

18 냥즈링은 娘子岭, 지명, 오늘날의 청두시 두장옌시(都江堰市)와 원촨현(汶川县)의 접경 지대에

냥즈링자이 두령이 돼지를 사 달라 부탁하네
돼지를 사서 천신에게 공양하겠다고 하네
신을 공경하는 것은 큰일이라
러산자이 두령은 도와주리라 했네.

러산자이 두령이 유시[19]에 이르니
유시자이 두령이 돼지를 사 달라 부탁하네
돼지를 사서 천신에게 공양하겠다고 하네
신을 공경하는 것은 큰일이라
러산자이 두령은 도와주리라 했네.

러산자이 두령이 관현[20]에 이르니
관현자이 두령이 돼지를 사 달라 부탁하네
돼지를 사서 천신에게 공양하겠다고 하네
신을 공경하는 것은 큰일이라
러산자이 두령은 도와주리라 했네.

러산자이 두령이 피현[21]에 이르니
피현자이 두령이 돼지를 사 달라 부탁하네
돼지를 사서 천신에게 공양하겠다고 하네

있으며 옛날 차마고도(茶马古道)가 이곳을 거쳐 갔다.
19　유시는 油溪, 지명. 오늘날의 두장옌시(都江堰市) 룽시(龙溪)이다.
20　관현은 灌县, 지명. 오늘날의 청두시 두장옌시(都江堰市)의 옛이름이다.
21　피현은 郫县, 지명. 오늘날의 청두시 피현이다.

신을 공경하는 것은 큰일이라
러산자이 두령은 도와주리라 했네.

러산자이 두령이 청두에 이르니
청두자이 두령이 물었네
"러산에서 청두까지 오려면
천 개의 산을 넘고
백 갈래의 강을 건너야 하오
이렇게 고생하고
이렇게 힘들게 왔는데
무슨 중요한 일이 있소?"
러산자이 두령이 대답했네
"천 개의 산을
넘어왔고
백 갈래의 강을
건너왔소
고생도
두렵지 않고
힘든 것도
두렵지 않소.
나는 청두에 돼지를 사러 왔소
돼지를 사다가 하늘에 한 약속을 지키고
돼지를 사다가 천신에 제사 지내고
돼지를 사다가 하늘의 은혜에 감사를 드리려고 하오!"

청두자이 두령이 돼지 값을 불렀네
러산자이 두령은 값을 깎았네
부르고 깎고 흥정을 해서
드디어 두 사람은 값을 정했네
청두자이 두령이
돼지를 세어 러산자이 두령에게 주니
러산자이 두령은
자세히 돼지를 세어 받았네
러산자이 두령은
은냥 다는 저울을 꺼내 손에 들고
은냥을 넉넉히 달아 돼지 값을 쳐주었네.

러산자이 두령은 고향이 그리웠네
러산자이 두령은 가족 친지들이 그리웠네.
돼지를 몰고 피현에 이르러
주는 술도 안 마시고
주는 고기도 안 먹었네
신령스러운 돼지 열 마리를 피현자이 두령에게 주고
돼지 값어치 은냥을 받고
돼지 값어치 돈을 받았네
러산자이 두령은 가족 친지들이 그리워
러산자이 두령은 고향이 그리워 급히 길을 떠났네.

러산자이 두령은 고향이 그리웠네

러산자이 두령은 가족 친지들이 그리웠네.

돼지를 몰고 유시에 이르러

주는 술도 안 마시고

주는 고기도 안 먹었네

신령스러운 돼지 열 마리를 유시자이 두령에게 주고

돼지 값어치 은냥을 받고

돼지 값어치 돈을 받았네

러산자이 두령은 가족 친지들이 그리워

러산자이 두령은 고향이 그리워 급히 길을 떠났네.

러산자이 두령은 고향이 그리웠네

러산자이 두령은 가족 친지들이 그리웠네.

돼지를 몰고 냥즈링에 이르러

주는 술도 안 마시고

주는 고기도 안 먹었네

신령스러운 돼지 열 마리를 냥즈링자이 두령에게 주고

돼지 값어치 은냥을 받고

돼지 값어치 돈을 받았네

러산자이 두령은 가족 친지들이 그리워

러산자이 두령은 고향이 그리워 급히 길을 떠났네.

러산자이 두령은 고향이 그리웠네

러산자이 두령은 가족 친지들이 그리웠네.

돼지를 몰고 원촨에 이르러

주는 술도 안 마시고
주는 고기도 안 먹었네
신령스러운 돼지 열 마리를 원촨자이 두령에게 주고
돼지 값어치 은냥을 받고
돼지 값어치 돈을 받았네
러산자이 두령은 가족 친지들이 그리워
러산자이 두령은 고향이 그리워 급히 길을 떠났네.

러산자이 두령은 고향이 그리웠네
러산자이 두령은 가족 친지들이 그리웠네.
돼지를 몰고 웨이저우에 이르러
주는 술도 안 마시고
주는 고기도 안 먹었네
신령스러운 돼지 열 마리를 웨이저우자이 두령에게 주고
돼지 값어치 은냥을 받고
돼지 값어치 돈을 받았네
러산자이 두령은 가족 친지들이 그리워
러산자이 두령은 고향이 그리워 급히 길을 떠났네.

러산자이 두령은 고향이 그리웠네
러산자이 두령은 가족 친지들이 그리웠네.
돼지를 몰고 옌먼에 이르러
주는 술도 안 마시고
주는 고기도 안 먹었네

신령스러운 돼지 열 마리를 옌먼자이 두령에게 주고
돼지 값어치 은냥을 받고
돼지 값어치 돈을 받았네
러산자이 두령은 가족 친지들이 그리워
러산자이 두령은 고향이 그리워 급히 길을 떠났네.

러산자이 두령은 고향이 그리웠네
러산자이 두령은 가족 친지들이 그리웠네.
돼지를 몰고 치싱관에 이르러
주는 술도 안 마시고
주는 고기도 안 먹었네
신령스러운 돼지 열 마리를 치싱관자이 두령에게 주고
돼지 값어치 은냥을 받고
돼지 값어치 돈을 받았네
러산자이 두령은 가족 친지들이 그리워
러산자이 두령은 고향이 그리워 급히 길을 떠났네.

러산자이 두령은 고향이 그리웠네
러산자이 두령은 가족 친지들이 그리웠네.
돼지를 몰고 스구에 이르러
주는 술도 안 마시고
주는 고기도 안 먹었네
신령스러운 돼지 열 마리를 스구자이 두령에게 주고
돼지 값어치 은냥을 받고

돼지 값어치 돈을 받았네
러산자이 두령은 가족 친지들이 그리워
러산자이 두령은 고향이 그리워 급히 길을 떠났네.

러산자이 두령은 고향이 그리웠네
러산자이 두령은 가족 친지들이 그리웠네.
돼지를 몰고 쭝춰에 이르러
주는 술도 안 마시고
주는 고기도 안 먹었네
신령스러운 돼지 열 마리를 쭝춰자이 두령에게 주고
돼지 값어치 은냥을 받고
돼지 값어치 돈을 받았네
러산자이 두령은 가족 친지들이 그리워
러산자이 두령은 고향이 그리워 급히 길을 떠났네.

러산자이 두령은 고향이 그리웠네
러산자이 두령은 가족 친지들이 그리웠네.
돼지를 몰고 웨이저우에 이르니
신령스러운 돼지를 사왔다는 말에
성안의 사람들
노인도 아이도
남자도 여자도
실눈을 지으며 호호 웃었네
입을 벌리고 하하 웃었네

작은 돼지는 우리에 넣어 키우고
큰 돼지는 잡아 신에게 바쳤네.

신에게 제사를 지내다

일 년은 열두 달
시월 초하루는 길일
시월 초하루는 천신에게 제사 지내는 날
신령스러운 돼지를 잡아 천신에게 제사 지내고
신령스러운 양을 잡아 천신에게 제사 지내고
신령스러운 닭을 잡아 천신에게 제사 지내네
천신에게 제사 지내고
천신에게 한 약속을 지키네
성안의 모든 사람이 신에게 한 약속을 지키네
가가호호 신에게 한 약속을 지키네
남녀노소 신에게 한 약속을 지키네
신령스러운 돼지, 신령스러운 양, 신령스러운 닭을 일제히 올려
무비에게 제사 드리고 하늘의 은혜에 감사드리네.

강창자: 袁祯棋, 남, 77세, 창족, 스비, 사숙 5개월 정도
채록자: 李明, 남, 55세, 한족, 교사, 대졸 수준 학력
　　　　刘光良, 남, 50세, 한족, 대졸 수준 학력

번역자(창-중): 袁祯棋
정리자: 李明
채록지: 四川汶川县雁门乡小寨子村
채록일: 1980.10.

무제주[1]
木姐珠

강가에서의 즐거운 만남

하늘에는 무제주가 살고 있었네
무제주는 마음속으로 인간 세상을 그리워했네
무제주는 마음속으로 인간 세상을 좋아했네

땅에는 더우안주가 살고 있었네
더우안주는 마음속으로 새색시를 얻고 싶었네
더우안주는 마음속으로 새색시 얻기를 바랐네

무제주는 열일고여덟 살 되도록 시집가지 않았네

---

1   무제주는 木姐珠, 인명. 〈무제주〉는 원촨현(汶川县) 옌먼향(雁门乡) 샤오자이즈(小寨子)의 스비 위안전치(袁禎祺) 노인이 강창하는 스비경 중 상단경의 일부이다. 이 유형의 이야기를 보통 〈무제주와 더우안주(木姐珠与斗安珠)〉라고 부른다. 전하는 말에 의하면 무제주는 천신 아바무비타의 셋째 공주인데 인간 세상의 더우안주와 서로 사랑하여 결혼하고 창족의 자손을 번성시켰으며 인간 세상의 일체를 만들었다고 한다. 창족 사람들은 무제주를 조상신, 시조로 모신다. 창족 사람들은 천지신에게 감사를 드리거나 소원을 빌 때, 그리고 중요한 명절 때면 반드시 스비를 청하여 이 경을 강창한다. 경문이 비교적 길기에 의미 단락에 따라 소제목을 달았다.

그때까지 시집도 안 가고 뭘 기다렸을까?
시집 안 가고 멋진 총각을 기다리고 있었네

더우안주는 스물네 살이 되도록 장가들지 않았네
그때까지 장가도 안 가고 뭘 기다렸을까?
장가 안 가고 좋은 처녀 기다리고 있었네

천신의 공주 좋은 총각 기다리고
지상의 기남자 좋은 처녀 기다렸네.

이날은 좋은 날
이날은 길상스러운 날
무제주는 양을 몰고 원산[2]에 갔네
양털 담은 배낭을 어깨에 걸치고
양털실 짜는 방추는 손에 들고

무제주는 원산에 와서
무제주는 백석 위에 앉아
양털 담은 배낭은 옆에 놓고
왼쪽으로도 방추를 돌리고
오른쪽으로도 방추를 돌렸네

2　원산은 汶山, 산 이름. 원산은 일반적으로 민산 산맥(岷山山脉)을 가리킨다. 민산 산맥은 쓰
촨성 북부와 간쑤성 남부 경계에 있다.

무제주는 양 떼를 지켰네
신령스러운 개가 양 떼를 몰았네
사냥개가 양 떼를 몰았네

무제주는 양 떼를 지켰네
신령스러운 매가 양 떼를 몰았네
사냥매가 양 떼를 몰았네

바로 이 길상스러운 날에
바로 이 경사스러운 날에
더우안주가 나무하러 원산에 왔네
공주와 기남자가 만났네
무제주와 더우안주가 만났네

무제주는 더우안주를 보면서 웃음을 지었네
행복한 웃음을 지었네
더우안주는 황홀하게 무제주를 보았네
넋을 잃고 바라보았네

무제주와 더우안주가 처음 만났네
큰 바위 옆에서 처음 만났네
무제주와 더우안주가 처음 상봉했네
길상스러운 날 처음 상봉했네

아름다운 셋째 공주
총명한 무제주가
먼저 집안 얘기를 했네
먼저 자기 얘기를 했네

"저희 집은 천궁에 있어요
저희 집은 하늘 성에 있어요
아바무비타,
그분이 저의 아버지예요.

저에게는 오빠가 세 분 있어요
큰 오빠는 화궈산[3]에서 말을 방목하고
둘째 오빠는 황허우퍼[4]에서 소를 방목하고
셋째 오빠는 원산에서 양을 방목해요

저에게는 언니가 두 분 있어요
큰 언니는 신의 궁전에 시집가서 신의 일을 관할하고
둘째 언니는 용궁에 시집가서 용의 일을 관할해요
저는 셋째 공주라서
신의 일을 관할하지 않으니 얼마나 자유스러운지 몰라요

---

3   화궈산은 花果山, 산 이름. 쓰촨성 다저우시(达州市) 쉬안한현(宣汉县) 묘우안향(庙安乡)에 위치
해 있으며, AAA급 관광지이다.

4   황허우퍼는 黃猴坡, 산 이름. 오늘날 黃猴坡라는 산 이름은 찾을 수 없으며, 쓰촨성 청두시
신진구(新津区) 리화시풍경구(梨花溪风景区)에 猴儿坡라는 산이 있다.

용의 일도 관할하지 않으니 얼마나 자유스러운지 몰라요."

더우안주는 자기의 신세를 생각했네
더우안주는 자기의 신세를 말했네
"나는 아버지도 없고 어머니도 없소
나는 혼자 외롭게 사오
혼자 황무지를 개간하여 곡식을 심고
혼자 원산에서 양을 방목하오
생각하면 마음이 서글프오
말하려니 마음이 서글프오."

말문을 방금 열었는데
하고 싶은 말을 미처 다 못했는데
벌써 해가 지려 하네
해가 서산에 지려 하네

더우안주는 떠나기 아쉬웠네
무제주는 마음속에 사랑의 마음이 생겼네
무제주는 각반을 풀어서 더우안주에게 주었네
비록 말은 안 했지만 천 마디 말보다 나았네

더우안주는 사랑의 정표를 받고
마음이 꿀을 먹은 것 같았네
더우안주는 사랑의 정표를 받아들고

마치 꿈을 꾸는 것 같았네.

이날은 좋은 날
이날은 길상스러운 날
무제주와 더우안주가 다시 만났네
화전[5] 옆에서 또다시 상봉했네

무제주와 더우안주
상봉의 기쁨 이루 다 말할 수 없었네
무제주와 더우안주
이별 후의 그리웠던 정 이루 다 말할 수 없었네

만남의 시간은 너무 짧았네
해는 벌써 서산에 지려 하네
무제주는 머리에서 참빗을 빼
더우안주에게 주었네

더우안주는 참빗을 두 손에 받쳐들고
더우안주는 무제주를 바라보면서
무제주를 애타게 바라보면서
가슴속의 수많은 말을 단 한 마디도 말할 수 없었네.

5　화전은 火地, 火田, 주로 산간 지대에서 풀과 나무를 불사르고 그 자리를 파 일구어 농사
　　를 짓는 밭이다.

이날은 좋은 날
이날은 길상스러운 날
더우안주는 강가에 물 길으러 갔다가
강가에서 무제주를 만났네

두 사람은 강가의 풀밭에 앉아
강가에 앉아 사랑의 사오시[6]를 불렀네
물 긷는 것도 잊고 사랑의 노래 사오시를 불렀네
집에 돌아가는 것도 잊고 사랑의 노래를 불렀네

해가 서산에 지려 하네
해가 서산에 졌네
무제주는 산호 반지를 벗어 더우안주에게 주었네
무제주는 사랑의 마음을 더우안주에게 주었네.

하늘에서의 청혼

9월 30일은 길상스러운 날
무제주와 더우안주는

6　사오시는 苗西, 창족어의 음역으로 사랑의 노래이다. 일반적으로 남녀가 대창하는 방식으로 부르면서 상대방에 대한 애모의 정을 표현한다.

신에게 환원[7]하는 곳에서 만났네
하늘의 은혜에 감사드리는 곳에서 상봉했네.

무제주는 기쁨에 넘쳐 더우안주에게 말했네
무제주는 마음이 부풀어 더우안주에게 말했네
"오늘 저녁 인간 세상에서 천신에게 경배 드려요
오늘 저녁 인간 세상에서 천신에게 감사 예참을 드려요
오늘 저녁 천문이 활짝 열리니
오늘 저녁 천문이 열리기를 기다려
저랑 함께 천궁에 가요
저랑 함께 하늘나라에 가요."

더우안주는 깜짝 놀랐네
더우안주는 화들짝 놀랐네
더우안주는 무제주에게 말했네
"하늘나라는 신이 사는 곳이오
천궁은 신이 거주하는 곳이오
하늘나라 선경에 나는 미련이 없소
천신이 사는 곳에 나는 갈 엄두가 안 나오."

아름다운 무제주
총명한 셋째 공주

더우안주를 설득했네
더우안주를 안심시켰네
"그대는 인간 세상에 살고
나는 하늘나라에 사니
만날 기회가 적어요
상사의 그리움 견디기 힘들어요
그대도 기다리고 나도 기다려서
9월 천문이 열리는 날을 겨우 맞았는데
길상스러운 날을 놓칠 수 없어요
좋은 기회가 언제 또 오겠어요?

그대가 하늘나라에 감히 가지 못하겠으면
그대가 천궁에 들어가기 싫으면
천궁의 양 우리에 피해 있어도 돼요
천궁의 양 우리에 잠시 몸을 숨겨도 돼요."

더우안주는 이러기도 저러기도 난감했네
더우안주는 여러모로 생각을 해보고
더우안주는 마음을 크게 먹고
하늘나라에 갈 것을 승낙했네

밤이 깊고 인적이 그치기를 기다려
삼경이 되기를 기다려
무제주와 더우안주는

나란히 하늘나라에 갔네.

시월 초하루
네 명의 신하가 천신에게 아뢰었네
"천궁에 낯모를 사람이 왔었나요?
왜 천궁에서 인간의 냄새가 많이 나는거죠?"

아바무비타는
이상하다고 생각했네
"천궁에 인간이 온 적이 없다.
인간이 어찌 감히 천궁에 들어오겠느냐?"

네 명의 신하가 또 아뢰었네.
"존경하는 아바무비타,
당신의 천궁에 사람 냄새가 짙어요
인간의 불결한 기운이 천궁에 가득 퍼져 있어요."

천신이 듣고 의심이 생겨서
큰딸을 불러 물었네
"네가 신궁에 시집와 신의 일을 관할하는데
혹시 사람을 하늘나라에 끌어들이지 않았느냐?
혹시 사람을 천궁에 끌어들인 게 아니냐?"

큰 공주가 무비타에게 아뢰었네

"제가 신궁에 시집가 신의 일을 다스리면서
감히 사람을 하늘나라에 끌어들이지는 못해요
감히 사람을 천궁에 끌어들이지는 못해요."

아바무비타가 큰 공주에게 분부했네
"너 다락[8]에 올라가 보거라
주위를 자세히 살펴보거라
주위를 낱낱이 찾아보거라
인간 세상의 사람이 천궁에 들어온 건 아닌지
인간 세상의 사람이 하늘나라에 숨어든 건 아닌지."

큰 공주는 천신의 말을 듣고
다락에 올라가 보았네
이리 봐도 사람의 그림자가 안 보이고
저리 봐도 사람의 그림자가 안 보였네

큰 공주는 돌아와서 무비타에게 아뢰었네
"당신의 큰딸이 다락에 올라가서
주위를 자세히 살펴보았으나
인간 세상의 사람은 보지 못했나이다
주위를 낱낱이 찾아보았으나
인간 세상 사람은 찾지 못했나이다."

---

8   다락은 土排楼, 창족 사람들은 보통 3층으로 된 집에 사는데, 사다리를 타고 2층에 올라가
     면 먼저 사방에 난간도 없고 지붕도 없는 텅 빈 곳에 이른다. 이곳을 土排楼라고 한다.

중국 창족 서사시

천신은 그래도 마음이 놓이지 않아
둘째 딸을 불러 물었네
"너는 용궁에 시집가 용의 일을 관리하는데
혹시 사람을 하늘나라에 끌어들이지 않았느냐?
혹시 사람을 천궁에 끌어들인 게 아니냐?"

둘째 공주가 무비타에게 아뢰었네
"제가 용궁에 시집가 용의 일을 다스리면서
감히 사람을 하늘나라에 끌어들이지는 못해요
감히 사람을 천궁에 끌어들이지는 못해요."

아바무비타가 둘째 공주에게 분부했네
"너 다락에 올라가 보거라
주위를 자세히 살펴보거라
주위를 낱낱이 찾아보거라
인간 세상의 사람이 천궁에 들어온 건 아닌지
인간 세상의 사람이 하늘나라에 숨어든 건 아닌지"

둘째 공주는 천신의 말을 듣고
다락에 올라가 보았네
이리 봐도 사람의 그림자가 안 보이고
저리 봐도 사람의 그림자가 안 보였네

둘째 공주는 돌아와서 무비타에게 아뢰었네

"당신의 둘째 딸이 다락에 올라가서
주위를 자세히 살펴보았으나
인간 세상의 사람을 보지 못했나이다
주위를 낱낱이 찾아보았으나
인간 세상 사람을 찾지 못했나이다."

천신은 그래도 마음이 놓이지 않아
셋째 딸을 불러 물었네
"나의 막내딸 무제주야
너는 신궁에 시집가 신의 일을 보지도 않고
너는 용궁에 시집가 용의 일을 보지도 않는데
혹시 사람을 하늘나라에 끌어들이지 않았느냐?
혹시 사람을 천궁에 끌어들인 게 아니냐?"

셋째 공주가 무비타에게 아뢰었네
"아빠의 머리카락이 희었어요
아빠의 눈썹도 희었어요
아빠는 연세가 많아요!

당신의 막내딸은 신에게 시집가지 않았고
신궁에서 신의 일을 관할하기도 싫고
당신의 딸은 용에게 시집가지 않았고
용궁에서 용의 일을 관할하기도 싫어요.

당신의 막내딸은 다만 양을 방목하고 싶어요
원산에서 양을 방목하고 싶어요
저는 사람을 하늘나라에 끌어들이지 않았어요
저는 사람을 천궁에 끌어들이지 않았어요."

천신이 셋째 공주에게 분부했네
"너 다락에 올라가 보거라
주위를 자세히 살펴보거라
주위를 낱낱이 찾아보거라
인간 세상의 사람이 천궁에 들어온 건 아닌지
인간 세상의 사람이 하늘나라에 숨어든 건 아닌지"

셋째 공주는 천신의 말을 듣고
급히 다락에 올라갔네
급히 양 우리에 들어갔네
급히 이 일을 더우안주에게 알렸네

"아빠가 이렇게 물으셨어요.
누가 사람을 하늘나라에 끌어들인 게 아니냐?
누가 사람을 천궁에 끌어들였느냐?
그러시더니 사처에서 인간 세상의 사람을 찾고 있어요.

그러니 나랑 함께 천궁에 들어가
당당하게 천신을 마주하면 어떨까요?

만약 천신이 그대에게 물으시면
만약 천신이 그대에게 캐물으시면

그대는 놀라지 마세요
그대는 조급해하지 마세요
그대는 겁내지 마세요
그대는 이렇게 대답하세요
존경하는 아바무비타시여
경애하는 아바무비타시여
저는 인간 세상의 사람 더우안주이옵니다.
특별히 천신께 청혼을 드립니다
아바무비타에게 간절히 청합니다
셋째 공주를 저에게 허락해 주십시오.
무제주를 저에게 시집보내 주십시오.”

무제주의 생각이 좋았네
무제주의 방법이 좋았네
더우안주는 듣고 나서 매우 기뻤네
더우안주는 무제주를 따라
천궁에 들어갔네.

무제주는 더우안주를 이끌어 천궁에 들어갔네
무제주는 더우안주를 이끌어 천신을 만나 뵈었네
“더우안주, 너 오늘 하늘나라에 왔는데

더우안주, 너 오늘 천궁에 왔는데
하늘나라가 신이 사는 곳인 줄 알고 있느냐?
천궁이 내가 사는 곳인 줄 알고 있느냐?

더우안주야, 너는 인간 세상의 사람인데
사람들이 신에게 감사 예참을 드리는 곳에 있지 않고
신에게 제사 드리는 곳에 있지 않고
무엇하러 하늘나라에 왔느냐?
무엇하러 나의 천궁에 왔느냐?"

더우안주는 천신의 질문을 받고
공경스럽게 천신께 대답을 했네
"존경하는 아바무비타시여
경애하는 아바무비타시여
저는 인간 세상의 사람 더우안주이옵니다.
더우안주는 오늘 천궁에 들어와
특별히 천신께 청혼을 드립니다
아바무비타께 간절히 청하옵건대
셋째 공주를 저에게 허락해 주십시오.
무제주를 저에게 시집보내 주십시오."

첫 번째 난제 해결하기

중국 창족 서사시

무비타는 방법을 생각했네
무비타는 묘책을 생각했네
무비타는 묘한 계책을 생각해 냈네
더우안주를 시험할 묘한 계책을 생각해 냈네
"더우안주, 넌 인간 세상의 사람이고
무제주는 천신의 셋째 공주이다
나의 셋째 공주를
어찌 허투루 인간 세상의 사람에게 시집보내랴?

네가 셋째 공주를 얻으려면
나의 무제주를 얻으려면
한 가지 일을 완성하여야 하리
한 가지 일을 잘 해내야 하리.

내일 아침 일찍
날이 채 밝기 전
안개가 채 걷히기 전
너는 밀가루떡을 몸에 지니고
나를 따라 링빙초[9]에 가야 한다.

9　링빙초는 凌冰槽, 산꼭대기에서 산 아래로 자연스럽게 형성된 홈채기이다.

너는 링빙초 가운데 서 있고
나는 링빙초 꼭대기에 올라가
나무를 내려보내고
돌을 내려보낼 터이다.

나무를 내려보내면 나무를 받고
돌을 내려보내면 돌을 받거라.
나무와 돌을 모두 받아 내면
나의 무제주를 너에게 허락하리라.”

더우안주는 좋은 방법이 생각나지 않아
더우안주는 좋은 계책이 떠오르지 않아
황혼 무렵에 물 긷는 길목에 갔네
물 긷는 길목에서 무제주를 기다렸네.

마침내 무제주가 물 긷는 길목에 왔네
황혼 무렵에 셋째 공주를 만났네
더우안주는 천신이 낸 난제를 무제주에게 알려 줬네
더우안주는 무제주에게 계책을 물었네.

아름다운 무제주가
총명한 셋째 공주가
좋은 말로 더우안주를 위안했네
“조급해하지 마세요

당황하지 마세요
생각은 제가 할게요
방법은 제가 낼게요.
내일 아침 일찍
날이 채 밝기 전
안개가 채 걷히기 전
그대는 밀가루떡을 몸에 지니고
천신을 따라 링빙초에 가세요
우리 아빠를 따라 링빙초에 가세요
아바무비타가 링빙초 꼭대기에 올라가면
그대는 커다란 바위를 찾아 숨으세요
그대는 커다란 바위 뒤에 숨으세요.

천신이 링빙초 꼭대기에 올라가
나무를 아래로 굴릴 거예요
바위를 아래로 굴릴 거예요
나무가 굴러 내리는 소리가 들려도
그대는 나오지 마세요
바위가 굴러 내리는 소리가 들려도
그대는 나오지 마세요.
나무 굴러 내리는 소리가 그치고
바위 굴러 내리는 소리도 그치면
그대는 얼른 뛰어나와 링빙초 가운데 서세요
머리카락과 눈썹이 하얀 노인이 내려오면

그대는 얼른 받아 안으세요
그대는 꽉 끌어안으세요.

이 계획대로 일을 완성한 후
이 계획대로 일을 해낸 후
그대는 곧 아빠 앞에 가서 청혼하세요
그대는 곧 천신 앞에 나아가 청혼하세요."

이튿날 아침 일찍
날이 채 밝기 전
안개가 채 걷히기 전
더우안주는 밀가루떡을 몸에 지니고
천신을 따라 링빙초에 갔네
무비타는
링빙초 꼭대기에 올라가고
더우안주는
바위 뒤에 숨었네.

아바무비타가
나무를 내려보내자
나무가 굴러 내리는 소리가 우당탕탕 울렸네
더우안주는 바위 뒤에서 나오지 않았네.

아바무비타가

돌을 내려보내자
돌이 굴러 내리는 소리가 우당탕탕 울렸네
더우안주는 바위 뒤에서 나오지 않았네.

나무가 굴러 내리는 소리가 멈추고
바위가 굴러 내리는 소리도 멈추자
더우안주는 재빨리 나왔네
더우안주는 재빨리 링빙초 가운데 나가 섰네.

머리카락과 눈썹이 흰 노인이 내려왔네
링빙초를 따라 내려왔네
더우안주는 재빨리 노인을 받아 안았네
더우안주는 노인을 꽉 끌어안았네.

때는 이미 황혼
더우안주는 이 백발노인이 누구인지 몰랐네!
수염이 흰 이 노인이 누구인지 몰랐네!
더우안주는 백발노인과 작별하고 천궁에 돌아갔네.

더우안주는 천궁에 돌아가서
더우안주는 천신을 만났네
더우안주는 천신에게 아뢰었네
"존경하는 아바무비타시여
경애하는 아바무비타시여

오늘 링빙초에 가서
굴러 내리는 나무도 받아 내고
굴러 내리는 돌도 받아 내고
머리카락과 눈썹이 흰 노인이 내려오는 것도
저는 받아 안았나이다
고생도 할 만큼 했고
힘들기도 많이 힘들었으니
당신의 무제주를 저에게 허락해 주십시오
당신의 셋째 공주를 저한테 시집보내 주십시오.”

화전 일구기

무비타는 방법을 생각했네
무비타는 묘한 계책을 생각해 냈네
더우안주를 시험할 묘한 계책을 생각해 냈네
“더우안주, 넌 인간 세상의 사람이고
무제주는 천신의 셋째 공주이다
나의 셋째 공주를
어찌 허투루 인간 세상의 사람에게 시집보내랴?

네가 셋째 공주를 얻으려면
나의 무제주를 얻으려면

한 가지 일을 완성하여야 하리
한 가지 일을 잘 해내야 하리.

내일 아침 일찍
날이 채 밝기 전
안개가 채 걷히기 전
너는 밀가루떡을 몸에 지니고
흰 쇠로 된 굽은 칼을 손에 들고
열아홉 개의 산에 올라가거라
네가 하루 사이에
아홉 개 산비탈의 잡목을 베어 버리고
아홉 개 골짜기의 잡목도 베어 버리면
나의 딸 무제주를 너에게 허락하리라."
더우안주는 좋은 방법이 생각나지 않아
더우안주는 좋은 계책이 떠오르지 않아
황혼 무렵에 물 긷는 길목에 갔네
물 긷는 길목에서 무제주를 기다렸네.

마침내 무제주가 물 긷는 길목에 왔네
황혼 무렵에 셋째 공주를 만났네
더우안주는 천신이 낸 난제를 무제주에게 알려 줬네
더우안주는 무제주에게 계책을 물었네.

아름다운 무제주가

총명한 셋째 공주가
좋은 말로 더우안주를 위안했네
"조급해하지 마세요
당황하지 마세요.
생각은 제가 할게요
방법은 제가 낼게요.
내일 아침 일찍
날이 채 밝기 전
안개가 채 걷히기 전
그대는 밀가루떡을 몸에 지니고
흰 쇠로 된 굽은 칼을 손에 들고
열아홉 개의 산에 올라
아홉 개 산비탈 네 귀퉁이의 잡목을 한 번씩 찍고
아홉 개 골짜기 네 귀퉁이의 잡목도 한 번씩 찍고
큰 바위 뒤에 가서 숨으세요.

나무 찍는 소리가 요란해도 그대는 두려워하지 마세요
돌 파내는 소리가 요란해도 그대는 두려워하지 마세요
나무 찍는 소리가 안 들리거든
돌 파내는 소리가 안 들리거든
그대는 바위 뒤에서 나와서
굽은 칼을 가지고
천궁에 돌아오세요
그리고 곧 아빠 앞에 가서 청혼하세요

그리고 곧 천신 앞에 나아가 청혼하세요."

중국 창족 서사시

이튿날 아침 일찍
날이 채 밝기 전
안개가 채 걷히기 전
더우안주는 밀가루떡을 몸에 지니고
흰 쇠로 된 굽은 칼을 손에 들고
열아홉 개의 산에 올라
아홉 개 산비탈 네 귀퉁이의 잡목을 한 번씩 찍고
아홉 개 골짜기 네 귀퉁이의 잡목도 한 번씩 찍고
큰 바위 뒤에 가서 숨었네.

나무 찍는 소리가 요란해도 그는 두렵지 않았네
돌 파내는 소리가 요란해도 그는 두렵지 않았네
나무 찍는 소리가 안 들리자
돌 파내는 소리가 안 들리자
더우안주는 바위 뒤에서 나와서
굽은 칼을 가지고 하늘 성에 돌아갔네
손에 칼을 들고 천궁에 돌아갔네.

더우안주는 천궁에 돌아가
더우안주는 천신을 만났네
더우안주는 천신께 아뢰었네
"존경하는 아바무비타시여

경애하는 아바무비타시여
아홉 개 산비탈의 잡목을 다 베었어요
아홉 개 골짜기의 잡목도 다 베었어요
고생도 할 만큼 했고
힘들기도 무척 힘들었어요
당신의 딸 무제주를 저한테 허락해 주십시오
당신의 셋째 공주를 저한테 시집보내 주십시오.”

화전에서 당한 봉변

무비타는 방법을 생각했네
무비타는 묘한 계책을 생각해 냈네
더우안주를 시험할 묘한 계책을 생각해 냈네
“더우안주, 넌 인간 세상의 사람이고
무제주는 천신의 셋째 공주이다
나의 셋째 공주를
어찌 허투루 인간 세상의 사람에게 시집보내랴?

네가 셋째 공주를 얻으려면
나의 무제주를 얻으려면
한 가지 일을 완성하여야 하리
한 가지 일을 잘 해내야 하리.

내일 아침 일찍
날이 채 밝기 전
안개가 채 걷히기 전
너는 밀가루떡을 몸에 지니고
부싯돌을 허리춤에 차고
열아홉 개의 산에 올라가서
부싯돌로 불을 켜거라
아홉 개 산비탈의 자락에 불을 붙이고
아홉 개 골짜기의 자락에도 불을 붙이고
돌아가면서 네 귀퉁이에 다 불을 붙이거라
돌아가면서 네 귀퉁이에 다 불을 붙인 후
너는 가서 잠을 자거라
황무지 옆에 가 잠을 자거라
아홉 개 산비탈의 황무지를 모두 불태우고
아홉 개 골짜기의 황무지도 모두 불태우면
나의 딸 무제주를 너에게 허락하리라.”

부싯돌로 불을 켜서 산을 태우는 것
그것이 뭐 그리 어렵단 말인가
무제주를 찾아가지 않아도 되리
무제주에게 시름을 끼치지 않으리.

이튿날 아침 일찍
날이 채 밝기 전

안개가 채 걷히기 전
더우안주는 밀가루떡을 몸에 지니고
부싯돌을 허리춤에 차고
열아홉 개의 산에 올라가서
부싯돌로 불을 켰네
아홉 개 산비탈의 자락에 불을 붙이고
아홉 개 골짜기의 자락에도 불을 붙이고
돌아가면서 네 귀퉁이에 다 불을 붙였네.
돌아가면서 네 귀퉁이에 다 불을 붙인 후
가서 잠을 잤네
황무지 옆에서 잠을 잤네.

아홉 개 산비탈에 불이 붙었네
아홉 개 골짜기에 불이 붙었네
사면팔방이 모두 불길이네
황무지 옆의 초목이 모두 불타올랐네
더우안주는 피할 곳이 없었네.

더우안주는 두 손으로 머리를 감싸고
산 귀퉁이에 숨었네
더우안주는 두 손으로 머리를 감싸고
산 귀퉁이에 숨었네.

더우안주의 온몸에 불이 붙었네

살 타는 냄새가 사방에 퍼졌네
사방에서 살 타는 냄새를 맡을 수 있었네
먼 곳에서도 살 타는 냄새를 맡을 수 있었네.

그때 무제주는 원산에 있었네
원산 초산에서 아홉 떼의 양을 방목하고 있다가
갑자기 불길함을 느꼈네
갑자기 살 타는 냄새를 맡았네.

무제주는 더우안주에게 일이 생겼음을 알아차렸네
더우안주가 화전에서 봉변을 당했음을 알았네
무제주는 급히 하늘 성에 돌아왔네
무제주는 급히 천궁에 돌아왔네.

무제주는 급히 둘째 언니한테 찾아갔네
둘째 언니더러 어서 비를 내려 달라 졸랐네
둘째 언니더러 아홉 개 산비탈에 비를 내려 달라 졸랐네
둘째 언니더러 아홉 개 골짜기에 비를 내려 달라 졸랐네.

먹장구름이 모이더니
번개가 번쩍이고
우레가 울고
큰비가 내렸네

아홉 개 산비탈의 큰불이 꺼졌네

아홉 개 골짜기의 큰불도 꺼졌네
사방의 불길이 모두 꺼졌네
더우안주 몸에 붙었던 불길도 꺼졌네.

해가 서산에 졌네
황혼이 깃들었네
무제주는 양을 몰고 돌아왔네
물 긷는 길목에서 더우안주를 기다렸네
애타게 더우안주를 기다렸네

드디어 더우안주가 왔네
더우안주가 지팡이를 짚고 걸어왔네
온몸이 불에 그을렸네
살이 타서 터졌네.

무제주는 마음이 아팠네
무제주는 눈물을 흘렸네
무제주는 더우안주를 부축하며 나무랐네
"그대는 황무지를 태우러 가면서
왜 미리 저한테 귀띔하지 않았나요?
왜 미리 저랑 의논하지 않았나요?
이렇게 온몸이 타다니
얼마나 아플까요!
그대보다 어수룩한 사람은 세상에 없을 거예요

그대보다 바보스런 사람은 세상에 없을 거예요
그대는 빨리 인간 세상에 가서
깨끗한 물을 길어다 대야에 담아요
샘물을 길어다 대야에 담아요
그리고 세 갈래 갈림길 어귀에서
백석 세 개를 주워 오세요
세 갈래 갈림길 어귀에서
백석 세 개를 가져오세요

백석 세 개를 화덕에 달구고
흰색의 쇠보습을 화덕에 달궈서
빨갛게 단 백석과 쇠보습을
대야의 물속에 넣으세요
대야에서 더운 김이 피어오르면
그 물로 몸을 씻으면서
더운 김을 몸에 쐬세요.

측백나무 가지를 주워 오고
두견화 가지를 주워 오세요
측백나무 가지를 태워 연기로 몸을 쐬고
두견화 가지를 태워 연기로 몸을 쐬세요.

연기로 몸을 쐬고 물로 몸을 씻으면
불에 그을린 데가 말끔히 나을 거예요

불에 탄 데도 말끔히 나을 거예요
화상이 깨끗이 치료되면
상처가 깨끗이 나으면 천궁에 다시 와서
저의 아버지한테 다시 와서 청혼을 해 주세요."

무제주의 말대로
연기를 쐬고
물로 씻었더니
더우안주의 상처는 깨끗이 나았네.

더우안주는 천궁에 가서
더우안주는 천신을 만나
더우안주는 천신께 아뢰었네
"존경하는 아바무비타시여
경애하는 아바무비타시여
오늘 저는 열아홉 개의 산에 가서
아홉 개 산비탈의 황무지도 다 태우고
아홉 개 골짜기의 황무지도 다 태웠어요
고생도 할 만큼 했고
힘들기도 많이 힘들었으니
당신의 무제주를 저에게 허락해주십시오
당신의 셋째 공주를 저한테 시집보내 주십시오."

화전에서의 파종

무비타는 방법을 생각했네
무비타는 묘한 계책을 생각해 냈네
더우안주를 시험할 묘한 계책을 생각해 냈네
"더우안주, 넌 인간 세상의 사람이고
무제주는 천신의 셋째 공주이다
나의 셋째 공주를
어찌 허투루 인간 세상의 사람에게 시집보내랴?

네가 셋째 공주를 얻으려면
나의 무제주를 얻으려면
한 가지 일을 완성하여야 하리
한 가지 일을 잘 해내야 하리.

내일 아침 일찍
날이 채 밝기 전
안개가 채 걷히기 전
너는 밀가루떡을 몸에 지니고
유채씨 아홉 말을 어깨에 짊어지고
열아홉 개의 산에 올라
아홉 개 산비탈의 화전과
아홉 개 골짜기의 화전에
아홉 말의 유채씨를 다 뿌리면

아홉 개 비탈과 아홉 개 골짜기의 화전에 다 뿌리면
나의 딸 무제주를 너한테 시집보내리라.”

더우안주는 좋은 방법이 생각나지 않아
더우안주는 좋은 계책이 떠오르지 않아
황혼 무렵에 물 긷는 길목에 갔네
물 긷는 길목에서 무제주를 기다렸네.

마침내 무제주가 물 긷는 길목에 왔네
황혼 무렵에 셋째 공주를 만났네
더우안주는 천신이 낸 난제를 무제주에게 알려 줬네
더우안주는 무제주에게 계책을 물었네.

아름다운 무제주가
총명한 셋째 공주가
좋은 말로 더우안주를 위안했네
“조급해하지 마세요
당황하지 마세요
생각은 제가 할게요
방법은 제가 낼게요.

내일 아침 일찍
날이 채 밝기 전
안개가 채 걷히기 전

유채씨 아홉 말을 가져오고

주머니 아홉 개를 가져와서

주머니 하나에 유채씨 한 말씩 담아서

아홉 개의 주머니를 다 채우세요

아홉 주머니의 유채씨를 둘러메고

열아홉 개의 산에 올라

골짜기마다 유채씨 한 주머니씩 걸어 두고

산비탈마다 유채씨 한 주머니씩 걸어 두고

아홉 골짜기 화전에

골짜기마다 한 줌씩 뿌리고

아홉 산비탈 화전에

산비탈마다 한 줌씩 뿌리세요

다 뿌리고 나서

큰 바위 뒤에 몸을 숨기고

큰 바위 뒤에 숨어서

참새가 짹짹짹 울어도 나오지 마세요.

짹짹짹 소리가 그칠 때면

아홉 산비탈 화전에 파종이 끝난 거예요

아홉 골짜기 화전에 파종이 끝난 거예요

아홉 말의 유채씨를 다 뿌리면

그대는 큰 바위 뒤에서 나와

빈 주머니를 메고 하늘 성에 돌아오세요

빈 주머니를 메고 천궁에 돌아오세요

그리고 곧 아빠 앞에 가서 청혼하세요

그리고 곧 천신 앞에 나아가 청혼하세요.”

이튿날 아침
날이 채 밝기 전
안개가 채 걷히기 전
더우안주는
유채씨 아홉 말을 가져오고
주머니 아홉 개를 가져와서
주머니 하나에 유채씨 한 말씩 담아서
아홉 개의 주머니를 다 채웠네
아홉 주머니의 유채씨를 둘러메고
열아홉 개의 산에 올라
골짜기마다 유채씨 한 주머니씩 걸어 두고
산비탈마다 유채씨 한 주머니씩 걸어 두고
아홉 골짜기 화전에
골짜기마다 한 줌씩 뿌리고
아홉 산비탈 화전에
산비탈마다 한 줌씩 뿌렸네
다 뿌리고 나서
큰 바위 뒤에 몸을 숨겼네
큰 바위 뒤에 숨었네
참새가 짹짹짹 울어도 나오지 않았네.
짹짹짹 소리가 그치자
아홉 산비탈 화전에 파종이 끝났네

아홉 골짜기 화전에 파종이 끝났네
아홉 말의 유채씨가 다 뿌려지자
더우안주는
빈 주머니를 메고 하늘 성에 돌아갔네
빈 주머니를 메고 천궁에 돌아갔네.

더우안주는 천궁에 돌아가
더우안주는 천신을 만났네
더우안주는 천신께 아뢰었네
"존경하는 아바무비타시여
경애하는 아바무비타시여
저는 오늘 열아홉 개 산에 가서
아홉 산비탈의 화전에 파종을 했어요
아홉 골짜기의 화전에도 파종을 했어요
고생도 할 만큼 했고
힘들기도 많이 힘들었어요
당신의 딸 무제주를 저한테 허락해 주십시오
당신의 셋째 공주를 저한테 시집보내 주십시오."

유채씨 다시 줍기

무비타는 방법을 생각했네

무비타는 묘한 계책을 생각해 냈네
더우안주를 시험할 묘한 계책을 생각해 냈네
"더우안주, 넌 인간 세상의 사람이고
무제주는 천신의 셋째 공주이다
나의 셋째 공주를
어찌 허투루 인간 세상의 사람에게 시집보내랴?

네가 셋째 공주를 얻으려면
나의 무제주를 얻으려면
한 가지 일을 완성하여야 하리
한 가지 일을 잘 해내야 하리.

내일 아침 일찍
날이 채 밝기 전
안개가 채 걷히기 전
너는 밀가루떡을 몸에 지니고
빈 주머니 아홉 자루를 어깨에 메고
열아홉 개의 산에 올라
아홉 개 산비탈에 뿌린 유채씨를 모두 주워 오너라
아홉 개 골짜기에 뿌린 유채씨를 모두 주워 오너라
아홉 말의 유채씨를 모두 주워 오너라.

아홉 개 비탈에 뿌린 유채씨를 모두 주워 오면
아홉 개 골짜기에 뿌린 유채씨를 모두 주워 오면

아홉 말의 유채씨를 모두 다시 주워 오면
나의 딸 무제주를 너한테 시집보내리라.”

더우안주는 좋은 방법이 생각나지 않아
더우안주는 좋은 계책이 떠오르지 않아
황혼 무렵에 물 긷는 길목에 갔네
물 긷는 길목에서 무제주를 기다렸네.

마침내 무제주가 물 긷는 길목에 왔네
황혼 무렵에 셋째 공주를 만났네
더우안주는 천신이 낸 난제를 무제주에게 알려 줬네
더우안주는 무제주에게 계책을 물었네.

아름다운 무제주가
총명한 셋째 공주가
좋은 말로 더우안주를 위안했네
“조급해하지 마세요
당황하지 마세요
생각은 제가 할게요
방법은 제가 낼게요.

내일 아침 일찍
날이 채 밝기 전
안개가 채 걷히기 전

중국 창족 서사시

그대는 밀가루떡을 몸에 지니고
빈 주머니 아홉 자루를 어깨에 메고
열아홉 개의 산에 올라
소가죽 주머니를
아홉 개 산비탈에 걸어 놓고
아홉 개 골짜기에 걸어 놓고
유채씨 아홉 알을 주워
주머니마다 한 알씩 넣으세요
이 일을 마치고는
이 일을 다 하고는
큰 바위 뒤에 몸을 숨기세요
큰 바위 뒤에 숨어 있어요.

참새가 짹짹짹 공중에서 울 거예요
참새가 짹짹짹 울어도
그대는 나오지 마세요
참새 소리가 그치면
아홉 산비탈의 유채씨를 다 주은 거예요
아홉 골짜기의 유채씨도 다 주은 거예요
아홉 말의 유채씨가 다 주워 담기면
그대는 큰 바위 뒤에서 나와
유채씨를 메고 하늘 성에 돌아오세요
유채씨를 메고 천궁에 돌아오세요
그리고 곧 아빠 앞에 가서 청혼하세요

그리고 곧 천신 앞에 나아가 청혼하세요."

이튿날 아침
날이 채 밝기 전
안개가 채 걷히기 전
더우안주는
밀가루떡을 몸에 지니고
빈 주머니 아홉 자루를 어깨에 메고
열아홉 개의 산에 올라
소가죽 주머니를
아홉 개 산비탈에 걸어 놓고
아홉 개 골짜기에 걸어 놓고
유채씨 아홉 알을 주워
주머니마다 한 알씩 넣었네.

이 일을 마치고
이 일을 끝내고
더우안주는 큰 바위 뒤에 몸을 숨겼네
큰 바위 뒤에 숨어 있었네.

참새가 공중에서 짹짹짹 울었네
참새가 짹짹짹 울어도
더우안주는 나오지 않았네
참새 소리가 그치자

아홉 산비탈의 유채씨가 주머니에 모두 담겼네
아홉 골짜기의 유채씨도 주머니에 모두 담겼네
아홉 말의 유채씨가 주머니에 모두 담기자
더우안주는 큰 바위 뒤에서 나와
유채씨를 메고 하늘 성에 돌아갔네
유채씨를 메고 천궁에 돌아갔네.

더우안주는 천궁에 돌아가
더우안주는 천신을 만났네
더우안주는 천신께 아뢰었네
"존경하는 아바무비타시여
경애하는 아바무비타시여
저는 오늘 열아홉 개 산에 가서
아홉 산비탈의 유채씨를 모두 주워 왔어요
아홉 골짜기의 유채씨도 모두 주워 왔어요
고생도 할 만큼 했고
힘들기도 무척 힘들었어요
당신의 딸 무제주를 저한테 허락해 주십시오
당신의 셋째 공주를 저한테 시집보내 주십시오."

비둘기 쏘아 떨구기

중국 창족 서사시

아홉 산비탈의 유채씨를 모두 주워 오고
아홉 골짜기의 유채씨도 모두 주워 왔네
아홉 말의 유채씨를 모두 주워 왔네
아바무비타는 깜짝 놀랐네
아바무비타는 믿을 수가 없었네
아바무비타는
네 명의 신하를 불러왔네
아바무비타는
곡식을 관리하는 신하를 불러왔네.

곡식을 관리하는 신하는 말로 재 보고
곡식을 관리하는 신하는 되로 재 보았네
이리 재 보아도 모자라고
저리 재 보아도 모자랐네.

곡식을 관리하는 신하는 저울에 달아 보았네
곡식을 관리하는 신하는 천칭에 달아 보았네
이리 달아 보아도 모자라고
저리 달아 보아도 아홉 알이 모자랐네.

아바무비타는
몸을 돌려 더우안주에게 말했네

"아홉 말의 유채씨에서 일부 모자란다
아홉 말의 유채씨에서 아홉 알이 적다
너는 열아홉 개의 산에 올라가서
아홉 산비탈과
아홉 골짜기에서
유채씨 아홉 알을 찾아오거라
한 알도 남김없이 찾아온다면
나의 딸 무제주를 너한테 시집보낼 것이다."

더우안주는 어찌할지 몰랐네
더우안주는 좋은 방법이 없었네
황혼 무렵에 물 긷는 길목에 갔네
물 긷는 길목에서 무제주를 기다렸네.

마침내 무제주가 물 긷는 길목에 왔네
황혼 무렵에 셋째 공주를 만났네
더우안주는 천신이 낸 난제를 무제주에게 알려 줬네
더우안주는 무제주에게 계책을 물었네.

아름다운 무제주가
총명한 셋째 공주가
좋은 말로 더우안주를 위안했네
"조급해하지 마세요
당황하지 마세요

생각은 제가 할게요
방법은 제가 낼게요.

내일 아침 일찍
날이 채 밝기 전
안개가 채 걷히기 전
그대는 밀가루떡을 몸에 지니고
아버지의 신궁을 몸에 메고
아버지의 화살을 허리에 꽂고
그대는 열아홉 개의 산에 올라
열아홉 개의 산에 올라 천천히 기다리세요.

검은부리까마귀가
까욱까욱 울면서 날아오면
묻지도 말고
쏘지도 마세요
노랑부리까마귀가
까욱까욱 울면서 날아오면
묻지도 말고
쏘지도 마세요.

산비둘기가 날아오면
그대는 묻고
그대는 활을 쏘세요

중국 창족 서사시

산비둘기를 쏘아 떨구고
배를 갈라
아홉 알의 유채씨를 찾으세요
유채씨를 가지고 하늘 성에 돌아오세요
유채씨를 가지고 천궁에 돌아오세요
그리고 곧 아빠 앞에 가서 청혼하세요
그리고 곧 천신 앞에 나아가 청혼하세요."

이튿날 아침 일찍
날이 채 밝기 전
안개가 채 걷히기 전
더우안주는
밀가루떡을 몸에 지니고
신궁을 메고
화살을 허리춤에 차고
열아홉 개의 산에 갔네
열아홉 개의 산 위에서 기다렸네.

검은부리까마귀가 날아왔네
까욱까욱 울면서 날아왔네
더우안주는 마음이 급해서 까마귀에게 물었네
"검은부리까마귀야, 너는 화전에 간 적이 있느냐?
유채씨 아홉 알을 네가 쪼아 먹었느냐?"

까마귀가 급히 대답했네
"저는 화전에 간 적도 없고
유채씨를 쪼아 먹은 적도 없어요
제발 저를 쏘지 마세요."

노랑부리까마귀가 날아왔네
까욱까욱 울면서 날아왔네
더우안주는 마음이 급해서 노랑부리까마귀에게 물었네
"노랑부리까마귀야, 너는 화전에 간 적이 있느냐?
유채씨 아홉 알을 네가 쪼아 먹었느냐?"

노랑부리까마귀가 급히 대답했네
"저는 화전에 간 적도 없고
유채씨를 쪼아 먹은 적도 없어요
제발 저를 쏘지 마세요."

산비둘기 한마리가 날아왔네
신나게 날아왔네
더우안주는 마음이 다급해 산비둘기에게 물었네
"산비둘기야, 너는 화전에 간 적이 있느냐?
유채씨 아홉 알을 네가 쪼아 먹었느냐?"

산비둘기는 의기양양했네
의기양양해 더우안주에게 말했네

"유채씨를 파종한 화전에 제가 갔었어요.
유채씨 아홉 알을 제가 쪼아 먹었어요."

더우안주는 활을 들고
화살을 메웠네
화살이 날아가자 산비둘기가 떨어졌네
화살이 날아가자 산비둘기가 죽었네
더우안주가 산비둘기의 배를 갈랐네
더우안주가 아홉 알의 유채씨를 찾아냈네
더우안주는 유채씨를 가지고 하늘 성에 돌아갔네
더우안주는 유채씨를 가지고 천궁에 돌아갔네.

더우안주는 천궁에 돌아가
더우안주는 천신을 만났네
더우안주는 천신께 아뢰었네
"존경하는 아바무비타시여
경애하는 아바무비타시여
저는 오늘 열아홉 개 산에 가서
아홉 알의 유채씨를 모두 주워 왔어요
고생도 할 만큼 했고
힘들기도 무척 힘들었어요
당신의 딸 무제주를 저한테 허락해 주십시오
당신의 셋째 공주를 저한테 시집보내 주십시오."

결친과 하강

중국 창족 서사시

난제를 내서 더우안주를 어렵게 하려 했고
또다시 난제를 내서 더우안주를 어렵게 하려 했지만
어떤 난제도 더우안주를 어렵게 하지 못했네
시험 결과 대장부를 얻었네
무비타는 이 혼사를 승낙했네
무비타는 셋째 딸을 인간 세상에 시집보내기로 했네.

아바무비타가
길상스러운 날에 딸을 시집보내네
부인을 모셔 오고
세 아들을 궁에 불러들이고
큰딸, 둘째 딸을 궁에 불러들이고
무제주도
옆에 불러 놓고 불러 놓고
천신은 궁전에서 말했네
"나의 막내딸
아빠의 보배 딸 무제주야
너는 신궁에 시집가 신의 일을 관할하기도 싫어하고
너는 용궁에 시집가 용의 일을 관할하기도 싫어하고
오로지 인간 세상에 시집가기를 원하니
오로지 인간에게 시집가기를 원하니
아빠는 오늘 너의 소원을 들어주련다.

금덩이와 은덩이를 너의 혼수로 보내고
금은 장신구를 너의 혼수로 보내고
능라주단을 너의 혼수로 보낸다
인간 세상에 가면 돈 쓸 데가 많을 것이야
좋은 옷을 입고 예쁘게 치장하고 살거라.

너에게 청과 종자 서 말을 줄 것이니
인간 세상에 가지고 가거라
인간 세상에는 이제부터 양식이 있을 것이다.

너에게 가시나무 종자 서 말을 줄 것이니
낭떠러지에 심거라
인간 세상에는 이제부터 땔나무가 있을 것이다.

너에게 넓은잎삼나무 종자 서 말을 줄 것이니
낮은 산에 심거라
집을 지을 때 필요할 것이다.

너에게 두견화 종자 서 말을 줄 것이니
온 산에 뿌리거라
인간 세상이 더 아름다워지리라.

너에게 목향[10] 종자 서 말을 줄 것이니
집 주변에 심거라
신을 경배하고 불결한 것을 없애는 데 없어서는 안될 것이다.

너에게 백석 다섯 개를 주리니
지붕 꼭대기에 봉안하거라
신을 경배함에 없어서는 안 되는 것이다.

아빠가 너에게 백 가지 새와 백 가지 짐승을 혼수로 줄 것이니
백금백수는 너의 앞에 세우거라
아빠가 너에게 천 가지 새와 천 가지 짐승을 혼수로 줄 것이니
천금천수는 너의 뒤에 세우거라.

너희 둘은 천궁을 떠난 후
너희 둘은 하늘 성을 떠난 후
머리 돌려 천궁을 보아서는 안 되리
머리 돌려 하늘 성을 보아서는 안 되리.

무제주는 속세에 시집간 후
화덕 옆에서 개를 부르지 말며
가축 우리에서 백석신에 경배하지 말며
물독에 기저귀를 빨지 말며

10　목향은 木香, 창족 풍습에 측백나무 가지를 태워 향을 피우고 신에게 빌고 불결함을 제거
　　　한다. 여기서 목향은 측백나무를 말한다.

쪽걸상에서 이를 잡지 말며
삼각 받침대[11]에 기저귀를 말리지 말거라.

매년 시월 초하루는
길상스러운 날이고
제사를 지내는 날이다
그날 천궁의 문을 일제히 열고
아버지가 문가에 서서 인간 세상을 바라보고
어머니가 문가에 서서 인간 세상을 바라볼 것이니
비록 하늘과 땅의 거리가 멀다 하나
아버지는 너를 볼 수 있고
어머니도 너를 볼 수 있단다."

무제주와 더우안주는
가족들과 작별하고
천궁을 떠났네
무제주와 더우안주는 혼수품을 가지고
하늘 성을 떠났네.

첫 번째 산에 막 이르렀을 때

11　삼각 받침대는 창족들이 화덕에 올려 가마를 얹는 받침대로, 동이나 철로 만든다. 동으로
　　된 것은 퉁싼자오(銅三角)라고 부르고, 철로 된 것은 톄싼자오(铁三角)라고 부른다. 다리 세 개
　　중, 하나는 불의 신, 다른 하나는 남조상신, 나머지 하나는 여조상신이 깃들어 있다고 믿는
　　다. 그래서 받침대에 기저귀를 넣어 말리는 행위는 신령을 모독하는 행위로 간주된다.

무제주는 아버지가 그리웠네
무제주는 어머니가 그리웠네
무제주가 머리를 돌려 아버지, 어머니를 찾았으나
아버지, 어머니는 보이지 않고
하늘의 궁전들만 보였네.

두 번째 산에 막 이르렀을 때
무제주는 아버지가 그리웠네
무제주는 어머니가 그리웠네
무제주가 머리를 돌려 아버지, 어머니를 찾았으나
아버지, 어머니는 보이지 않고
궁전의 그림자만 보였네.

세 번째 산에 막 이르렀을 때
무제주는 가족들이 그리웠네
무제주는 머리를 돌려 가족들을 찾았으나
오빠, 언니들의 모습은 보이지 않고
지붕 위의 백석만 보였네.

무제주는 아버지의 부탁을 잊지 말았어야 했네
무제주는 머리를 돌리지 말았어야 했네
앞에 몰고 가던 백 가지 새, 백 가지 짐승은
아버지가 혼수로 주신 백금백수는
인간 세상에 따라와 가금, 가축이 되었으나

뒤에 따라오던 천 가지 새, 천 가지 짐승은
깊은 산속으로 흩어져 들짐승이 되었네.[12]

무제주는 아버지의 부탁을 잊지 말았어야 했네
무제주는 어머니의 부탁을 잊지 말았어야 했네
가시나무 종자를 낮은 산에 뿌리지 말았어야 했네
넓은잎삼나무 종자를 높은 산비탈에 뿌리지 말았어야 했네
목향 종자를 낭떠러지에 뿌리지 말았어야 했네
두견화 종자를 산꼭대기에 뿌리지 말았어야 했네
가시나무 종자를 잘못 뿌렸네
넓은잎삼나무 종자를 잘못 뿌렸네
꽃 종자를 잘못 뿌렸네
그때부터 채집이 얼마나 어려운지
사람과 가축이 다치기 일쑤였네.

무제주는 아버지의 부탁을 잊지 말았어야 했네
무제주는 어머니의 부탁을 잊지 말았어야 했네
화덕 옆에서 개를 부른 적이 있네

12　전하는 바에 의하면 무제주와 더우안주가 결혼할 때 아바무비타가 수많은 동물을 혼수품으로 주었다고 한다. 그런데 무제주가 금기를 어기고 뒤를 돌아보는 바람에 무제주의 뒤에 따라오던 많은 짐승들이 놀라 산지사방으로 흩어졌고 심산 속에 들어가 야생동물이 되었는데, 이것이 야생동물의 기원이라고 한다. 다행히 무제주의 앞에 있던 동물들은 놀라 달아나지 않고 집까지 따라와서 말, 소, 돼지, 당나귀, 토끼, 개, 닭, 오리 등 가축과 가금이 되었다. 무제주의 뒤에 따라오던 동물이 앞에 있던 동물보다 훨씬 더 많았기 때문에 지금도 야생동물의 종류와 수가 가금, 가축보다 훨씬 더 많다고 한다.

가축 우리에 백석신을 모신 적이 있네
물독에 기저귀를 빤 적이 있네
쪽걸상에서 이를 잡은 적이 있네
삼각 받침대에 기저귀를 말린 적이 있네
무제주는 아버지의 가르침을 어겨 고생을 하게 됐네
무제주는 어머니의 가르침을 어겨 고생을 하게 됐네
무제주는 벌을 받아 온몸에 종기가 났네.

천궁에서의 치료

어느 날
무제주는 배낭을 짊어지고 친정에 돌아갔네
무제주는 배낭을 짊어지고 천궁에 돌아갔네
무제주가 천궁에 이르렀을 때
천궁의 대문은 굳게 잠겨져 있었네.

무제주는 아버지를 불렀네
무제주는 어머니를 불렀네
"아버지, 어머니, 천문을 열어 주세요
당신들의 셋째 딸이 하늘 성에 돌아왔어요
당신들의 셋째 공주가 천궁에 돌아왔어요."

아바무비타는
천문을 급히 열었네
무제주는 앞으로 달려가 아버지를 불렀네
무비타는 무제주를 보고 깜짝 놀랐네
"너는 나의 무제주가 아니다.
너는 나의 셋째 공주가 아니다."

무제주는 마음이 서글펐네
무제주는 마음이 아팠네
무제주는 눈물이 흘렀네
무제주는 눈물을 흘리며 천신께 간청했네
"저는 당신의 무제주예요
저는 당신의 셋째 딸이에요
아버지가 믿지 못하시겠거든
궁 안의 천구[13]를 풀어놓아 보세요
천구가 나를 보고 꼬리를 흔든다면
제가 당신의 딸임을 증명할 수 있잖아요
제가 무제주임을 증명할 수 있잖아요.

천신은 개를 내놓았네
천신은 황금색 개를 내놓았네
개는 무제주를 보더니

---

13   천구는 神狗 혹은 天狗, 하늘에 사는 신령스러운 개를 말한다.

꼬리를 흔들고 매달리면서
좋아 어쩔 줄을 몰라 했네
천신은 그래도 믿을 수가 없어
머리를 저었네

무제주는 또 천신께 간청했네
궁 안의 신령스러운 새를 내어놓을 것을 간청했네
"아바무비타시여
당신이 기르는 신령스런 새가 많으니
당신의 신령스런 닭을 내놓아 보세요.
당신의 신령스런 봉황을 내놓아 보세요.
제가 당신의 딸임을 알아볼 거예요
제가 무제주임을 알아볼 거예요."

천신은 신령스런 닭을 내놓았네
천신은 신령스런 봉황을 내놓았네
닭과 봉황은 무제주를 보더니
날개를 치며 춤을 추었네
아름다운 목소리로 노래를 불렀네.

천신은 그제서야 믿었네
천신은 그제서야 딸을 알아봤네
천신은 무제주의 손을 잡고
하늘 성에 들어갔네

천궁에 들어갔네.

천신은 매우 슬펐네
천신은 마음이 아팠네
천신은 무제주에게 물었네
"나의 착한 딸이 시집갈 때는
금과 은으로 치장을 했는데
속세에 간 지 1년 만에
머리에는 이가 득실거리고
몸에는 서캐가 가득하구나.
나의 착한 딸이 이렇게 되다니
나의 착한 딸이 다른 사람이 되어 버렸어
나의 착한 딸이 속세에서 무슨 일을 겪었나?
나의 착한 딸이 속세에서 무슨 잘못을 범했나?"

무제주는 괴로웠네
무제주는 눈물을 머금고 천신께 아뢰었네
"작년에 결혼해서 인간 세상에 갈 때
아버지, 어머니와 작별할 때
아버지께서 신신당부하시고
어머니께서 신신당부하셨건만
제가 아버지의 말씀을 안 들었어요
제가 어머니의 말씀을 안 들었어요.

아버지의 말씀을 안 들어
손해를 보고
어머니의 말씀을 안 들어
고생을 했어요.

고생도 하고 손해도 보고
온몸에 종기도 났어요
천궁에 와서 아버지께 간청드려요
제 몸의 종기를 치료해 주세요.

천신은 무제주의 말을 듣고 말했네
"나의 착한 딸아,
인간 세상에 돌아가서
스비를 청해 법사를 하고
스비한테 병을 치료해 달라고 하거라."

무제주는 인간 세상에 돌아와
스비를 집에 모셔다
법사를 하게 했네.

나무 대야에 깨끗한 물을 가득 담아 놓고
세 갈래 갈림길 어귀에서 백석 세 개를 주워 오고
흰 철로 된 보습 하나 가져왔네.

흰 색 보습을 불에 달구고
백석 세 개를 불에 달구고
스비는 손에 측백나무 가지를 들었네
스비는 손에 두견화 가지를 들었네.

불에 그을린 측백나무 가지로 무제주를 쏘이고
불에 그을린 두견화 가지로 무제주를 쏘이고
종기가 난 곳을 쏘이고
무제주의 온몸을 쏘였네.

스비는 법사를 했네
법사를 해 무제주를 치료했네
빨갛게 단 보습을 대야 물에 넣고
빨갛게 단 백석을 대야 물에 넣었더니
물이 뜨거운 김을 뿜네
대야에서 뜨거운 김이 오르네
무제주는 물로 종기를 씻었네
무제주는 물로 온몸을 씻었네.

종기가 흔증에 사라지고
상처가 물에 깨끗이 씻겼네
연기를 쐬고 물로 씻었더니 종기가 모두 나았네
무제주는 천신께 감사드렸네
무제주는 천은에 감사드렸네.

강창자: 袁祯祺, 남, 77세, 창족, 스비, 사숙 5개월 정도
채록자: 李明, 남, 55세, 한족, 교사, 대졸 수준 학력
　　　　刘光良, 남, 50세, 한족, 교사, 대졸 수준 학력
번역자(창-중): 袁祯祺
정리자: 李明
채록지: 四川省汶川县雁门乡索桥大队小寨子村
채록일: 1980.8.

무제주와 란비와[1]
木姐珠与燃比娃

즐거운 상봉

창족 사람들은 옛 노래를 부를 때
늘 셋째 공주를 노래한다네
오늘은 내가 노래를 부르려고 하는데
무제주의 노래로 시작하겠네.

천신의 셋째 딸 무제주

---

1 서사시 〈무제주와 란비와〉는 원촨현(汶川县) 몐후향(绵虎乡)의 스비 王治国이 부른 상단경(上坛经, 신에 관한 경전)의 중요한 경문이다. 소제목은 경문의 내용 단락에 따라 단 것이다.
이 유형의 이야기는 보통 〈무제주와 더우안주〉로 불린다. 일반적으로 이 이야기의 남자주인공의 이름은 더우안주(斗安珠)이다. 그러나 남자주인공의 이름이 란비와, 러비와(热比娃)인 경우도 있다. 란비와는 창족 신화에서 불의 신 멍거시(蒙格西)와 인간 세상의 한 부락의 여두령 아우바지(阿勿巴吉)의 아들로 천계의 불씨를 얻어서 인간 세상에 가져온 영웅의 이름이기도 하다. 창족 구전문학에서 이름이 달리 불리는 현상은 아주 흔한 편이다.
무제주(木姐珠)는 창족어 음역으로, 底不阿木比亚라고도 부른다. 란비와(燃比娃)는 창족어 음역으로 低蒲士라고도 부른다. 전하는 바에 의하면 木姐珠는 아름답고 총명한 데다 창의력이 뛰어나서 그의 발명이 많이 전해내려 왔다고 한다. 창족 사람들은 木姐珠를 천지개벽 신이라 부른다.

무제주는 양각화[2]마냥 아리따웠다네
양각화는 열여덟 번 피고
무제주는 열여덟 살이 되었네
시집도 가지 않은 열여덟 아가씨
좋은 총각 기다렸다네.

인간 세상에는 란비와가 살았네
충실하고 무던한 란비와
근면한 란비와
장가도 안 간 스물네 살 총각
좋은 처녀 기다렸다네.

천신의 셋째 공주
아리따운 무제주
인간 세상이 좋아
인간 세상이 그리워
인간 세상에 내려와 삼실을 씻으려 하네
천궁을 나와 쉐룽바오[3]로 내려오고
낮은 산을 거쳐 시냇가에 이르렀네.

무제주는 시냇물에 삼실을 씻으려고
장신구를 벗어 옆에 놓고

2　양각화는 羊角花, 두견화의 창족 이름이다.

3　쉐룽바오는 雪龙包, 대설산이다.

　　　　　　　　　　　　　　　　　중국 창족 서사시

두 손으로 삼실을 비비는데
아름다운 그 모습 시냇물에 비쳤다네.

인간 세상의 총각
충실하고 무던한 란비와
시냇물 흐르는 소리를 듣고
아름다운 아가씨를 보았네
손에 든 삼실이 반짝반짝 빛나고
곁에 둔 장신구도 광채를 뿌렸네.

란비와는 아가씨랑 함께 있고 싶어서
란비와는 아가씨한테 말을 걸고 싶어서
살며시 장신구를 집어다가
냇가의 버드나뭇가지에 걸어 놓았네.

무제주가 삼실을 씻고 보니
금은 장신구가 사라졌네
이리 찾고 저리 찾아도
찾을 수 없었네
이리 보고 저리 보아도
보이지 않았네.

그러다가 문득 보았네
금은 장신구를 드디어 보았네

금은 장신구가 물속에 있었다네
이쪽에서 건져도
안되고
저쪽에서 건져도
안되네
이렇게 건져도
안 건져지고
저렇게 건져도
안 건져지네.
버드나무 위에 앉아서 란비와는
가만히 웃었네
버드나무 위에 앉아서 란비와는
웃음을 터뜨렸네.

무제주가 머리를 돌려 보니
나무 위에 웬 총각이 앉아 있네
무제주가 머리를 돌려 보니
나뭇가지에 금은 장신구가 걸려 있네
곰곰이 생각해 보니 알겠네
저 사람이 내 장신구를 나뭇가지에 걸어 놓고
저 사람이 나에게 장난을 하는구나.

란비와를 본 무제주
가슴이 두근두근거리고

란비와를 본 무제주
마음에 기쁨이 넘쳤네
무제주는 란비와에게 부탁했네
간절히 란비와에게 사정했네
"장신구를 제게 돌려 주세요
금을 드릴까요?
은을 드릴까요?
식량을 원하면 식량을 드리고
소와 양, 가축도 원하는 대로 드리지요."

란비와는 무제주를 바라보며
아리따운 무제주를 뚫어져라 쳐다보며
생각에 잠겼다가
마음을 정하고
이렇게 대답했네
"나는 금은보화를 원하지 않소
오곡식량도 필요치 않소
소와 양, 가축도 싫소."
란비와가 천궁의 일을 물으니
무제주는 신의 이야기를 들려줬네
천신 아버지에 대해 말하고
오라버니에 대해 말하고
언니에 대해서도 말했네
낱낱이 모두 다 말했네.
이번에는 무제주가 인간 세상의 일을 물으니

란비와가 하나하나 알려 줬네
산을 말하고
물을 말하고
꽃을 말하고
나무를 말했으며
자신의 일도 말했네
낱낱이 모두 다 알려 줬네
샘물이 쉬지 않고 흐르듯
두 사람의 이야기는 끝없이 이어졌네.
해가 서산에 지고
황혼이 깃드니
무제주는 하늘궁전에 돌아가려 하고
란비와는 장신구를 무제주에게 돌려줬네
란비와가 장신구를 무제주의 손에 끼워 주니
무제주는 부끄러워 고개를 숙이며 말을 못 했네.

그날은 길상스러운 날
무제주는 시냇가에 가서
시냇물을 길었네
란비와도 시냇가에 가서
시냇물을 길었네
물 긷는 길에서
두 사람이 만났네
하늘에서 땅으로, 땅에서 하늘로
이야기는 끝없이 오갔지만

그리움은 말로 다 할 수 없고
마음속의 정도 말로 다 할 수 없었네.
해는 서산에 지고
황혼이 찾아오니
못 다한 이야기는
다음을 기약하는 수밖에 없었네
헤어지기 싫어도 헤어져야 했네
무제주는 물통을 메고
아쉬워하며 하늘궁전에 돌아갔네
란비와도 물통을 메고
하는 수 없이 집에 돌아갔네.

또 다른 길상스러운 날
무제주는 원산[4]에 양을 치러 가고
란비와도 원산에 양을 치러 갔네
무제주와 란비와
목장에서 만났네
초원에서 다시 만났네
상사의 고통 말로 다 할 수 없었고
상사의 애달픔 말로 다 할 수 없었네.

하고 싶은 말

---

4   원산은 汶山, 산 이름.

하늘의 별처럼 많아

조금밖에 못 했는데

해가 또 서산에 지네

두 사람은 또 헤어져야 했네

두 사람은 또 이별해야 했네

갈라지기 싫었지만 어쩔 수 없었네.

무제주는 머리를 숙이며

무제주는 부끄러워하며

삼베 각반 란비와에게 주었네

희디흰 삼베 각반 란비와에게 주었네

사랑의 징표 받은 란비와

비로소 마음이 탁 놓였네.

하늘에 오르다

9월의 어느 상서로운 날

무제주와 란비와는

신에게 소원을 빌던 곳에서 만났네

무제주가 란비와에게 말했네

"오늘은 30일, 상서로운 날

천신이 문을 활짝 여는 날

천궁의 문이 활짝 열리는 날

　　　　　　　　　　　　　중국 창족 서사시

세상 사람들이 천신께 감사를 드리고
천신께 경배하는 날
우리 함께 천궁에 가서
우리 아버지한테 가서 혼인 허락 받읍시다
무비타 앞에 가서 혼인 허락 받읍시다."

야삼경 어두운 밤에
무제주와 란비와
두 사람은 하늘에 올랐네
두 사람은 천궁에 들어섰네
무제주는 란비와에게
아래층 나뭇간에 숨으라 했네
아래층 나뭇간에 몸을 숨기라 했네.

무제주는 한 끼 밥 세 그릇 중
한 그릇은 란비와에게 주고
한 그릇은 하늘개에게 먹이고
한 그릇만 자기가 먹었네
무제주는 날이 갈수록 야위어 가고
무비타는 보면 볼수록 마음이 아팠네.

어느 날
무비타가 딸에게 물었네
"천궁에 인간의 냄새가 나니

이게 무슨 영문인가?
네가 가서 찾아보거라
네가 가서 자세히 살펴보거라
인간 세상 사람이
하늘 성에 몰래 들어온 건 아닌지
인간 세상 사람이
이곳 천궁에 몰래 숨어든 건 아닌지.”

무제주는 사방을 돌며 찾는 척했네
무제주는 사방을 돌며 보는 척했네
그리고는 무비타에게 아뢰었네
“인간 세상 사람을 찾지 못했나이다
인간 세상 사람을 보지 못했나이다
천궁에 인간 세상 사람이 없나이다.”

낯선 인간의 냄새를
아바무비타는 맡았네
인간 세상 사람의 숨결을
아바무비타는 느꼈네
아래층에 내려가 살피다가
나뭇간 문 앞을 지났네.

발소리를 들은 란비와
무제주가 밥 날라 온 줄만 알고

무제주가 음식 들고 온 줄만 알고
급히 가서 문을 열고 맞이했네
무비타는 인간 세상의 사람을 찾아냈네
무비타가 인간 세상의 사람을 찾아냈네

무비타는 알았네
무비타는 알아챘네
이것은 자신의 셋째 딸이 꾸민 일인 줄
이것은 자신의 셋째 딸이 한 일인 줄
란비와가 꾸민 일이 아닌 줄
란비와가 한 일이 아닌 줄.

아바무비타,
란비와를 추궁했네
"너는 누구냐?
왜 몰래 하늘 성에 왔느냐?
왜 몰래 천궁에 숨어들었느냐?"
란비와는 공손히 대답하였네
"저는 인간 세상의 란비와이나이다.
저는 충실하고 무던한 란비와이나이다.
천신의 셋째 공주는
저와 연분이 있나이다
무비의 따님 무제주는
저와 연분이 있나이다

인간 세상에서 세 번 만난 우리

세 번 만나서도

할 말을 다 하지 못했나이다

우리가 나눈 이야기는

하늘의 별보다 더 많고

꿀보다 더 달더이다

저는 무비타의 셋째 공주님을 사랑하나이다

저는 똑똑하고 아리따운 무제주를 사랑하게 되었나이다.

오늘 하늘 성에 올라와

오늘 천궁에 들어와

존경하는 아바무비타께

존경하는 아바무비타께

셋째 공주님을 저한테 시집보낼 것을 청하나이다

무제주를 저한테 시집보낼 것을 비나이다."

첫 번째 난제

란비와의 말을 듣고

천신은 화가 났네

"나의 딸 무제주가

무비타의 셋째 공주가

어찌 인간 세상의 사람에게 시집가랴?

　　　　　　　　　　　　　　　　　　　　

나의 딸을 얻으려면
내일 아침
닭이 울기 전
안개가 흩어지기 전
너는 열아홉 개의 산에 올라
아홉 개의 산비탈의 잡목을
하루 사이에 죄 베어 버리고
아홉 개의 골짜기의 잡목도
하루 사이에 죄 베어 버리거라.
아홉 개 산비탈의 잡목을 베어 버리고
아홉 개 골짜기의 잡목도 베어 버리면
나의 딸 무제주를 너에게 시집보내리
무비타의 셋째 공주를 너에게 주리라."

란비와는 어찌할지 몰라서
란비와는 좋은 방법이 없어서
란비와는 무제주를 찾아갔네
영민한 무제주
아리따운 무제주
란비와한테 조급해하지 말라고 했네
란비와한테 당황하지 말라고 했네
그녀에게는 좋은 방법이 있었네
그녀에게는 좋은 생각이 있었네
그녀는 란비와에게 계책을 알려 줬네

"그대는 빨리 우리 아버지한테 가서
천신 무비타한테 가서
네 자루의 둥근 칼과
네 자루의 도끼를 달라 하세요.
내일 아침
닭이 울기 전
안개가 흩어지기 전
먹을 떡을 몸에 지니고
둥근 칼을 몸에 지니고
도끼를 몸에 지니고
열아홉 개의 산에 올라
아홉 개의 산비탈과
아홉 개의 골짜기의
네 귀퉁이에 있는 나무에
둥근 칼과 도끼를 걸어 두세요
그리고 그대는 바위 동굴 속에 들어가세요
그리고 그대는 바위 동굴 속에 숨으세요
둥근 칼과 도끼 소리가 들릴 때
그대는 밖으로 나오지 말고
둥근 칼과 도끼 소리가 잠잠해지면
그때 그대는 밖으로 나오세요."

무제주의 좋은 생각
무제주의 좋은 방법

란비와는 열심히 들었네
란비와는 그대로 했네
란비와는 아바무비타를 찾아가
네 자루의 둥근 칼과
네 자루의 도끼를 달라고 했네.
닭이 울기 전
안개가 흩어지기 전
먹을 떡을 몸에 지니고
둥근 칼을 몸에 지니고
도끼를 몸에 지니고
열아홉 개의 산에 올라
아홉 개의 산비탈과
아홉 개의 골짜기의
네 귀퉁이에 있는 나무에
둥근 칼과 도끼를 걸어 두었네
그리고 바위 동굴 속에 들어갔네
그리고 바위 동굴 속에 숨었네.
툭툭 탁탁
둥근 칼과 도끼질 소리가 온밤 울렸네
닭이 울고
안개가 흩어지자
둥근 칼과 도끼질 소리가 그쳤네
나무 찍는 소리가 안 들렸네
란비와는 바위 동굴을 나섰네

아홉 개 산비탈의 잡목이 모조리 베어졌네
아홉 개 골짜기의 잡목도 모조리 베어졌네.

둥근 칼과 도끼를 거두어 가지고
란비와는 천궁에 돌아왔네
란비와는 무비타에게 아뢰었네
"존경하는 아바무비타시여
경애하는 아바무비타시여
아홉 개 산비탈의 잡목을 다 베었나이다
아홉 개 골짜기의 잡목도 다 베었나이다
고생도 할 만큼 했고
힘들기도 무척 힘들었나이다
당신의 딸 무제주를 저한테 허락해 주십시오
당신의 셋째 공주를 저한테 시집보내 주십시오."

두 번째 난제

아바무비타는 방법을 생각했네
아바무비타는 계책을 생각했네
아바무비타가 란비와에게 말했네
"아홉 개 산비탈의 잡목을 죄 베고
아홉 개 골짜기의 잡목도 죄 베었으나

그 방법은
너 란비와의 방법이 아니라
나의 딸 무제주의 방법이니라
그 계책은
너 란비와의 계책이 아니라
나의 딸 무제주의 계책이니라
나의 셋째 딸과 결혼하려면
그 땅에 모조리 화전을 일구어야 하리.
내일 아침
닭이 울기 전
안개가 흩어지기 전
너는 열아홉 개의 산에 올라
사방 주위의 초목에
불을 붙이고
산꼭대기에 올라가 앉아 기다리거라
아홉 개의 산비탈이 깨끗이 불에 타고
아홉 개의 골짜기도 깨끗이 불에 타면
나의 딸 무제주를 너한테 시집보내리라.”

이날
충실하고 무던한 란비와는
고지식한 란비와는
들불 놓는 것이 쉬워 보여서
무제주에게 묻지도 않고

열아홉 개의 산에 갔네.

산기슭에 이르러

부싯돌을 꺼내 들고

불꽃을 튕겨

아홉 개의 산비탈에 불을 붙였네

아홉 개의 골짜기에 불을 놓았네

노래를 부르면서

산 정상에 올라가

풀밭에 누워

시나브로 변해가는 구름을 구경했네

앗, 그런데

불의 성난 외침 소리가 들렸네

사면팔방이 모두 불길이네

사면팔방에서 불길이 고함을 지르네.

불의 산

불의 바다

불길이 란비와를 덮치네

란비와가 동쪽으로 달려가 보고

란비와가 서쪽으로 달려가 보았으나

사방 어디에도 몸을 숨길 곳은 없네.

불길이 온 산에서 타올랐네

불길이 사면팔방에서 몰려오네

큰불이 란비와를 덮치더니

란비와의 몸에 불이 붙었네

란비와는 두 손으로 머리를 감싸쥐고
산모퉁이로 숨었네
큰불이 란비와 온몸의 털을 태우니
그 타는 냄새가 사방에 퍼졌네.

참새가 그 냄새를 맡았네
참새가 그 광경을 보았네
참새는 깜짝 놀랐네!
참새는 급히 날아가 무제주에게 알려 줬네
무제주는 눈앞에 번개가 치는 듯
몸 뒤에서 산사태가 난 듯
마음은 뛰는 말 같고
발에는 날개라도 돋친 듯
은하수에 뛰어가
꽃 수놓은 두건을 벗어
은하수에 흠뻑 적셔
아홉 개의 산 아홉 개의 골짜기에 흩뿌렸네.
산 위의 불길이 꺼지고
란비와 몸에 붙은 불도 꺼졌네
그러나 온몸의 털은 이미 다 타버렸네
불행 중 다행, 머리카락은 타지 않았네
은하수에 온몸을 씻었더니
란비와는 탄 자국이 깨끗이 나았네
불의 세례를 받고

란비와는 더 영준해졌네.

아홉 개 산비탈은 다 탔네
아홉 개 골짜기도 다 탔네
란비와는 천궁에 올라가
무비타에게 아뢰었네
"존경하는 아바무비타시여
경애하는 아바무비타시여
아홉 개 산비탈을 다 태우고
아홉 개 골짜기도 다 태웠나이다
고생도 할 만큼 했고
힘들기도 무척 힘들었나이다
이제 당신의 무제주를 저에게 허락해 주시옵소서
이제 당신의 셋째 공주를 저한테 시집보내 주시옵소서."

세 번째 난제

아바무비타는 방법을 생각했네
아바무비타는 계책을 생각했네
아바무비타가 란비와에게 말했네
"아홉 개의 산비탈에 화전을 일구고
아홉 개의 골짜기에도 화전을 일구었다지만

그 방법은
너 란비와의 방법이 아니라
나의 딸 무제주의 방법이니라
그 계책은
너 란비와의 계책이 아니라
나의 딸 무제주의 계책이니라
나의 셋째 딸과 결혼하려면
열아홉 개의 산에 올라
아홉 개 산비탈의 화전과
아홉 개 골짜기의 화전에
하루 새에 서 말의 유채씨를 다 뿌리면
하루 새에 아홉 개 산비탈에 다 뿌리면
하루 새에 아홉 개 골짜기에 다 뿌리면
나의 딸 무제주를 너한테 시집보내리라."

란비와는 어찌할지 몰랐네
란비와는 좋은 방법이 없었네
란비와는 무제주를 찾아갔네
무제주의 계책을 들으러 갔네.

무제주가 란비와를 위로했네
"조급해하지 마세요
걱정하지 마세요
아바무비타한테 가서

유채씨 서 말을 달라고 하세요.
내일 아침
닭이 울기 전
안개가 채 걷히기 전
유채씨 서 말을 등에 지고
먹을 떡을 지니고
열아홉 개의 산에 올라
아홉 개 산비탈과 아홉 개 산골짜기의 네 귀퉁이에
귀퉁이마다 유채씨 아홉 알씩 떨어뜨리고
나머지는 모두 중간에 놓아두세요
그런 후 그대는 동굴 속에 들어가 실컷 주무세요
이튿날
빈 자루를 가지고 천궁에 돌아오세요.”

무제주의 좋은 생각
무제주의 좋은 방법
란비와는 그대로 따라했네.
란비와는 아바무비타에게 가서
유채씨 서 말을 가져왔네.
닭이 울기 전
안개가 채 걷히기 전
유채씨를 짊어지고
먹을 떡을 지니고
열아홉 개의 산에 올랐네.

아홉 개의 산비탈과 아홉 개의 골짜기 네 귀퉁이에
귀퉁이마다 유채씨 아홉 알을 떨어뜨리고
나머지 유채씨는 한가운데 놓아두었네
모든 일을 끝낸 후
동굴 속에 들어가서 잠을 잤네.

이튿날 아침
닭이 울고
안개가 걷혔을 때
서 말의 유채씨가 다 뿌려졌네
아홉 개의 산비탈에 다 뿌려졌네
아홉 개의 골짜기에도 다 뿌려졌네
란비와는 빈 자루를 가지고
하늘 성에 돌아갔네
천궁에 돌아갔네
란비와가 무비타에게 아뢰었네
"존경하는 아바무비타시여
경애하는 아바무비타시여
서 말의 유채씨를 다 뿌렸나이다
아홉 개 산비탈에도 다 뿌리고
아홉 개 골짜기에도 다 뿌렸나이다
고생도 할 만큼 했고
힘들기도 많이 힘들었나이다
당신의 무제주를 저에게 허락해 주시옵소서

당신의 셋째 공주를 저한테 시집보내 주시옵소서!"

중국 창족 서사시

네 번째 난제

아바무비타는 방법을 생각했네
아바무비타는 계책을 생각했네
아바무비타가 란비와에게 말했네
"서 말의 유채씨를 다 뿌리고
아홉 개의 산비탈에도 다 뿌리고
아홉 개의 골짜기에도 다 뿌린
그 방법은
너 란비와의 방법이 아니라
나의 딸 무제주의 방법이니라
그 계책은
너 란비와의 계책이 아니라
나의 딸 무제주의 계책이니라
나의 셋째 딸과 결혼하려면
다시 열아홉 개의 산에 올라
아홉 개 산비탈의 화전과
아홉 개 골짜기의 화전에서
서 말의 유채씨를
한 알도 남김없이 주워 오너라
유채씨를 가져갔던 서 말 그대로 가져온다면

나의 딸 무제주를 너한테 시집보내리라.”

란비와는 어찌할지 몰랐네
란비와는 좋은 방법이 없었네
란비와는 무제주를 찾아갔네
무제주의 계책을 들으러 갔네.

무제주가 란비와를 위로했네
“조급해하지 마세요
걱정하지 마세요
내일 아침
닭이 울기 전
안개가 채 걷히기 전
먹을 떡을 지니고
빈 자루를 가지고
열아홉 개의 산에 올라
빈 자루를 아홉 개 산비탈과 아홉 개 산골짜기의 한가운데 놓아두고
아홉 개 산비탈과 아홉 개 산골짜기의 네 귀퉁이에서
귀퉁이마다 유채씨 아홉 알을 주워서 자루에 넣고
그대는 동굴 속에 들어가 실컷 주무세요
이튿날
유채씨가 들어 있는 자루를 가지고 천궁에 가면 돼요.”

무제주의 좋은 생각
무제주의 좋은 계책

란비와는 그대로 따라했네.
이튿날
닭이 울기 전
란비와는 떡을 지니고
빈 자루를 지니고
열아홉 개의 산에 올랐네
빈 자루를 아홉 개의 산비탈과 아홉 개의 골짜기 한가운데 놓고
아홉 개의 산비탈과 아홉 개의 골짜기 네 귀퉁이에서
귀퉁이마다 유채씨 아홉 알을 주워다 빈 자루에 넣었네
모든 일을 끝낸 후
동굴 속에 들어가서 잠을 잤네.

이튿날 아침
닭이 울고
안개가 걷혔을 때
빈 자루에는 서 말의 유채씨가 가득 들어 있었네
란비와는 유채씨 자루를 메고
하늘 성에 돌아갔네
천궁에 돌아갔네
란비와가 무비타에게 아뢰었네
"존경하는 아바무비타시여
경애하는 아바무비타시여
서 말의 유채씨를 다 주워 왔나이다
아홉 개 산비탈에 뿌린 유채씨도 주워 오고
아홉 개 골짜기에 뿌린 유채씨도 주워 왔나이다

고생도 할 만큼 했고
힘들기도 많이 힘들었나이다
당신의 무제주를 저에게 허락해 주시옵소서
당신의 셋째 공주를 저한테 시집보내 주시옵소서.”

다섯 번째 난제

아바무비타는 방법을 생각했네
아바무비타는 계책을 생각했네
아바무비타가 란비와에게 말했네
“서 말의 유채씨를 다 주워 왔다고 했느냐?
아홉 개의 산비탈에 뿌렸던 유채씨를 다 주워 오고
아홉 개의 골짜기에 뿌렸던 유채씨도 다 주워 왔다고 했느냐?”
아바무비타는 유채씨 자루를 보면서
이리 돌려놓고 보고
저리 돌려놓고 보더니
신하를 불러 헤아려 보게 했네
헤아려 보고 또 헤아려 보니
마지막 한 홉[5]에 아홉 알이 모자랐네.

5　홉은 고대에 식량을 재는 단위로, 한 홉은 한 되의 십분의 일이다.

아바무비타가
란비와에게 말했네
"서 말의 유채씨에 아직 아홉 알이 모자라느니라
서 말의 유채씨에서 아홉 알이 적어졌느니라
아홉 알의 유채씨를
한 알도 남김없이 찾아온다면
나의 딸 무제주를 너한테 시집보낼 것이다."

란비와는 어찌할지 몰랐네
란비와는 좋은 방법이 없었네
란비와는 무제주를 찾아갔네
무제주의 계책을 들으러 갔네.

무제주가 란비와를 위로했네
"조급해하지 마세요
걱정하지 마세요.
그대는 아바무비타에게 가서
신궁[6]을 빌려 오고
신전[7]도 빌리세요.
내일 아침
닭이 울기 전
안개가 채 걷히기 전

---

6   신궁은 神弓, 귀신 같은 활이라는 뜻으로, 활을 잘 쏘는 사람이나 그 활을 이르는 말이다.

7   신전은 神箭, 신통하게 잘 쏘아 맞히는 화살을 말한다.

그대가 신궁과 신전을 메고
먹을 떡을 지니고
열아홉 개의 산에 올라
아홉 개 산비탈의 한 구석에 숨어 있다가
아홉 개 산골짜기의 한 구석에 숨어 있다가
두 마리의 산비둘기가 날아오면
다른 사람의 유채씨를 먹지 않았는지 물으세요.
앞에서 날던 산비둘기는 이렇게 대답할 거예요
'보았지만 안 먹었어요.'
그 산비둘기는 쏘지 마세요
뒤에서 날던 산비둘기는 이렇게 대답할 거예요
'먹었지만 못 보았어요.'
그 산비둘기를 쏘세요
아홉 알의 유채씨는 그의 배 속에 들어 있으니
그의 배를 가른다면 유채씨를 찾을 수 있을 거예요."

무제주의 좋은 생각
무제주의 좋은 계책
란비와는 그대로 따라했네.
란비와는 아바무비타에게 가서
신궁을 빌려 오고
신전도 빌려 왔네.
이튿날
닭이 울기 전

안개가 채 걷히기 전

란비와는 신궁을 둘러메고

란비와는 신전을 둘러메고

열아홉 개의 산에 올라

아홉 개의 산비탈의 한 구석에 숨었네

아홉 개의 산골짜기의 한 구석에 숨어 있었네.

두 마리의 산비둘기가 날아왔네

하나는 앞에서, 다른 하나는 뒤에서 날아왔네

란비와는 큰 소리로 물었네

"나의 유채씨 아홉 알이 사라졌구나

너희들 중 누가 그것을 먹었느냐?"

앞에서 날던 산비둘기가 말했네

"제가 봤어요. 그렇지만 먹지는 않았어요."

란비와는 그 산비둘기를 쏘지 않았네

뒤에서 날던 산비둘기가 말했네

"제가 먹었어요. 그렇지만 보지는 못했어요."

란비와는 활을 들어 그 산비둘기를 쏘아 떨궜네

란비와가 산비둘기의 배를 가르고 유채씨를 찾았네

이리 찾고 저리 찾다가

이리 보고 저리 보다가

아홉 알의 유채씨를 보았네

아홉 알의 유채씨를 찾아냈네

란비와는 신궁을 둘러메고

란비와는 유채씨를 가지고

하늘 성에 돌아갔네
천궁에 돌아갔네
란비와가 무비타에게 아뢰었네
"존경하는 아바무비타시여
경애하는 아바무비타시여
아홉 알의 유채씨를 다 찾았나이다
아홉 알의 유채씨를 다 가져왔나이다
고생도 할 만큼 했고
힘들기도 많이 힘들었나이다
당신의 무제주를 저에게 허락해 주시옵소서
당신의 셋째 공주를 저한테 시집보내 주시옵소서."

여섯 번째 난제

아바무비타는 방법을 생각했네
아바무비타는 계책을 생각했네
아바무비타가 란비와에게 말했네
"아홉 알의 유채씨를 찾아내고
아홉 알의 유채씨를 가져왔지만
그 방법은
너 란비와의 방법이 아니라
나의 딸 무제주의 방법이니라

그 계책은

너 란비와의 계책이 아니라

나의 딸 무제주의 계책이니라

나의 셋째 딸과 결혼하고 싶으면

나의 무제주와 결혼하고 싶으면

내일 아침

닭이 울기 전

안개가 사라지기 전

나와 함께 링빙초[8]에 가서

내가 링빙초 꼭대기에 올라가서

바윗돌을 굴려 보내면

너는 바윗돌을 받고

내가 나무토막을 굴려 보내면

너는 나무토막을 받고

내가 링빙초를 타고 내려오면

너는 나를 안전하게 받거라

네가 바윗돌을 받아 내고

나무토막을 받아 내고

나까지 받아 낸다면

나의 딸 무제주를 너한테 시집보내리라.”

란비와는 어찌할지 몰랐네

---

8   링빙초는 凌冰槽, 산꼭대기에서 산 아래로 자연스럽게 패인 홈채기이다.

    중국 창족 서사시

란비와는 좋은 방법이 없었네
란비와는 무제주를 찾아갔네
무제주의 계책을 들으러 갔네.

무제주가 란비와를 위로했네
"조급해하지 마세요
걱정하지 마세요
내일 아침
닭이 울기 전
안개가 사라지기 전
그대는 먹을 떡을 지니고
아바무비타를 따라
링빙초에 가세요
아바무비타가 링빙초 꼭대기에 올라가면
그대는 링빙초 밑에 내려가세요
아바무비타가 바윗돌과 나무를 굴려 보낼 때
그대는 동굴 속에 들어가 숨으세요
바윗돌이 굴러 내리는 소리가 들리면
동굴 속에서 나오지 마세요
나무토막이 굴러 내리는 소리가 들려도
동굴 속에서 나오지 마세요
바윗돌 굴러 내리는 소리가 그치고
나무토막 굴러 내리는 소리가 그치면
링빙초 밑에 가세요

흰 눈섭의 노인이 내려오거든
백발의 노인이 내려오거든
그분이 바로 아바무비타시니
안전하게 받아 안으세요
든든하게 받아 안으세요.

이튿날
닭이 울기 전
안개가 사라지기 전
아바무비타는
란비와를 데리고
링빙초에 갔네
아바무비타는 링빙초 꼭대기에 올라가고
란비와는 동굴 속에 숨었네
무비타가 바윗돌을 굴려 보내니
바윗돌 구르는 소리가 우당탕탕 울렸네
란비와는 받으러 나오지 않았네
무비타가 나무토막을 굴려 보내니
나무토막 구르는 소리가 우당탕탕 울렸네
란비와는 받으러 나오지 않았네
바윗돌 구르는 소리가 멈추고
나무토막 구르는 소리가 멈추자
란비와는 링빙초 아래에 다가갔네
흰 눈썹의 노인이 내려오자

백발의 노인이 내려오자
란비와는 안전하게 받아 안았네
란비와는 든든하게 받아 안았네.

란비와는 노인과 작별하고
하늘 성에 돌아갔네
천궁에 돌아갔네
란비와가 무비타에게 아뢰었네
"존경하는 아바무비타시여
경애하는 아바무비타시여
오늘 하루
링빙초 아래에서
굴러 내리는 바윗돌도 받아 내고
굴러 내리는 나무토막도 받아 내고
눈썹도 희고 머리카락도 흰 노인도 받아 안았나이다
고생도 할 만큼 했고
힘들기도 많이 힘들었나이다
당신의 무제주를 저에게 허락해 주시옵소서
당신의 셋째 공주를 저한테 시집보내 주시옵소서."

결연

어떤 난제도 란비와를 곤경에 빠뜨리지 못했네

시험 결과 천하의 대장부를 얻었네

무비타는 혼사를 승낙하고

셋째 딸을 인간 세상에 시집보내기로 했네.

이날은 길상스러운 날

길상스러운 날에 딸을 시집보내기 좋다네

아바무비타는

무제주를 앞에 불러 놓고 말했네.

"나의 착한 딸

아빠의 무제주야

네가 천궁보다는 인간 세상을 좋아하니

네가 천신보다는 인간을 좋아하니

아빠는 너를 인간 세상에 시집보낸다

아빠는 너를 란비와에게 시집보낸다.

너의 앞에 헤아릴 수도 없이 많은 짐승을 딸려 보내고

너의 뒤에도 많은 짐승을 딸려 보내고

셀 수 없이 많은 금전을 주고

금은 장신구를 주고

능라주단을 줄 테다

인간 세상에 내려가면 돈을 쓸 데가 많을 것이야

그리고 예쁘게 몸을 치장하거라

너에게 쌀보리 종자 서 되를 줄 것이니

인간 세상에 가지고 가거라

인간 세상에는 이제부터 먹을 곡식이 있을 것이다

너에게 가시나무 종자 서 되를 줄 것이니

낭떠러지에 심거라

인간 세상에는 이제부터 땔나무가 있을 것이다

너에게 넓은잎삼나무 종자 서 되를 줄 것이니

낮은 산에 심거라

망루며 집을 지을 때 쓸 수 있으리라

너에게 두견화 종자 서 되를 줄 것이니

온 산에 뿌리거라

인간 세상이 더 아름다워지리라.

너에게 목향[9] 종자 서 되를 줄 것이니

집 주변에 심거라

신을 경배하고 불결한 것을 없애는 데 없어서는 안 되리라

너에게 백석 다섯 개를 줄 것이니

지붕 꼭대기에 봉안하거라

신을 경배할 때 없어서는 안될 것이다.

너희 둘은 하늘 성을 떠난 후

너희 둘은 천궁을 떠난 후

머리 돌려 하늘 성을 보아서는 안 되리

머리 돌려 천궁을 보아서도 안 되리

9　목향(木香)은 측백나무를 말한다. 창족 풍습에 측백나무 가지를 태워 향을 피우고 신에게 빌고 불결함을 제거한다.

무제주야, 너는 인간 세상에 시집간 후

화덕 옆에서 개를 부르지 말며

축사에서 백석신에 경배하지 말며

물독에 기저귀를 빨지 말며

쪽걸상에서 이를 잡지 말며

삼각 받침대[10]에 기저귀를 널지 말거라.

매년 시월 초하루는

인간 세상의 길일이고

인간 세상의 제삿날이다

그날 천궁의 문을 일제히 열고

이 아버지가 문 옆에서 인간 세상을 바라볼 것이야

이 아버지가 너를 바라볼 것이야."

창업

무제주와 란비와는

무비타와 작별하고

---

10 삼각 받침대는 창족들이 화덕에 올려 가마를 얹는 받침대로 동이나 철로 만들어진다. 동으로 된 것은 퉁싼자오(銅三角)라고 부르고, 철로 된 것은 톄싼자오(鉄三角)라고 부른다. 다리 세 개 중, 하나는 불의 신, 다른 하나는 남조상신, 나머지 하나는 여조상신이 깃들어 있다고 믿는다. 그래서 받침대에 기저귀를 널어 말리는 행위는 신령을 모독하는 행위로 간주된다.

천궁을 떠났네
무제주와 란비와는 혼수품을 가지고
하늘 성을 떠났네.

첫 번째 산에 이르렀을 때
무제주는 아버지가 그리웠네
무제주가 머리를 돌려 아버지를 찾았으나
아바무비타는 보이지 않고
천궁의 궁전들만 보였네.

두 번째 산에 이르렀을 때
무제주는 어머니가 그리웠네
무제주가 머리를 돌려 어머니를 찾았으나
어머니는 보이지 않고
궁전의 그림자만 보였네.

세 번째 산에 이르렀을 때
무제주는 가족들이 그리웠네
무제주가 머리를 돌려 가족들을 찾았으나
가족들의 모습은 보이지 않고
지붕 위의 백석만 보였네.

무제주여, 그대는
아바무비타의 부탁을 잊지 말았어야 했네

무제주여, 그대는
머리를 돌려 뒤를 돌아보지 말았어야 했네
앞에 가던 헤아릴 수도 없이 많은 짐승들은 모두
깊은 산속으로 흩어져 야생동물이 되고
뒤에 따라오던 짐승들만
무제주를 따라 속세에 내려와 가축이 되었네.

무제주가 속세에 내려오고
란비와가 고향에 돌아왔네
물을 길어다 진흙을 이기고
돌을 옮겨다 담을 쌓고
먼저 살 집을 지었네
집은 층집이요
벼랑 옆에 지었네
아래층에는 가축을 키우고
중간층에는 사람이 살고
옥상에는 알곡을 말리고 저장했네.

집을 다 짓고
거주가 안정되었으니
이제 생산에 힘써야 했네
란비와는 낫을 휘둘러 수풀을 베고
란비와는 불을 놓아 화전을 일구면서
산에서 바삐 일했네

무제주는 양을 방목하고
가축을 길렀는데
마음은 꿀처럼 달콤했네
무제주는 바삐 지내면서
자손이 번창하기를 바라고
오곡이 풍년이 들기를 바라고
가축이 살찔 것을 바랐네.

그렇지만,
무제주는 잊지 말았어야 했네
아버지의 분부를 잊지 말았어야 했네
란비와는 잊지 말았어야 했네
천신의 분부를 잊지 말았어야 했네
잊지 말았어야 했네, 잊지 말았어야 했네!
가시나무 종자를 낮은 산에 뿌리지 말았어야 하고
넓은잎삼나무 종자를 높은 산비탈에 뿌리지 말았어야 하고
두견화 종자를 산꼭대기에 뿌리지 말았어야 하고
목향나무 종자를 벼랑에 뿌리지 말았어야 했네.

틀렸네, 틀렸네!
나무의 종자를 잘못 뿌렸네
가시덤불 종자를 잘못 뿌렸네
꽃씨를 잘못 뿌렸네
채집하기 불편하고

사람과 가축은 늘 다치기 일쑤였네.

틀렸네, 틀렸네!

무제주는 사후에 틀린 걸 깨달았네

나중에 또 잘못을 저지를까 봐

백석 다섯 개는 지붕 위에 봉안하고

길상스러운 명절날에 자주 제사를 지냈네

신을 청해서 경배 드리고 신의 은덕에 감사를 드렸네.

강창자: 王治国, 남, 67세, 창족, 스비, 사숙 4년 정도
채록자: 刘尚乐, 李明, 孟燕, 周辉枝
번역자(창-중): 汪友伦, 남, 42세, 창족, 간부, 중졸 수준 학력
정리자: 李明, 남, 55세, 한족, 교사, 대졸 수준 학력
채록지: 四川省汶川县绵箎乡簇头寨
채록일: 1987.3.

츠[1]
迟

비범한 출생

하늘이 있어 비로소 땅이 있게 되었고
땅이 있은 뒤 비로소 인간이 있게 되었으며
사람이 있은 뒤 비로소 이야기가 생겨났네.

이야기는 어디서부터 시작할 것이며
어디까지 말해야 할까?

---

1 〈츠(迟)〉는 이 서사시의 제목이자 주인공의 이름이다. 원촨현(汶川县) 맨후향(绵虒乡) 허핑촌(和平村) 왕하이윈(王海云) 스비가 강술했다. 원촨현(汶川县) 옌먼향(雁门乡) 위안전치(袁祯棋) 노인도 이 경을 부른다. 이 서사시의 제목은 〈츠지거부(赤吉格布)〉, 〈저지가부(泽吉嘎布)〉, 또는 〈띠지거부(缔吉格补)〉 등 여러가지로 불린다. '츠(迟)', '츠지(赤吉)', '저지(泽吉)', '띠지(缔吉)'는 인명이고, '거부(格布)', '가부(嘎布)', '거부(格补)'는 고아라는 뜻이다. 〈츠〉는 스비경에서 부르는 명칭이다.

츠지거부는 창족 전설 중의 영웅이다. 부모의 원수를 갚으러 병마를 거느리고 청두에 갔으나 패전하고 돌아왔다. 이본에 따라서는 원수를 갚는 것도 있고 아예 겨뤄 보지도 않고 돌아오는 경우도 있다. 일부 경문에서는 양측이 담판을 거쳐 전쟁을 끝내고 그때부터 좋은 일, 궂은일이 있으면 서로 나누면서 함께 다리와 도로를 닦고 무역을 했다고 한다. 이 서사시는 창족 사람들의 평화에 대한 사랑과 민족 영웅에 대한 존경을 보여준다. 스비가 그의 사적을 노래 부름으로써 사악한 것을 쫓고 불결한 것을 제거한다.

앞의 <즈>[2] 이야기는 다 노래 불렀네

그 이야기는 아홉 산 아홉 골짜기 만큼이나 길었네.

이제는 그에 이어서 <츠> 이야기를 시작하려네.

태양 주위에 둥근 무지개가 걸리어[3]

츠의 아버지 허미는 얼마나 기뻤고

츠의 어머니 아워미는 또 얼마나 기뻤는지

츠의 어머니가 츠를 낳았네.

츠는 르쯔[4]의 루보[5]에서 태어났네

르쯔 루보가 영웅을 양육했네

르쯔 루보에 영웅이 났네.

츠는 한 살에 엄마 품에 안기어

엄마 품에서 젖을 먹었네

왼쪽 젖을 한 번 빨고

오른쪽 젖을 한 번 빨고 하는 것이

2　〈즈〉는 〈支〉, 원촨현(汶川县) 몐후향(绵虎乡) 허핑촌(和平村) 왕하이윈(王海云)이 부른 스비경이다. 창족 사람들은 병에 걸리면 악한 기운이 깃들었다고 생각하여 반드시 스비를 청하여 병을 치료한다. 이때 스비는 이 경을 노래 부르며 좋은 기운을 불러오고 악한 기운을 제거한다.

3　태양 주위에 둥근 무지개가 걸렸다는 것은 츠의 어머니가 임신을 하였음을 뜻한다.

4　르쯔는 日兹, 창족어 발음의 지명으로, 쓰촨성 아바자치주(阿坝自治州) 쑹판현(松潘县)을 가리킨다.

5　루보는 如波, 창족어 발음의 지명으로, 쓰촨성 아바자치주(阿坝自治州) 쑹판현(松潘县)의 어느 곳을 가리키는지 정확하지 않다.

　　　　　　　중국 창족 서사시

마치 싸움하는 모양과 흡사했네.

츠는 두 살에 아버지 품에 기대어
아버지 품에 기대어 주먹을 빨았네
왼 주먹을 한 번 빨고
오른 주먹을 한 번 빠는 모양이
무예를 연습하는 모양과도 같았네.

츠는 세 살에 화덕 옆에서 부집게를 가지고 노는데
이리 쳐들고
저리 쳐들고 하는 양이
힘을 키우는 듯했네.

츠는 네 살에 어머니를 도와 밥을 짓는데
쌀을 일고
야채를 씻는 모양이
매우 철이 든 모습이었네.

츠는 다섯 살에 사다리를 딛고 집 위에 올라갔는데
등에 지게를 지고 집 위에 올라갔네
땔나무를 등에 지고 집 위에 올라가는 모양이
어른과도 같았네.

츠는 여섯 살에 작살을 무기 삼아

이리 찌르고
저리 찌르고 하는 모습이
적을 무찌르는 것과도 같았네.

츠는 일곱 살에 소와 양 떼를 방목했는데
풀이 많은 산 위에서 방목하고
풀이 많은 초원에서 방목하여
소와 양 떼가 살찌고 기름기가 흘렀네.

츠는 여덟 살에 비탈에 올라 청과를 심었네
잡초를 베어 내고 황무지를 개간하여 청과를 심었네
불을 놓고 화전을 일구어 청과를 심었네
청과는 이삭이 크고 알알이 잘 여물었네.

츠는 아홉 살에 산을 넘고 절벽에 올라 땔나무를 했네
산비탈이 흘러내려도 두려워하지 않고
바위가 굴러도 두려워하지 않았네
산이 가파른 것도 두려워하지 않았네.

츠는 열 살에 가만히 경계비를 옮겼네
경계를 넓히려고 경계비를 옮겼네
거주지를 넓히려고 경계비를 옮겼네
산과 들을 넓게 차지하려고 경계비를 옮겼네.

츠는 열두 살 때 과거에 응시하려 했네
시를 잘 짓고
문장도 잘 지었네
과거에 응시하기 위해 열심히 글을 읽었네.

츠는 열여섯 살에 스비를 모시고 배웠네
스승은 열심히 가르치고
츠는 밤낮으로 열심히 배웠네
삼경[6]에 정통하고 괘를 풀이할 수 있었네.

부모를 위한 복수

아버지가 잔인하게 살해당했네
어머니도 잔인하게 살해당했네
츠는 그 비참한 정경을 두 눈으로 똑똑히 보았네
츠는 그 비참한 정경을 마음속에 새겼네.

츠는 여덟 살에 아버지의 복수를 다짐했네
츠는 아홉 살에 어머니의 복수를 다짐했네
밤낮으로 아버지의 복수를 생각했네

6　삼경은 三经, 스비경의 상단경(上坛经), 중단경(中坛经), 하단경(下坛经)을 말한다.

밤낮으로 어머니의 복수를 생각했네.

양각화[7]가 열 여섯 번 피고
양각화가 열 여섯 번 졌네
츠는 자라 어른이 되었네
츠는 군사를 일으켜 복수를 하려 했네.

대문 앞에 빗자루를 세워 놓고
소똥으로 대문을 봉했네
츠는 군사를 거느리고 르쯔장[8]에 갔네
르쯔 부락의 두령 이궈는 그를 만류하지 못했네
군사는 남으로 진군했네.

츠의 군사가 원산군[9]에 이르니
마오저우[10] 성이 눈앞에 나타났네
리디[11] 부락 두령 어바지
어바지가 영을 내려 츠를 막았지만

---

7 양각화는 羊角花, 두견화의 창족어 이름이다.

8 르쯔장은 日玆場, 日玆는 오늘날의 쑹판현(松潘县)이다. 그때는 아직 성이 형성되지 않았고
   작은 시장 거리와 비슷한 마을이었으므로 日玆場이라 했다. 場은 시장 거리라는 뜻이다.

9 원산군은 汶山郡, 지명으로 서한 한무제 원정(元鼎) 6년(기원전 111년)에 원산군(汶山郡)을 설
   치하여 원장현(汶江县, 오늘날 四川 茂县 북쪽에 있음)을 다스리게 했으며 광러우현(广柔县) 등 다섯
   개 현을 관할하게 했다.

10 마오저우는 茂州, 주의 이름. 당나라 정관 8년(기원 634년) 원산(汶山, 오늘의 茂汶)에 설치하였
    다. 관할 구역은 오늘의 쓰촨 베이촨(北川), 원촨(汶川), 마오원(茂汶) 창족자치현 등이었다.

11 리디는 立地, 지명.

츠의 군사를 막아 내지 못했다네
군사는 호호탕탕히 쭝취[12]에 이르렀네.

쭝취 부락 두령은 성이 슝씨였네
슝씨가 명을 내려
츠를 통과하지 못하게 했네
군사도 막으라 했네
그렇지만 한발 늦었네
츠의 군사는 벌써 그 경계를 넘었네.

츠의 군사가 스구[13]에 이르렀네
스구 부락 두령은 웨이지였네
츠에게 길을 빌려주기 싫었고
통과시키기도 싫었네
그러나 명령을 내렸을 때
츠의 군사는 이미 부락을 벗어나
멀리 가버린 뒤였네.

츠는 군사를 거느리고 급행군하여
남으로 내려가 치시[14]에 이르렀네

---

12 쭝취는 宗渠, 지명, 오늘날의 마오현성(茂县)에서 15리 떨어진 곳에 있다.

13 스구는 石鼓, 지명. 오늘날의 마오현(茂县) 스구향(石鼓乡)이다.

14 치시는 七溪, 지명. 오늘날의 치싱관(七星关). 마오현(茂县) 성남쪽 45리 되는 곳 난싱향(南星乡)에 있다.

치시는 이름난 곳이었네
부락 두령 위바지는
츠에게 군사를 거두어
되돌아갈 것을 권했네
츠는 권고를 듣지 않고
급히 군사를 거느리고 떠났네.

군사가 원전장[15]에 이르니
부락 두령 문씨가 깜짝 놀라 물었네
"당신은 왜 군사를 거느리고 온 것이오?
우리 부락을 치려고 왔소?
나의 적군이오?"

츠는 급히 해명했네
츠는 바삐 설명했네
"나의 군사는 다만 이 부락을 지나가려는 것 뿐이오
원전을 치려는 것이 아니라
이둬[16]와 싸우려는 것이오
가서 원수를 갚으려는 것이오."

---

15 원전장은 文镇场, 文镇은 지명. 场은 작은 시장 거리라는 뜻이다. 오늘날 마오현(茂县) 난싱
향(南兴乡)에 있다.

16 이둬는 依多, 지명. 이둬는 곧 청두(成都)인데, 여기서는 청두에 사는 사람까지도 함께 나타
낸다. 이 지명은 고대 한어에서 왔다. 양한 시기에 청두를 이두(益都)라고 불렀는데, 依多는
益都가 변음된 지명이다.

문씨는 츠의 군사를 막지 않고
원정하러 가게 내버려 뒀네
츠가 복수를 하러 가게 내버려 뒀네
츠가 원수를 갚으러 가게 내버려 뒀네.

츠는 원전에서
눈을 들어 사방을 둘러보았네
동쪽을 보고
서쪽을 보고
남쪽을 보고
북쪽을 보았네
강물이 부락 앞으로 흘러갔네
무퉈[17] 부락이 강 건너 있었네
원전은 창족 부락 같지 않았네
원전은 한족 마을 같았네.

군사는 원전을 떠나
군사는 앞으로 나아가
곧바로 푸즈[18]에 이르렀네.

푸즈는 요새였네

---

17 무퉈는 木托, 지명. 오늘날의 마오현(茂县) 난싱향(南兴乡)에 있으며, 창족 부락으로 원전과
강을 사이에 두고 있다.

18 푸즈는 蒲子, 지명. 오늘날의 원촨현(汶川县) 옌먼향(雁门乡) 옌먼관(雁门关)이다.

푸즈는 주요 길목이었네
푸즈는 요충지였네
통과하기가 매우 어려웠네.

부락 두령 더뷔가
사람들이 떠드는 소리를 듣고
말들의 떠들썩한 소리를 듣고
급히 와서 보았네
바삐 와서 물었네
"어디로 가는 군사냐?
어찌하여 보고를 하지 않는 것이냐?"

츠는 말을 몰아 앞으로 나아가
공경스럽게 대답을 했네
"우리 군사는 이둬로 가는 길이오
아버지의 원수를 갚으러 이둬로 가고 있소
어머니의 원수를 갚으러 이둬로 가고 있소."

더뷔는 손을 들어 통과시켰네
군사는 남으로 커싸장[19]에 이르렀네
짜오즈지가 나타나 막았네
짜오즈지가 통과하지 못하게 했네.

---

19 커싸장은 柯萨场, 커싸는 지명, 오늘날의 원촨현(汶川) 옛 소재지 웨이저우(威州)이다. 그때
는 웨이저우성이 형성되지 않았고 작은 시장 거리의 마을이었으므로 场이라 했다.

츠는 마음이 조급했네
츠는 화가 났네
츠는 군사를 거느리고 무작정 부락을 통과했네
말에 채찍질을 하면서 부락을 지났네.

해가 막 서산에 지려 했네
해가 이미 서산에 졌네
츠는 사워[20]에 이르렀네
군사는 사워에 이르렀네.

츠는 부락 두령을 만났네
아버지 원수를 갚기 위해 사워를 지나야 한다고 말했네
어머니 원수를 갚기 위해서 이뒤에 가야 한다고 말했네
숙영지를 빌려 달라고 간청했네
사워에서 숙영하자고 간청했네.

사워 두령은 츠를 동정했네
사워 두령은 사리 분별이 밝았네
츠에게 숙영지를 안배해 주고
군사에게 숙영지를 안배해 줬네.

츠는 병사들을 시켜 땔나무를 주워 오게 했네
츠는 병사들을 시켜 물을 길어 오게 했네

20　사워는 沙窩, 지명. 오늘의 원촨(汶川) 현성에서 남으로 몇 리 떨어진 곳에 있다.

병사들은 땔나무를 주워 오고
병사들은 물도 길어 왔네
땔나무를 제일 많이 주워 온 자는 헤이모지라는 자였네
물을 제일 많이 길어 온 자는 바이모주라는 자였네.

이튿날
날이 채 밝기 전에
닭이 아직 울기 전에
츠의 군사는 또 길을 떠났네
츠의 군사는 새로운 여정을 시작했네.

츠의 군사는 너무 힘들었네
아홉 개의 산을 넘고
아홉 개의 골짜기를 건너
아침에 츠바[21] 부락에 이르렀네.

부락 두령 보리가 츠를 찾아왔네
부락 두령 보리가 츠에게 캐물었네
"당신의 군사는 몇 천 명이나 되오?
몇 천 명의 군사를 거느리고 우리 부락에 왔소?
우리 부락에 온 이유가 대체 무엇이오?"

---

21 츠바는 茨巴, 지명.

츠는 너무나 슬펐네
츠는 눈물을 흘렸네
츠는 눈물을 흘리며 부락 두령에게 말했네
"아버지의 원수를 갚으러 이뒤에 가오
어머니의 원수를 갚으러 이뒤에 가오
연도의 각 부락들과는 아무 상관이 없소
다만 길을 빌려주길 바랄 뿐이오."

보리 두령은 츠를 통과시켰네
군사는 또 길을 떠났네
군사는 또 움직였네
여러 개의 산을 넘고
여러 개의 비탈을 넘어
헤이아쑤[22]에 이르렀네.

병마가 헤이아쑤에 이르니
헤이아쑤 두령 커비가 막으려고 했네
그런데 츠의 군사가 많은 것을 보고
말은 살찌고 사람은 튼튼한 것을 보고
건드리지 않았네
감히 건드리지 못하고
사정을 묻고는 보내 주었네.

---

22   헤이아쑤는 黑阿苏, 지명. 옛날 원촨(汶川)으로 지금의 원촨현 몐쓰향(绵虒乡)이다.

츠의 군사는 또 여정을 시작했네
츠의 군사는 남으로 길을 재촉해
화이화이야[23]에 이르렀네.

부락 두령은 산비탈에 올라 서서
부락 두령은 바위 위에 올라 서서
큰소리로 츠에게 물었네
군사가 어디로 가느냐고.

츠의 마음은 비통했네
츠는 눈물이 흘러내렸네
츠는 눈물을 흘리며 부락 두령에게 말했네
"복수하러 가는 길이오
원한을 풀러 가는 길이오.
어머니의 원수를 갚으러 가는 길이오
복수하러 이뒤에 가오
원수를 갚으러 이뒤에 가오."

부락 두령은 츠를 측은히 여겨
손을 들어 츠를 통과시켰네
츠의 군사는 깃발을 흔들며 산을 지났네
츠의 군사는 큰소리로 외치며 산을 넘었네

츠의 군사는 커자장[24]에 이르렀네

부락 두령은 수다스러운 자

미주알고주알 캐묻고

또 미주알고주알 캐묻고

다 묻고 나서 군사를 통과시켰네

다 묻고 나서 앞으로 나아가게 했네.

츠의 군사는 속도를 다그쳤네

츠의 군사는 걸음을 재촉했네

병마는 류구둬[25]에 이르렀네

츠의 군사는 만성[26]에 이르렀네.

류구둬 두령은 깜짝 놀라서

츠에게 군사를 이끌고 어디로 가냐고 물었네

츠에게 군사를 이끌고 무엇하러 가냐고 물었네.

츠는 가슴이 미어졌네

츠는 몹시 슬펐네

츠는 눈물을 흘리며 말했네

츠는 이를 악물고 말했네

---

24 커자장은 柯杂场, 柯杂는 지명. 오늘날의 두장옌시(都江堰市) 룽시(龙溪)라는 곳이다. 场은 시장 거리라는 뜻, 마을 비슷한 시장이었으므로 커자장이라 했다.

25 류구둬는 六谷多, 지명. 관현(灌县) 옛 성이 있는 곳이다.

26 만성은 蛮城, 류구둬에 그때 이미 성이 있었고 만성이라 불렸다.

"나의 아버지는 잔인하게 살해당했고
나의 어머니도 잔인하게 살해당했소.
아버지 원수를 갚으러 이둬에 가는 길이오
어머니 원수를 갚으러 이둬에 가는 길이오."

츠의 군사는 촨시바에 이르렀네
츠의 군사는 궈녜비야제[27]에 이르렀네.

부락 두령 지시는 놀랐네
부락 두령 지시는 츠에게 물었네
"당신은 적이오?
아니면 친구요?
만약 적이라면
나는 당신과 싸우겠소
싸워서 승부를 가리겠소."

츠는 부락 두령에게 대답했네
츠는 부락 두령에게 자초지종을 설명했네
"우리 사이엔 원한이 없소
우리 사이엔 원한도 없고 미움도 없소
그런데 왜 서로 싸우겠소?

---

27 궈녜비야제는 国涅比亚街, 国涅比亚는 지명, 街는 거리라는 뜻이다. 지금의 피현(郫县) 현성
이다. 전하는 바에 의하면 그 당시에는 읍이 형성되지 않고 촌락 비슷한 거리가 있었으므
로 궤녜비야거리라고 불렀다고 한다.

     중국 창족 서사시

아버지를 살해한 큰 원수가 있소
어머니의 살해한 큰 원수가 있소
원한은 가슴에 사무치고
원수는 이둬에 있소
원수를 갚기 위해 이둬를 치려는 것이오.

다만 길을 빌려 이둬에 가려는 것뿐이니
경계를 하지 않아도 좋소
근심을 하지 않아도 좋소
의심을 하지 않아도 좋소."

츠는 촨시바[28]에 군사를 주둔시키고
츠는 촨시바를 둘러보았네.
촨시바는 넓기도 하네
촨시바에는 산이 없었네
촨시바에는 바위도 없었네
관개수로는 거미줄마냥 얼기설기 얽혀 있었네
사람은 여름철 산에 핀 야생화마냥 많았네.

르쯔와는 비교할 수가 없었네
루보와는 비교할 수가 없었네

3천 인마가 다 무엇인가?
3천 인마로 무엇을 할 수 있단 말인가?

츠의 군사는 궈녜비야에 주둔을 했네
부락 두령 지시는 시름이 안 놓였네
날마다 사람을 보내 성을 더 굳건히 하고
날마다 사람을 보내 인마를 모집했네.

얼마 지나지 않아 양측은 교전을 했네
얼마 지나지 않아 양측은 싸움을 벌였네
양측 모두 인마가 죽어 갔네
양측 모두 인마가 피를 흘렸네.

츠의 인마는 먼 곳에서 온지라
사람도 지치고
말도 지치고
화살도 적고
군량도 모자랐네
츠는 오래 싸울 엄두가 안 났네
츠는 오래 싸울 수가 없었네
츠는 형세가 불리함을 느꼈네
츠는 급히 군사를 철수했네.

회군

츠는 군사를 철수했네
군사는 류구뒤에 돌아갔네
부락 두령은 사람들을 거느리고 성을 쌓고 있었네
군사들이 창을 들고 길을 막아섰네.

츠는 형세가 안 좋음을 보았네
츠는 형세가 불리함을 알았네
인마를 거느리고 돌진했네
인마를 거느리고 바삐 도망을 갔네.

만성의 용사들이 달려 나왔네
만성의 기마병들이 달려 나왔네
츠의 뒤를 바싹 쫓아왔네
조금도 늦추지 않고 바싹 뒤쫓아 오네.

츠는 한쪽으로 싸우면서 한쪽으로 후퇴했네
츠는 한쪽으로 후퇴하면서 한쪽으로 싸웠네
츠는 커자장까지 후퇴했네
츠의 인마는 커자장에 이르렀네.

커자장의 성벽은 이미 구축됐네
커자장의 성벽은 이미 굳건해졌네

다행히 성에는 군사가 주둔하지 않았네
다행히 부락 두령은 진을 치지 않았네.

버드나무 멜대가 성벽에 기대어 있는데
멜대마다 아홉 뼘 길이요
삼베 미투리가 멜대에 걸려 있는데
삼베 미투리는 아홉 손바닥쯤 길고
삼베 미투리는 아홉 치쯤 두꺼웠네.

츠는 미투리를 보았네
츠는 미투리를 보고 놀랐네
여기에 사는 사람들은 어떤 사람들일까?
멜대가 아홉 뼘만큼 길고
미투리가 아홉 손바닥만치나 길다니!

전쟁터에서 이런 사람을 만난다면
사람이 어찌 성할소냐
몸은 가루가 되고
뼈는 산산이 부서지리!

츠는 이리 보고 저리 보고
자세히 보았네
츠는 생각하고 또 생각하고
자세히 생각했네.

츠는 급히 후퇴하기로 결정했네
츠는 빨리 길을 떠날 것을 재촉했네
인마는 쉼 없이 길을 재촉했네
말안장에서 내리지 못하고 가기만 했네.

인마는 화이화이야에 이르렀네.
부락 두령이 츠의 말을 막고 물었네.
"이번 이둬 정벌에
이번 이둬 공격에
아버지의 원수는 갚았소?
어머니의 원수는 갚았소?"

츠는 마음속으로 생각했네
츠는 가만히 생각했네
사실대로 말하면 안 되지
속사정을 털어놓으면 안 되지.

사실대로 말하면
속사정을 털어 놓으면
부락 두령이 비웃을 것이요
사람들이 무능하다 말할 것이야.

츠는 말 위에 앉아서 큰소리로 말했네
츠는 말 위에 앉은 채 큰소리로 말했네

"작은 싸움을 하고 나서 큰 싸움을 하고
큰 싸움을 하고 나서 또 작은 싸움을 했소.
이뒤 인마도 손실을 보고
우리 인마도 손실을 봤소.
아버지 원수는 이미 갚았고
어머니 원수도 이미 갚았소.
이제 인마를 거느리고 고향에 돌아가오."

말을 마치고 길을 떠나
헤이아쑤에 이르렀네
헤이아쑤의 성벽은 이미 세워졌네
헤이아쑤의 성벽은 높이높이 세워졌네.

부락 두령 커비는 나쁜 마음을 품었네
부락 두령 커비는 사악한 마음을 품었네
흉계를 꾸며서 츠를 붙잡으려 했네
흉계를 꾸며서 츠를 해치려 했네.

꾀는 매우 졸렬해서
꾀는 탄로가 나서
부락 두령은 어쩔 수 없이
츠를 통과시켰네.

츠의 군사는 걸음을 재촉하여

푸즈 요새에 곧 당도하게 되었네
츠는 군사를 세우고
명령을 내렸네
"저 앞은 바로 푸즈 요새다
푸즈 요새는 수비가 근엄하니
무사히 통과하려면
조용히 건널 수밖에 없다
몰래 건널 수밖에 없다
누구도 입을 열지 말고
누구도 소리를 내서는 안된다."

츠의 명령은 심히 엄해서
인마가 몰래 푸즈 요새를 건넜네
츠의 군사는 속도가 빨라서
어느덧 치시에 이르게 되었네.

치시 두령 위바지가
앞으로 나와 츠를 맞이했네.
위바지가 바로 츠에게 물었네.
"당신의 병마는 살찌고 건장한데
이번 이둬 정벌에
아버지 원수는 갚았는가?
어머니 원수는 갚았는가?"

츠는 속사정이 드러날까 봐
츠는 부락 두령이 나쁜 마음을 먹을까 봐
태연하고 침착하게 대답했네
"아버지 원수는 갚았소
어머니 원수도 갚았소
그래서 기쁜 마음으로 돌아오는 길일세
승리의 노래를 부르며 돌아오는 길일세."

치시를 떠나 마오저우에 도착했네
마오저우는 아무런 낌새가 없었네
마오저우는 아주 조용했네
부락 두령은 태도가 온화했네
부락 두령은 관심을 가져줬네
부락 두령은 싸움 상황을 물었네.

츠는 부락 두령에게 예를 갖추고
츠는 싸운 과정을 말해 줬네
양측 모두 사상자가 있었고
양측 모두 적지 않게 피를 흘렸다고.

말을 끝내고 길을 떠났네
말을 끝내고 걸음을 재우쳤네
대부대는 르쯔로 달렸네
대부대는 르쯔에 도착했네.

르쯔 협대[29]는 성을 쌓고 있었네
협대는 인마의 떠들썩한 소리를 듣고
츠의 군사가 도착한 것을 보았네
협대는 모략을 꾸며 츠를 잡으려고 했네.

그러나 협대는 재간이 모자랐네
그러나 협대는 좋은 계책이 없었네
그러나 협대는 담이 작았네
그러나 협대의 군사는 용감하지 못했네.

있는 힘껏 싸웠지만
츠를 이기지 못했네
막고 또 막았지만
츠를 막아내지 못했네
무진 애를 썼지만
츠를 붙잡지 못했네.

츠는 말하며 웃으며 루보에 돌아왔네
츠는 평안히 루보에 돌아왔네
츠는 기쁜 마음으로 루보를 볼 수 있었네

---

29 협대는 协台, 전하는 말에 의하면 쏭판(松潘)의 행정 두목을 협대라고 불렀다고 한다. 고증
에 의하면 협대는 청나라 시기의 관직명이다. 그 당시 쏭판에 협대 관직을 설치했는지는
알 수가 없다. 쏭판은 그 당시 원산군(汶山)에 속해 있었으며 협대 직을 설치했을 가능성이
없다는 설도 있다.

츠는 기쁜 마음으로 고향에 돌아왔네.

중국 창족 서사시

귀향

츠는 만수천산을 넘어 고향에 돌아왔네
츠는 천신만고 끝에 고향에 돌아왔네
병마를 거느리고 원정을 갔다 오니
고향은 황폐해져 있었네.

문 앞에 가시덤불과 잡초가 자랐네
문 앞에 가시덤불과 잡초가 무성했네
츠는 병사들을 시켜 가시덤불을 걷어 내게 했네
츠는 병사들을 시켜 잡초를 베어 내게 했네
츠는 병사들을 시켜 마당을 쓸게 했네
츠는 병사들을 시켜 문을 봉한 소똥을 떼어 내게 했네.

계단엔 이끼가 가득 자라고
집안엔 곰팡이 냄새가 진동했네
거미줄이 사처에 얼기설기 걸려 있고
침대엔 먼지가 두툼히 쌓여 있네
츠는 두 팔을 걷고 청소를 했네
병사들도 청소를 도왔네.

이번 출정에 고생이 막심했네
병사들도 모두 고생이 많았네
츠는 9년 묵은 저표육[30]을 꺼내고
츠는 9년 묵은 짜주술[31]을 꺼냈네
츠는 병사들에게 잔치를 베풀었네
츠는 병사들을 잘 위로했네.

병사들은 짜주술을 마음껏 마셨네
병사들은 돼지고기를 실컷 먹었네
병사들은 기쁨에 넘쳤네
너무나 기뻐 마치 꿈만 같았네

아버지 원수는 갚지 못했지만
어머니 원수는 갚지 못했지만
원수를 갚기 위해 있는 힘을 다했네
복수하기 위하여 최선을 다했네.
츠의 마음은 고요해졌네
츠의 마음은 차분해졌네.

다시는 이뒤와 싸우지 말아야지
츠는 영원히 이뒤와 싸우지 않으려고 생각했네
스비를 모셔 경을 읽고

---

30 저표육은 猪膘肉 , 삭힌 돼지고기이다.
31 짜주는 咂酒, 창족 사람들이 빚어 마시는 전통적인 술이다.

라마[32]를 청해 경을 읽고
스님을 청해 경을 읽었네.
경을 읽고 보살님께 경배하고
절벽 위에 다리를 설치하여
이뒈를 친구로 사귀고
함께 장사를 하였네.

<츠> 경을 다 노래 불렀네
주인장 집으로 츠를 청해오고
주인장 집에서 츠를 배웅해 드렸네.
츠가 가면
환자의 병이 나아지리라
츠가 없다 하더라도
사악하고 불결한 것이 감히 오지 못하리.

오늘 츠를 청해 왔고
오늘 츠를 보냈네
츠가 가고 없어도
나 스비 보살이 있으리

강창자: 王海云, 남, 68세, 창족, 스비, 사숙 2년 정도
채록자: 刘尚乐, 李明, 孟燕, 周辉枝
번역자(창-중): 汪友伦, 남, 42세, 공무원, 중졸 수준 학력

---

32 라마는 喇嘛, 티벳 불교에서 스님에 대한 존칭이다.

정리자: 李明, 남, 55세, 한족, 교사, 대졸 수준 학력
채록일: 1987.3.

러얼[1]
勒尔

1

하늘이 있은 후에 땅이 있고
땅이 있은 후에 사람이 생기고
사람이 생기고 이야기가 생겼네

나, 스비가 오늘 이야기를 하려네
이것 저것 허투루 해서는 안 되고
있는 대로 이야기하려네
있는 대로 노래하려네
상황에 맞춰 경을 읽으려네

<즈(支)> 경을 다 읽고 나면

---

1 러얼은 勒尔, 인명이다. 작품 명칭은 〈勒尔〉 혹은 〈尔〉로 불리며 원촨현(汶川县) 몐쓰향(绵虒乡) 스비 왕하이윈(王海云)이 부른 하단경 중의 일부이다. 창족 사람들은 갑작스런 죽음이 발생했을 때, 스비를 청해 법사를 하고 이 경을 부르게 한다.
경이 비교적 길기 때문에 채록자가 의미 맥락에 따라 몇 개의 장절로 나누었다.

 중국 창족 서사시

<츠(迟)> 경이 따라오고
<러얼(勒尓)> 경도 따라오네

<러얼> 경은
아홉 고개, 아홉 골짜기를 걷는 만큼 길고
<러얼> 경은
아홉 고개, 아홉 골짜기를 노래하는 만큼 기네

러얼의 아버지는
러얼의 아버지는 바이허미[2]
러얼의 어머니는
러얼의 어머니는 아워미[3]
러얼의 아버지와
러얼의 어머니가
러얼을 낳고
러얼을 양육했네

1년에 나이를 한 살 먹고
2년에 나이를 두 살 먹네
사과나무에 열 여덟 번 꽃이 피고
사과나무에 열 여덟 번 열매가 열렸네
러얼은 어느덧 열 여덟 살이 되었네

---

2   바이허미는 百合米, 인명이다.

3   아워미는 阿窝米, 인명이다.

러얼은 매우 총명하고
러얼은 매우 재주가 뛰어나
관리로 차리고 나서면 관리다워 보이고
스비로 차리고 나서면 스비다워 보이네

2

러얼은 목수 일을 배웠네
아주 정통하게 배웠네
러얼이 다 배우고 나자
천신이 러얼을 청했네
하늘 성에 와서 천궁을 지으라 했네

러얼은 하늘 성에 가서
러얼은 천궁을 지어야 하네
목수 쟁기들을 모조리 주머니에 넣어
쉰 다섯 가지 쟁기를 주머니에 넣어 둘러멨네

도끼는 허리춤에 꽂고
부싯돌은 허리춤에 차고
발에는 짚신 한 켤레 신고
손에는 담뱃대를 하나 들었네

닭이 울기 전
날이 채 밝기 전
러얼은 집 문을 나섰네
러얼은 길을 떠났네

러얼은 골짜기 하나를 건너
러얼은 산비탈 하나를 지나
러얼은 넓은잎삼나무 숲을 봤네
러얼은 넓은잎삼나무 숲에 이르렀네

러얼, 이 총각은
왼쪽 팔소매를 걷고
오른쪽 팔소매를 걷고
팔소매를 걷어부치고 일을 시작했네

러얼은 이리 돌고
러얼은 저리 돌고
이리 돌고 저리 돌면서 나무를 보았네

러얼은 이 나무를 보고
러얼은 저 나무를 보고
이 나무 저 나무 보면서 나무를 골랐네

많고 많은 넓은잎삼나무

숲속에 가득 찬 넓은잎삼나무

어떤 나무는 구부러져 있었네

굽은 나무는 싫네

많고 많은 넓은잎삼나무

숲속에 가득 찬 넓은잎삼나무

어떤 나무는 가지가 많네

가지 많은 나무는 싫네

러얼은 나무를 고를 때

곧은 나무만 고른다네

러얼은 나무를 벨 때

곧은 나무만 벤다네

러얼은 도끼를 휘둘러

도끼를 휘둘러 넓은잎삼나무를 베었네

이리 찍고 저리 찍어

넓은잎삼나무를 찍어 눕혔네

나무 끝이 산 아래를 향해 넘어간 나무는

러얼은 싫다고 하면서 안 가져갔네

나무 끝이 산 위를 향해 넘어간 나무는

러얼은 좋다고 하면서 가져갔네

중국 창족 서사시

러얼은 먹통을 꺼내
먹줄을 쳤네
이리 치고 저리 치면서
먹줄을 곧게 쳤네

러얼은 은으로 만든 자를 꺼내 들고
자로 목재를 재었네
이리 재고 저리 재면서
목재를 반듯하게 재었네

목재를 산 아래로 옮겨야 하네
목재를 하늘로 옮겨야 하네
많은 사람들을 불러왔더니
사람들이 앞다투어 나르네

사람마다 굵은 막대기를 들고
목재를 메어 나르네
나르고 또 나르고
한바탕 떠들썩한 소리와 함께
넓은잎삼나무를 산중턱까지 옮겨갔네

사람이 많으니 일하기가 쉽네
마음을 합치니 힘이 크네
산 중턱에서 나무를 옮기네

한바탕 떠들썩한 소리와 함께
넓은잎삼나무를 어느덧 산자락으로 옮겨 갔네

많은 나무를
날라 왔네
수없이 많은 나무를
날라 왔네

나무 넘어가는 소리가 쿵쿵쿵쿵
나무 굴러가는 소리가 우당탕탕
저승의 염라왕을 놀래켰네
저승의 염라왕을 화나게 했네
"이 나무는 누가 베었길래
이리도 잘 베었단 말이냐?
이 나무는 누가 쌓았길래
이리도 잘 쌓았단 말이냐?

그자가 천궁을 다 지은 후
염라궁을 짓게 하거라
지금은 그자를 가만 내버려 두거라
그자를 건드리지 말거라."

러얼은 천궁을 지었네
세심하게 일을 했네

밤낮을 이어 쉬지 않고 일을 했네
얼마 지나지 않아 공사를 완성했네

3

러얼은 공구를 걷어 가지고
공구를 짊어지고 인간 세상에 내려왔네
러얼은 천궁을 떠났네
천궁을 떠나 집으로 돌아왔네

이날
닭이 울자마자
날이 밝자마자
저승사자 러부비[4]가 러얼의 집에 와서
러얼의 어머니께 말했네
자신이 온 뜻을 설명했네
"얼자부[5]에서 집을 지어요
염라지부에서 궁전을 지어요
당신의 아들 러얼을 불러
얼자부에서 집을 짓게 하려고 해요

4　러부비는 勒布比, 염라왕이 보낸 저승사자의 이름이다.

5　얼자부는 尔加布, 전설 속의 염라지부 이름이다.

염라지부에서 궁전을 짓게 하려고 해요”

염라지부에서 러얼을 부른다니
러얼의 어머니는 아주 싫었네
러얼의 어머니는 마음이 불안했네
러얼의 어머니가 말했네
“우리 러얼은 시간이 없어요
우리 러얼은 틈이 없어요
얼자부에 갈 시간이 없어요
궁전을 지을 시간이 없어요.”

러부비가 되물었네
“당신의 러얼이 시간이 없고
당신의 러얼이 틈이 없다면
당신의 러얼은 무얼 하나요?
당신의 러얼은 지금 어디에 있나요?”

러얼의 어머니가 말했네
“아홉 개의 산 위에 갔어요
아홉 개의 산 비탈에 갔어요
소를 방목하는 초산에 소를 방목하러 갔어요
소를 방목하는 초산에 소를 몰고 갔어요.”

저승사자 러부비도 아홉 개의 산비탈에 갔네

저승사자 러부비도 초산에 갔네
저승사자 러부비도 아홉 개의 산비탈에 가서 러얼을 찾았으나
러얼을 보지 못했네.
저승사자 러부비도 소를 방목하는 곳에 가서 러얼을 찾았으나
러얼을 보지 못했네

저승사자 러부비가 돌아와 러얼의 어머니한테 말했네
"아홉 개의 산 위에 가서 찾았으나
당신의 러얼을 찾지 못했어요
아홉 개의 산비탈에 가서 찾았으나
당신의 러얼을 찾지 못했어요
당신의 러얼은 도대체 어데 갔나요?
당신의 러얼은 도대체 무엇하러 갔나요?"

러얼의 어머니가 말했네
"아홉 개의 골짜기에 갔어요
호숫가에 갔어요
아홉 개의 골짜기에 양을 방목하러 갔어요
호숫가에 양을 몰고 갔어요."

저승사자 러부비도 아홉 개의 골짜기에 갔네
저승사자 러부비도 호숫가에 갔네
아홉 개의 골짜기에 가서 러얼을 찾았으나
러얼을 보지 못했네
호숫가에 가서 러얼을 찾았으나

러얼을 보지 못했네

러부비가 돌아와 러얼의 어머니한테 말했네
"아홉 개의 골짜기에 가서 찾았으나
당신의 러얼을 보지 못했어요
호숫가에 가서 찾았으나
당신의 러얼을 보지 못했어요
당신의 러얼은 도대체 어데 갔나요?
당신의 러얼은 도대체 무엇하러 갔나요?"

러얼의 어머니가 말했네
"전주천[6]에 갔어요
푸른 초지에 갔어요
전주천에 면양을 방목하러 갔어요
푸른 초지에 면양을 몰고 갔어요."

저승사자 러부비는 전주천에 찾으러 갔네
저승사자 러부비는 푸른 초지에 찾으러 갔네
전주천에 가서 찾았지만
러얼을 보지 못했네
푸른 초지에 가서 찾았지만
러얼을 보지 못했네

6　전주천은 珍珠泉, 샘의 이름이다. 珍珠는 진주라는 뜻이다.

　　중국 창족 서사시

저승사자 러부비가 돌아와 러얼의 어머니한테 말했네
"전주천에 가서 찾았으나
당신의 러얼을 보지 못했어요
푸른 초지에 가서 찾았으나
당신의 러얼을 보지 못했어요
당신의 러얼은 도대체 어데 갔나요?
당신의 러얼은 도대체 무엇하러 갔나요?"

러얼의 어머니가 말했네
"깊은 산속에 갔어요
밀림 속에 갔어요
깊은 산속에 개를 끌고 갔어요
밀림 속에 산을 타러 갔어요."

저승사자 러부비는 깊은 산속에 갔네
저승사자 러부비는 밀림 속에 갔네
깊은 산속에 가서 찾았으나
러얼을 보지 못했네
밀림 속에 가서 찾았으나
러얼을 보지 못했네

저승사자 러부비가 돌아와 러얼의 어머니한테 말했네
"깊은 산속에 가서 찾았으나
당신의 러얼을 보지 못했어요

밀림 속에 가서 찾았으나
당신의 러얼을 보지 못했어요
당신의 러얼은 도대체 어데 갔나요?
당신의 러얼은 도대체 무엇하러 갔나요?"

러얼의 어머니가 말했네
"룽시야[7]에 갔어요
야커우[8]에 갔어요
룽시야에 돼지를 방목하러 갔어요
야커우에 돼지를 몰고 갔어요."

저승사자 러부비는 룽시야에 갔네
저승사자 러부비는 야커우에 갔네
룽시야에 가서 찾았으나
러얼을 보지 못했네
야커우에 가서 찾았으나
러얼을 보지 못했네

저승사자 러부비가 돌아와 러얼의 어머니한테 말했네
"룽시야에 가서 찾았으나
당신의 러얼을 보지 못했어요
야커우에 가서 찾았으나

---

7   룽시야는 龙溪垭, 지명이다. 두장옌시(都江堰市)에 있다.
8   야커우는 垭口, 산과 산 사이의 길이 나 있는 낮은 곳을 말한다.

                                        중국 창족 서사시

당신의 러얼을 보지 못했어요
당신의 러얼은 도대체 어데 갔나요?
당신의 러얼은 도대체 무엇하러 갔나요?"

러얼의 어머니가 말했네
"베이무산[9]에 갔어요
웨량옌[10]에 갔어요
베이무산에 약재 캐러 갔어요
웨량옌에 약재 캐러 갔어요."

저승사자 러부비는 베이무산에 갔네
저승사자 러부비는 웨량옌에 갔네
베이무산에 가서 찾았으나
러얼을 보지 못했네
웨량옌에 가서 찾았으나
러얼을 보지 못했네

저승사자 러부비는 알아차렸네
러얼의 어머니가 거짓말을 하는 줄 알아차렸네
러부비는 깨달았네
자신이 속임수에 걸려든 것을 깨달았네
저승사자 러부비가 러얼의 어머니한테 말했네

9　베이무산은 贝母山, 산 이름이다.

10　웨량옌은 月亮岩, 산 이름이다.

"당신의 러얼을 찾았어요
당신의 러얼을 만났어요
당신의 러얼이 말하기를
톱은 기둥 위에 걸려 있고
대패는 궤의 아래쪽에 놓여 있고
자귀도 궤의 아래쪽에 놓여 있고
숫돌은 집 문 앞에 놓여 있대요.

목수 공구들을 모두 저에게 주세요
배낭에 함께 넣어서 저에게 주세요
당신의 러얼은 저를 따라가겠다고 대답했어요
얼자부 저승에 집 지으러 간다고요
얼자부 저승에 궁전을 지으러 간다고요."

러얼의 어머니가 말했네
"우리 러얼은 시간이 없어요
우리 러얼은 너무 바빠요
얼자부 저승에 집 지으러 못 가요
얼자부 저승에 궁전 지으러 못 가요."

저승사자 러부비는 매우 불만스러웠네
저승사자 러부비는 매우 화가 났네
저승사자 러부비는 화를 내면서 말했네
"얼자부 저승에서 궁전을 짓는다는데

당신의 러얼은 시간이 없다니요
하늘 성에서 궁전을 지을 때에는
쉬지 않고 바삐 일하더니

정말 모를 일이에요
이건 무엇 때문인지
정말 모를 일이에요
도대체 무슨 영문인지.”

러얼의 아버지와
러얼의 어머니가
말할 건 말하고
설명할 건 설명했지만
그러나 보아 하니
러얼이 가지 않고선 안 될 것 같았네

4

러얼의 어머니는 몹시 근심했네
러얼의 어머니는 몹시 화가 났네
톱을 저승사자 러부비에게 주고
먹통을 저승사자 러부비에게 주고
자귀를 저승사자 러부비에게 주고

숫돌을 저승사자 러부비에게 주고
대패를 저승사자 러부비에게 주었네

저승사자 러부비는
쉰 다섯 가지의 목수 쟁기들을 배낭에 넣어서
저승사자 러부비는
쉰 다섯 가지의 목수 쟁기들을 저승에 메고 갔네

러얼이 집에 돌아왔네
러얼이 다 알게 되었네
저승사자가 목수 쟁기들을 다 가져갔다는 것을
저승 얼자부에 가지 않으면 안 되게 되었네
저승에 집 지으러 가지 않으면 안 되게 되었네

러얼은 저승 얼자부에 가기 싫었네
러얼은 저승 얼자부에 가고 싶지 않았네
하루를 미루고
이틀을 미루고
열흘이 지나갔네
반 달이 지나갔네

하루는
러얼이 아버지에게 말했네
러얼이 어머니에게 말했네

“나의 아버지
나의 어머니
목수 쟁기들을 저승사자 러부비가 메어 갔으니
당신들의 러얼은
안 가면 안 되겠어요.

당신들의 러얼은 어쩔 수가 없군요
당신들의 외동아들은 하는 수가 없군요
당신들의 러얼은
저승 얼자부에 가는 수밖에 없군요.

나의 아버지
나의 어머니
당신들은 천 번 만 번 당부하셨죠
얼자부에서 집을 지을 때
안쪽에서부터 바깥쪽으로 지어 나오라구요
바깥쪽에서 안쪽으로 지어 들어가면 안 된다구요
당신들의 러얼은
마음속에 깊이 명심하겠어요
당신들의 러얼은
영원히 잊지 않겠어요.”

러얼은 아버지와 작별하고 떠났네
러얼은 어머니와 작별하고 떠났네

한 걸음 걷고 한 번 뒤돌아보며 떠났네
눈물을 흘리며 떠났네

1년이 지나고
2년이 지났네
3년이 되어도 러얼은 돌아오지 않네
러얼의 아버지는
러얼의 어머니는
러얼이 그리웠네
러얼이 근심됐네

러얼의 아버지는
러얼의 어머니는
마음이 조급해졌네
마음이 불안해졌네
사처에 수소문하고
보이는 사람마다 붙잡고 물었네
알락할미새를 보면
알락할미새한테 물었네
"알락할미새야
영원히 자라지 않는 알락할미새야
너는 여기저기 날아다니고
여기저기 놀러 다니니
혹시 우리 러얼을 못 봤느냐?"

알락할미새가 대답했네
"당신들의 러얼을 저는 봤어요
염라지부에서 집을 짓고 있었어요
바깥쪽에서 안쪽으로 지어 들어가는 곳엔 그가 있고
안쪽에서 바깥쪽으로 지어 나오는 곳엔 그가 없었어요."

러얼의 아버지는
러얼의 어머니는
일이 불길함을 느꼈네
일이 잘못된 것을 알았네

그들은 슬픔에 잠겨 울었네
슬픔에 잠겨 러얼을 위해 울었네
슬픔에 잠겨 외동아들을 위해 울었네
울어서 눈이 다 붉어졌네

러얼의 아버지와
러얼의 어머니는
생각을 잘못했네
방법을 잘못 찾았네

태양이 사흘을 비추니
건조해서 큰일 났네
사흘 동안 비가 내리니

미끄러워서 큰일 났네

러얼의 아버지와
러얼의 어머니는
원숭이 한 마리를 청해서
러얼의 소식을 알아 오게 했네

원숭이는 이리 뛰고 저리 뛰고
원숭이는 이리 재주넘고 저리 재주넘어
얼자부에 이르렀네
염라지부에 이르렀네

원숭이는 염라지부의 문을 두드렸네
원숭이는 염라지부의 문 앞에서 소리쳤네
저승사자 라부비가 누구냐고 물었네
저승사자 라부비가 귀신이냐, 신이냐고 물었네

원숭이는 말했네
원숭이는 대답했네
"나는 신이기도 하고
나는 귀신이기도 하지."
저승사자 라부비가 또 물었네
"너는 무슨 재간이 있느냐?"
원숭이가 대답했네

"맑은 날이면
나는 하늘에 흰 구름이 뜨게 할 수 있고
나는 하늘에 검은 구름이 일게 할 수도 있고
나는 하늘에 번개가 번쩍이게 할 수도 있고
나는 하늘에 우렛소리가 울리도록 할 수도 있고
나는 하늘에서 큰비가 쏟아지게 할 수도 있어요."

"흰 구름 일어라!"
원숭이는 이 말과 함께
흰 양털을 뜯어
문틈으로 흔들어 보였네
러부비는 문틈으로 바깥을 내다보고는 감탄했네
"아니, 진짜 하늘에 흰 구름이 일었네!"

"검은 구름 일어라!"
원숭이는 이 말과 함께
검은 양털을 뜯어
문틈으로 흔들어 보였네
러부비는 문틈으로 바깥을 내다보고는 감탄했네
"아니, 진짜 하늘에 검은 구름이 일었네!"

"번개야 일어라!"
원숭이는 이 말과 함께
부싯돌로 돌을 쳤네
불꽃이 번쩍번쩍 뛰었네

러부비는 문틈으로 바깥을 내다보고는 감탄했네
"아니, 진짜 하늘에 번개가 치네!"

"우레야 울어라!"
원숭이는 이 말과 함께
급히 맷돌을 돌렸네
맷돌은 우당탕탕 소리를 내며 돌았네
우당탕탕 소리가 우렛소리와 흡사했네
러부비는 문 뒤에서 이 소리를 들으면서 감탄했네
"아니, 진짜 하늘에 우레가 우네!"

"비야 비야 내려라!"
원숭이는 이 말과 함께
급히 물을 뿌렸네
러부비는 문틈으로 바깥을 내다보고는 감탄했네
"아니, 진짜 하늘에서 비가 내리네!"

저승사자 러부비가 원숭이에게 몇 마디 귓속말을 하자
원숭이는 이리 뛰고 저리 뛰면서
원숭이는 이리 재주 넘고 저리 재주 넘으면서
몇 번 곤두박질에 인간 세상에 돌아왔네

원숭이는 눈물을 흘리며
러얼의 부모에게 말했네
"유채씨 한 홉을 땅에 뿌리면

다시 주워 담을 수 없지요
저승에 간 당신 아들은
다시 돌아올 수 없어요."

러얼의 아버지
러얼의 어머니
상여를 메어 내가는 길에
길에서 까치를 만났네
까치는 깍깍거리며 그들에게 말했네
"당신들의 러얼은
저승에 가서 궁전을 짓기에
돌아올 수 없어요
당신들은 바라지 마세요
당신들은 기다리지 마세요."

5

러얼의 아버지와
러얼의 어머니는
눈물을 흘리며 스비를 청했네
눈물을 흘리며 스비를 모셔 왔네

"스비시여, 좋은 방법을 생각해 주세요
스비시여, 좋은 계책을 내어 주세요
스비시여, 러얼의 혼을 불러 주세요
스비시여, 러얼을 위해 나쁜 기운을 몰아 주세요."

스비는 좋은 방법을 생각해 냈네
스비는 좋은 생각을 내어 놓았네
러얼의 부모에게 이렇게 하라고 시켰네
상여를 메어 가는 길 위에
은으로 만든 되를 놓고
상여를 메어 가는 길 위에
은으로 만든 말을 놓으라 했네
흰 천 한 자를 그 위에 덮고
검은 천 한 자를 또 그 위에 덮고
차를 올리고 술을 올리라 했네

집 문 앞에는
돌 비석 하나를 세우고
툰커우[11]를 새기었네
좋은 귀신도 감히 범접을 못 하고
나쁜 귀신도 감히 범접을 못 하리
재산이 들어올 때는 툰커우가 자리를 비우고

---

11   툰커우는 呑口, 전설 속의 악귀를 먹는 선한 귀신으로 쓰촨 말로는 툰커울(呑口儿)이라고도
      한다.

나쁜 말을 할 때는 툰커우가 자리를 지키네
툰커우가 없을 때
좋은 방법을 생각해 내고
좋은 생각을 말하네
툰커우가 있을 때
좋은 방법이 생각나지 않고
좋은 생각을 말하지 않네

러얼의 아버지와
러얼의 어머니는
자오자오신[12] 앞에서
사람의 일을 관장하는 신 앞에서
길상스러움을 빌었네
기복의 소원을 말했네
길상스러움이 러얼의 부모에게 내려올 것이네
복이 러얼의 부모에게 내려올 것이네

오늘 이후로
러얼의 아버지와
러얼의 어머니가
어데로 가든
보살님이 그들을 보우할 것이고

---

12 자오자오신은 角角神, 창족 신앙 중에 사람을 관할하는 신이다.

부락 사람 모두에게 복을 가져다 줄 것이고
모든 친척 친구들께 복을 가져다 줄 것이네

나 스비는 러얼을 보냈네
환자는 병이 나아지고
사경을 헤메던 사람도 죽지 않으리
만사대길을
내가 불러왔네

천상의 모든 신을
나 스비가 모두 청해 왔네
모든 부락 사람들에게 만사대길을 불러오고
온 가문에 만사대길을 불러왔네

강창자: 王海云, 남, 42세, 창족, 스비, 초졸 수준 학력
채록자: 刘尚乐, 李明, 孟燕, 周辉枝
번역자(창-중): 汪友伦, 남, 42세, 창족, 간부, 중졸 수준 학력
정리자: 李明, 남, 55세, 한족, 교사, 대졸 수준 학력
채록지: 四川省汶川县绵虒乡羌锋村
채록일: 1987.3.

송신우[1]
颂神禹

스뉴[2]에서의 환생

이렇게 좋은 날
이렇게 길운이 높이 비출 때
나 스비는 경을 부르련다
우리의 조상 대우의 내력을
우리의 조상 대우의 행적을
우리의 조상 대우는 창족의 땅에서 태어났어라
창족의 대우는 그 이름을 세상에 날렸어라
그가 한 좋은 일은 말로 다 할 수 없어라
마치 하늘의 별처럼 많노라
그가 한 좋은 일은 말로 다 할 수 없어라

---

1 송신우(颂神禹)는 신성한 우를 노래한다는 뜻이다. 우는 우임금, 대우로 불리며 중국에서 가장 오래된 왕조인 하(夏) 나라의 시조라고 전해진다. 가장 큰 업적은 물곬을 소통시키는 방법으로 홍수를 다스린 것이다. 이 서사시는 『창족스비경전·서사시편』에 수록되어 있다.

2 스뉴는 石纽, 대우가 출생한 곳이다. 대우는 스뉴산 쿠얼핑(石纽山刳儿坪)에서 태어났다고 하는데 오늘날 쓰촨성 원촨현(汶川县) 몐쓰진(绵虒镇) 가오몐촌(高店村)에 있으며, 지금 이곳은 관광지로 유명하다.

마치 모래와 자갈처럼 많노라
좋은 일을 누구에서부터 말할까?
좋은 일을 대우에서부터 말해야지
대우의 이야기를 어디서부터 말할까?
이야기는 어디에서 시작되었는가?
이야기는 하늘에서 시작되었네.
하늘의 권력자는 무비타
천계와 뭇 신을 다스렸네
뭇 신 중의 두 신
물을 관리하는 수신
불을 관리하는 화신
두 신은 모두 성미가 조급했네
수신과 화신은 사이가 안 좋았네
만나기만 하면 다투었네
그야말로 수화상극이었네
두 신은 천계에서 끝없이 다투었네
자기 재능이 더 크고
자기 재능이 더 대단하다고
수신이 먼저 말했네
"세상에 물이 없으면 안 돼
인간 세상에 물이 없으면
만물이 다 말라 죽고 말 거야
단단한 돌도 다 갈라터질 거야"
화신도 뒤질세라 말했네

“세상에 불이 없으면 안 돼
세상 만물이 하나도 자랄 수 없어
큰 산도 모두 썩어갈 거야”
두 신의 말다툼은 점점 거칠어졌네
서로 조금도 양보하지 않았네
나중에는 아예 무기를 뽑아 들었네
화신은 금룡창[3]을 꼬나들었네
금룡창은 번쩍번쩍 금빛을 뿜었네
수신은 은아도[4]를 잡아쥐었네
은아도는 번쩍번쩍 은빛을 뿜었네.
하늘에서 땅으로
땅에서 하늘로
산 위에서 산 아래로
땅 위에서 땅 밑으로
두 신은 꼬박 스무 하루동안 싸웠네
죽기살기로 싸웠네
하늘땅이 맞붙도록 싸웠네
화신의 금창은 창끝이 문드러져서
긴 멜대처럼 되고
수신의 은아도는 날이 닳아서
초승달처럼 가늘어졌네

3　금룡창은 金龙枪, 용창은 긴 자루의 끝에 용 머리가 있고 용이 입으로 날카로운 긴 비수를 문 것 같은 모양의 창이다.

4　은아도는 银牙刀, 아도는 칼날에 날카로운 이가 많이 있는 칼을 말한다.

좀처럼 승부를 가릴 수 없었던 두 신
창과 칼을 내던지고
인간 세상에 내려가 승부를 가리자고 했네.
두 신은 인간 세상에 날아내렸네
내린 곳은 마침 창족들이 사는 곳
밥 짓는 연기가 몰몰 피어오르고
살찐 소와 양 떼가 산비탈에서 흘렀네
창족 사람들은 행복하게 살고 있었고
푸른 산과 맑은 물 경치도 좋았네
이 곳에 내려온 두 신
화신은 조약돌을 주워 들고
수신은 흙덩이를 주워 들었네
동쪽에서 서쪽으로
서쪽에서 동쪽으로
아침부터 밤까지
밤부터 날이 밝을 때까지
꼬박 사십구일동안 싸웠네
조약돌이 거덜나고
흙덩이도 다 없어졌네
아름다운 창족 사람들의 삶의 터전
풍비박산 났네.
수신은 점점 힘이 딸렸네
행동이 굼떠지고 힘이 없어서
돌멩이가 날아와도 피하지 못했네

결국 패전하고 몸도 다쳐서
창황히 도망을 가 버렸네
풀숲에 가서 쉴 수도 없고
수림속에 가서 숨을 수도 없었네
화신이 수림을 불태울까 봐 겁이 났네
생각다 못해 산마루에 올라가
벼랑 틈새에 숨었네
쉬면서 곰곰히 생각해보니
창족들이 사는 이곳이 문제였네
이곳의 흙덩이는 단단하지 못해서
부서지기만 했네
싸움에 패한 것도 흙덩이 탓
상처를 입은 것도 흙덩이 탓
수신은 생각할수록 화가 치밀었네
흙덩이가 내 명예를 더럽히고
흙덩이가 내 몸을 다치게 했으니
당연히 이 땅에 분풀이를 하고
당연히 창족 사람들을 괴롭혀야 해
수신은 고삐 풀린 야생마처럼
수신은 눈먼 들소처럼
수신은 미친 사냥개처럼
동쪽으로 가면서 마구 부숴 버렸네
서쪽으로 가면서 마구 부숴 버렸네
가는 곳마다 날뛰었네

있는 재주를 다 부려 날뛰었네
도처에서 홍수가 범람하기 시작했네
창족이 사는 곳에 큰물이 졌네.
곡식이 다 잠기고
논과 밭이 다 잠기고
가옥이 물에 잠기고
소와 양이 물에 떠밀려 갔네
창족 사람들은 살 곳을 잃고
노인과 아이들을 거느리고
동굴 속에 피신하고
새처럼 둥지를 만들어 올라가고
더러는 물에 빠져 죽기도 했네
독 있는 풀과 꽃이 사방에서 자라고
사나운 맹수들이 여기저기 돌아다녔네
창족 사람들은 굶어 죽고
창족 사람들은 맹수에 물려 죽고
수없이 많은 사람이 죽었네
그 재난 말로 다 못하네
그야말로 신선 싸움에
창족 사람들이 참화를 당했네.
하늘의 천신 무비타
두 신이 큰일 친 걸 알고
네 명의 장수에게 명했네
"수신을 잡아다 천옥에 가두어라!

화신도 잡아다 천옥에 가두어라!"
신대[5]에 눌린 두 죄신
두 신은 놀라서 땀을 뻘뻘 흘렸네
두 신은 후회의 눈물을 줄줄 쏟았네
우리가 싸움을 벌인 탓에
인간들이 고난을 겪게 되었네
두 신은 잘못을 인정하고
천계의 벌을 달게 받겠다고 했네
천신 무비타가 엄숙하게 말했네
"두 신의 죄는 용서할 수 없다
인간들이 사는 곳에 가서 싸움을 하다니
그 많은 사람들에게 고통을 주었으니
벌하지 않으면 여러 신들의 마음을 위로할 길 없고
천하 사람들의 울분을 달랠 길 없을 터
신의 직위를 해제하고
영원히 천계를 떠나지 못하며
사심 없이 인간들을 위해 봉사하여
따뜻함과 단 이슬을 보내주도록 하라!"
천신의 마음에는 백성들이 있었네
사람들의 처참한 생활 모습
홍수가 사납게 흐르는 모양을 보니
애간장이 타 가만히 있을 수가 없었네

5　신대는 神台, 내림대, 성줏대, 신장대 따위를 통틀어 이르는 말이다.

급히 뭇 신들을 불러
인간들을 구제할 방법을 의논했네.
지혜로운 신 하나가 경배하고 말했네
"인간 세상의 땅은 무한히 넓고
홍수는 사처로 흐르니
우리가 신통이 있다 하나
홍수의 근원을 끊기는 어렵나이다
홍수를 다스리되 근원을 없애지 못하면
홍수가 언제든 인간을 해치게 되니
우리 신들은 죄인이 됩니다
홍수의 뿌리를 뽑으려면
신 한 명이 인간 세상에 내려가
인간으로 환생하여 홍수의 근원을 찾고
백성을 이끌어 홍수를 다스려야 합니다."
뭇 신은 용신을 추천했네
용신은 고생을 두려워하지 않고
마음씨가 착하기 때문이었네
용신은 몹시 감동했네
뭇 신의 신임에 감사를 드리고
인간 세상에 내려가
자기를 바쳐 인간들을 돕고
천신의 염원을 이루겠노라 맹세했네
용신은 환생할 곳으로
창족의 땅 스뉴를 선택했네.

스뉴에 사는 농사꾼 부부
고생을 낙으로 여기는 농사꾼 부부
슬하에 자식이 없어서
날마다 자식을 바랐네
아내가 그날 농사일을 하는데
하늘에 상서로운 구름이 떠왔네
구름은 사방에 금빛을 뿌렸네
그 빛은 양각화보다 더 찬란하고
그 빛은 보석처럼 눈부셨네
그러더니 눈 깜박할 사이에 하늘에서 백석이 떨어져
땅이 진동하고
농사꾼 아내의 배도 감응되었네
배 속에 애기가 움직이는 듯 했네
아내는 바삐 귀가하여 남편에게 소식을 알렸네
남편은 놀랍고 기뻤네
두 사람은 엎드려 천신에게 감사를 드렸네.
이 일은 진짜였네
용신이 엄마의 배 속에 들어섰다네
용신은 빨리 태어나 인간에게 복을 주려고 했네
이제부터 홍수를 다스릴 수 있게 되었네.

비범한 출생

중국 창족 서사시

창족의 땅 스뉴는 좋은 곳
산 좋고 물 맑고 경치 좋은 곳
하늘의 신들도 자주 와 노닐면서
떠나기 아쉬워하는 곳
창족 부인이 용신을 회임한 지
벌써 십여 년이 지났네
십 년의 회임 기간
고난도 많고 곡절도 많았네
밥이 없으면 산열매를 따 먹고
국이 없으면 샘물을 떠 마시고
스뉴의 온갖 산열매를 다 먹고
스뉴의 온갖 샘물을 다 마셨네
십 년동안 얼마나 많은 고생을 겪었는지
십 년동안 얼마나 많은 어려움을 겪었는지
아바무비타는 모두 보고 있었네
마음속으로 감동하고 존경심이 들었네.
만단의 준비가 다 되었으니
출생할 길일만 기다렸네
꽃의 신 양각화신[6]에게 명하여
스뉴에 가서 잘 살펴보라고 했네

---

6   양각화신은 羊角花神 , 양각화의 신이라는 뜻이다. 양각화는 두견화의 창족 명칭이다.

양각화신은 천신의 명을 받고
스뉴에 날아내렸네.
그날 창족 부인은 힘들게 일하다가
갑자기 배가 너무 아파
천천히 밭두둑에 의지해 쉬었네
통증이 점점 더 심해
콩알 같은 땀방울이 얼굴에 맺혔네
출산이 임박했는데
남편이 곁에 없어 걱정이네
마음은 조급하고 정신은 혼미했네
양각화신은 이 광경을 보고
늙은 할머니로 변신해
부인을 부축해서 집에 돌아갔네
양각화 향기를 코에 불어넣으니
창족 부인이 의식을 차렸네
배의 통증은 더욱 심해졌네
고통스런 신음소리 끊이지 않고
사흘 날 사흘 밤을 산고에 부대꼈네.
그날 아침 수탉이 울 때
천지 사방이 붉게 타오르고
동방에 혜성이 하나 떨어졌네
창족 부인의 큰 고함소리와 함께
핏덩이가 태어났네
애기는 태어나자마자 울음을 터뜨렸네

울음소리는 우렁차고 맑았네.

그 소리가 천신을 놀라게 했네

천신은 기쁨에 젖어 비를 내렸네

사흘 날 사흘 밤을 단비를 내렸네

스뉴산에 양각화가 가득 피었네

애기 울음소리가 토지신을 놀라게 했네

토지신은 감동하여 영기를 내뿜었네

영기가 뭇 산봉우리를 감돌았네

스뉴의 뭇 산에 생기가 돌았네.

창족 부부가 아들을 낳았다는 소식에

남녀노소가 사방에서 모여들었네

노래 부르고 춤을 추며 경축했네

놀며 웃으며 마음껏 즐겼네

천신에 경배하고 천은에 감사를 드렸네

수탉이 울 때 이 세상에 태어났다고

부모는 아이 이름을 우지[7]라고 지었네

사람들은 대우라고 존칭을 불렀네.

그는 태어나면서부터 신령스러웠네

강보에 싸여 말을 하고

사흘이 지나자 대화를 나눴네

세 달이 지나자 걸음을 걷고

세 살이 되자 큰 총각으로 자랐네.

---

7   우지는 禹基, 인명이다.

대우는 용모가 정말 잘 생겼네
얼굴 윤곽은 조각 같고
눈섭은 시커먼 화살촉 같고
두 눈은 별처럼 빛나고
코는 산마루처럼 높고
입술은 산맥처럼 듬직하고
몸은 큰 산처럼 웅장하고
두 팔은 홍송처럼 건장하고
두 발은 쇠로 만든 듯 튼튼했네.
대우는 재능도 뛰어났네
구름과 안개를 타고 하늘에 오르고
하늘에 올라 별을 따네
대우는 총명하여 막힘이 없었네
능히 하늘의 일을 예측하고
사람 사는 도리를 다 알았네
하늘을 나는 새들도 그에게 순종하고
땅 위에 다니는 짐승들도 그를 따랐네.
그의 지혜는 한없이 크고
그의 마음은 바다보다 넓었네
홍수가 범람하여 땅을 덮으니
근원을 찾아 막아내려 했네
사람들을 위해서 수해를 없애고
사람들과 운명을 같이 하려고 했네
지상에 무슨 괴물이 나타나든

천상의 신이 다스릴 수 있다네
대우가 인간 세상에 오니
홍수 괴물의 종말도 다가와
예전의 위풍을 부리지 못하네
홍수를 끌어다 관개를 하니
풍년이 들어 오곡이 넘실넘실
백성들이 배부르고 등 따시네.

투산에서의 혼인

대우가 인간 세상에 왔을 때
마침 홍수가 범람했네
홍수에 논과 밭이 잠기고
홍수에 가옥이 떠내려갔네
논과 밭, 가옥이 없어
창족 사람들은 먹을 쌀도 없고
쉴 곳도 없고
사방에 흩어져 살아가기 어려웠네
가족이 뿔뿔이 흩어져 고통스러웠네.
대우는 이런 모습을 보고 마음이 조급했네
대우는 이런 모습을 보고 마음이 괴로웠네
온몸의 피가 끓어올라

홍수를 다스리라 마음으로 다짐했네
홍수를 못 다스리면 물러서지 않으리
사람들을 위해 재해를 물리치리
홍수를 다스려 사람들을 보우하리.
대우는 창족 사람들을 불러왔네
홍수를 물리치자고 호소했네
홍수가 비록 사나우나
마음을 합치면 다스릴 수 있다고 했네
사람들에게 산에 가서
굴참나무를 베어 오라고 시켰네
사람들은 굴참나무를 베어 왔네
수많은 줄기를 베어 오고
수많은 가지와 잎을 지고 왔네
대우는 보고 크게 기뻐했네
홍수를 물리칠 마음이 조급해서
사람들에게 나무대를 깎으라고 분부했네
나무대 끝을 뾰족하게 깎아서 준비하고
가지와 잎은 태워
재를 만들어 준비하라 했네.
대우는 사람들을 이끌고 가
나무대를 물속에 박아 넣고
조약돌을 물속에 쌓으라 했네
나무대를 미처 박아넣기 전에
홍수가 나무대를 잠가 버리고

나무재를 가져다 물을 막는데

여기를 막으면 저기서 솟고

저기를 막으면 여기서 흐르네

사면에서 솟는 물을 막을 길이 없고

홍수는 여전히 솟구치며 흘렀네

대우는 보고 탄식하고

사람들은 보고 낙담했네

대우는 마음이 아프고 조급했네

홍수를 왜 물리칠 수 없는 걸까?

앉아도 누워도 불안하고 잠도 못 잤네

날마다 홍수의 흐름을 보면서

생각을 거듭하다 마침내 깨달았네

원래 홍수는 물길이 없는 법

마구 부딪치는 것이 들소 같고

마구 흐르는 것이 야생마 같네

대우는 꼭 실패의 원인을 찾으리라

가만히 결심했네.

대우는 백 세 노인을 찾아 여쭤보았네

백 세 노인이 알려주기를

스뉴산 꼭대기의 건너편에

투산[8]이라 부르는 산이 있는데

---

8   투산은 涂山, 当涂山, 东山이라고도 불리며 고도산국(古涂山国)에 소재한다. 오늘날 안후이
성(安徽省) 벙부시(蚌埠市) 서쪽 교외, 화이허(淮河) 동쪽 기슭에 징산(荊山)과 강을 사이에 두고
있다.

투산은 높고 험준하여

그 산 꼭대기에 서면 멀리 볼 수 있어서

아주 먼 곳의 물의 흐름도 볼 수 있고

아주 먼 곳의 물의 수로도 볼 수 있다네

투산 속에 귀인이 있는데

귀인을 만나면 연분이 생기고

귀인을 만나면 복이 생긴다네

대우는 노인의 말을 믿고

서둘러 투산을 향해 떠났네.

때는 바로 양춘 시절

복숭아꽃 오얏꽃이 만발하고

종달새 울음소리가 산속에 울려 퍼지네

대우는 경치를 구경할 생각도 없이

많은 강을 건너고

많은 산을 넘었네

피로와 배고픔도 잊고

온갖 고생과 어려움을 겪으면서

마침내 투산 꼭대기에 올랐네.

흐르는 물과 첩첩 산이 눈앞에 펼쳐지고

갈래갈래 수로가 환히 보였네

대우는 산과 물을 기억하고

산맥과 수로도 일일이 기억했네.

원래는 하나의 산이었는데, 대우가 산을 두 개로 쪼개 회하의 물이 남쪽에서 북쪽으로 흐르게 했다고 한다. 투산은 또 전설 속 대우가 아내를 얻고 제후를 만났다는 곳이기도 하다.

대우가 길을 찾아 돌아가는데

산 중턱에 이르렀을 때

누군가 강적[9]을 부는 소리 들려왔네

강적소리 유유히 수림 속에 울려 퍼지네

호기심에 찬 대우 이리저리 살펴보다가

눈앞의 광경에 깜짝 놀랐네

선녀처럼 아름다운 창족 아가씨

눈은 샛별처럼 반짝이고

얼굴은 복숭아꽃보다 아름답고

머리에는 백설같이 흰 두건에 꽃수 놓아 두르고

몸에는 꽃을 수놓은 긴 옷을 입고

강적을 불기에 여념이 없었네

옆에는 새와 길짐승

피리 소리에 취해 있었네

앞에는 커다란 백석 바위

바위 위에는 양가죽 지도가 펼쳐지고

지도에는 얼기설기 선들이 그려져 있었네.

대우가 더 지체하지 않고

돌아서서 길을 재우치려는데

아가씨가 먼저 말을 걸어올 줄이야!

"거기 피리 소리를 엿듣고 계신 분

9　강적은 羌笛, 약 2천 년의 역사를 가지고 있는 중국 고대의 전통악기로서, 입으로 불어 연
주한다. 주로 쓰촨성 아바장족창족자치주 창족 거주 지역에서 유행했다. 강적은 당, 송,
원, 명대 문인들의 시가에 많이 등장한다.

　　　　　　　　　　　　　　　　　　　중국 창족 서사시

말씀 안 해도 대우님이시죠?"

대우는 나아가 예를 갖추어 물었네

"어찌 제 이름 아시는지요?"

아름다운 아가씨가 대답했네

"대우님을 기다린 지 벌써 몇 달째예요."

대우는 듣고 나서 더 의아했네

"어찌하여 저를 기다리시는지요?"

아름다운 아가씨 대답하기를

"천하에 홍수 재해가 들어서

백성들의 고난이 막심하지요.

천신 무비타가 저의 꿈에 나타나서

스뉴에 사는 대우님이

홍수를 다스리는 영웅인데

투산에 올라와 수로를 살피고

돌아갈 때 필히 이 곳을 거쳐갈 것이니

여기서 대우님을 기다리다가

저희 집 대대로 전해온 투산 지도

삼강구수도[10]를 드리라 하셨어요."

말을 마치고 지도를 집어들어

두손으로 대우에게 받쳐 드렸네

대우는 지도를 받아들고 감격했네

귀인이 바로 이 아가씨임을 알았네

---

10 삼강구수도는 三江九水图, 삼강구수에 대한 해석은 조대별, 지역별, 문헌별로 아주 다르
다. 따라서 여기서는 여러 큰 하천의 흐름을 총 망라한 수로도라고 생각하면 될 듯하다.

아가씨의 성함을 물어보니
수줍게 대답하기를
"저의 집이 투산에 있어서
사람들은 저를 투산 씨라 불러요."
두 사람의 대화는 끝없이 이어졌네
함께 홍수 퇴치 방법을 의논하는데
서로 마음이 꼭 맞았네
마침 그날은 길한 날
함께 하늘과 땅, 투산에 절을 올렸네
고결한 백석이 증인을 섰네
함께 홍수 괴물을 퇴치한 두 사람
투산에서의 혼인은 천고의 미담이 되었네.

산을 옮기고 강을 소통하다

대우는 양가죽 지도를 펼쳐 들고
자세히 수로를 보았네
양가죽 지도를 보면서
삼강구수를 자세히 연구했네
홍수의 근원을 없애려면
산을 옮기고 물곬을 내어
사나운 홍수를 바다로 흘러보내야 했네.

                                          중국 창족 서사시

대우는 높은 곳에 올라가서

산의 지형과 모양을 보면서

어느 산을 옮기면 수로가 생길지 보려고 했네

아내와 작별하고 길을 떠나려는데

대우가 어서 빨리 산에 오르고

대우가 걸음을 빨리 걷게 하려고

투산 씨는 오색실을 가지고

대우 신발에 채색 구름을 수놓았네

채색 구름을 신발 양 옆에 수놓았네

구름 신발을 신으니 날 것만 같았네

산과 물을 가볍게 넘을 수 있었네

운운혜[11]는 이렇게 생겨나게 되었네.

대우는 고생과 어려움을 겪으면서

목이 마르면 샘물로 목을 축이고

배고프면 산열매를 따서 요기를 하면서

천 개의 산을 넘고

만 갈래의 강을 건너

마침내 민강 수원지에 다달았네.

민강 수원지는 산세가 험준했네

산이 높고 겹겹이 쌓여 있었네

첩첩산에 가로막혀 수로가 없었네

매년 팔월은 가을비가 내리는 계절

---

11 운운혜는 云云鞋, 창족의 전통 신발이다. 신발은 배 모양으로 생겼고 밑바닥은 조금 두텁
고 앞코는 약간 들렸으며 신발 겉면에 채색 구름과 두견화 문양을 수놓는다.

가을비가 주구장창 내리는 장마철
천 만 개의 골짜기에 홍수가 넘쳐나
죄다 민강에 흘러드네.
깊은 산에 갇힌 물은
순조롭게 흘러나갈 수 없네
산 밑에 가옥은 홍수에 잠기고
산 밖의 평지는 넓고 넓은데
큰 산에 가로막혀 물이 못 나가네
논밭은 말라서 갈라 터지고
사람이 마실 물도 모자라서
물값은 유채 기름보다 비싸네.
대우는 민강가에 와
산과 물을 자세히 보았네
하천과 수로를 분석했네
필히 산들을 옮겨야만
산 밑의 수해를 없애고
산 밖의 가뭄도 없애리라 생각했네
대우는 산들을 옮겨
백성들한테 행복을 갖다주리라 결심하고
산을 옮길 길한 날짜를 골랐네
소식은 창족 부락 가가호호에 퍼져서
아홉 골짜기 아홉 부락이 모두 알게 되었네
모두들 좋은 날이 오기만 기다렸네.
대우가 민강가에 나왔네

부락 사람들도 모두 도우러 나왔네
삽시간에 강가는 사람들로 북적거렸네
대우는 조용히 강가에 서 있었네
손에는 산을 쪼갤 도끼도 안 들고
옆에는 힘장사도 없었네
빈손으로 강가에 서서
앞을 바라보았네
홍수가 밭과 가옥을 떠밀어 가고
창족 사람들을 휩쓸어 간 걸 생각하니
온몸에 뜨거운 피가 솟구쳤네
대우는 두 팔을 걷어부치고
두 발을 벌리고 서서
해가 솟는 동쪽을 향해
깊은 숨을 들이쉬었네
그리고는 팔을 뒤로 뻗쳐
산을 꽉 잡고 큰 소리로 외쳤네
외침소리가 천지를 진동하더니
갑자기 쿵 소리가 울렸네
마치 하늘을 받친 기둥이 끊어진 듯
짙은 먼지가 하늘을 뒤덮고 태양을 가렸네
마치 가마의 물이 끓어 번지 듯
삽시간에 천지를 분간할 수 없었네
먼지가 흩어지는 데 아홉 날 아홉 밤 걸렸네.
해가 높이 뜬 맑은 날 보니

물을 막고 있던 뭇 산이
모두다 양 옆으로 옮겨져 있었네
대우가 뭇 산을 하나씩 업어
강가에 내던진 거였네
사람들은 떠들썩 가죽북을 두드리고
춤 추고 노래하며 마음껏 즐겼네
사람들은 대우의 은혜에 감격해서
세세대대로 영원히 노래했네.
그때부터 민강은 얼마나 잘 흐르는가!
솟구치며 흘러서 바다에 가네
백성들은 홍수를 두려워하지 않게 되었네
백성들은 가뭄도 두려워하지 않게 되었네.

돼지로 변해서 산을 밀다

영웅 대우가 산을 업어 옮겼네
백성들은 너무나 감동하여
대우의 공덕을 찬양했네
홍수 퇴치에 큰 공을 세우고
백성들의 안녕을 지켜주었네.
대우의 아내 투산 씨
집에서 늘 남편을 그리워했네

대우는 집을 떠나 홍수를 퇴치하느라

날마다 바삐 지냈네

산을 옮기고 강을 소통시키느라

밤과 낮이 따로 없이 바삐 지냈네

구년 동안 세 번 집 앞을 지나면서

한 번도 집 문에 들어서지 않았네

투산 씨는 깊이 감동하여

남편을 도우리라 마음 먹었네.

대우가 산을 옮겨 물길을 틀 때

투산 씨는 천신에게 빌었네

천신 무비타에게 빌었네

홍수를 물리치게 법력을 주시라고 빌었네

무비타는 깊이 감동해서

그녀의 소원을 들어주겠다고 했네.

하지만 투산 씨는 여자의 몸이라

법력을 가져도 위력이 없을 것

그래서 변신법을 알려줄 테니

신력을 가진 돼지로 변하라 했네

신력을 가진 돼지로 변하면

산을 파고 옮기는 능수가 된다네

투산 씨는 듣고 나서 무비타에게 감사를 드렸네.

날마다 밤이 되기를 기다려

신의 위력을 가진 돼지로 변하여

가만히 큰 산 아래에 와서

딱딱한 코끝으로 산을 밀었네

산은 하나하나 평지로 깎이고

홍수는 물곬을 따라 흘러갔네

투산 씨는 매일 닭이 울 무렵에야 귀가했네.

대우가 산을 옮기고 물곬을 틔우면서 보니

물을 가로막고 있던 산들이

누군가에 의해 평지로 깎였네

바위 위에는 모발이 보이고

바위 위에는 핏자국도 있었네

대우는 너무 이상해서

어떻게 된 일인지 살펴보려고 했네

직접 가서 인사를 드리려고 했네.

낮에는 종적이 없으니

밤에는 나타날 것이야

밤이 될 때까지 기다려

달빛 아래 강가에 와 보니

물을 가로막은 큰 산이

점점 아래로 무너져 내리더니

물속에 잠겨버리는 것이었네

홍수는 대뜸 산이 무너진 곳을 거쳐

용솟음치며 흘러갔네.

대우가 눈을 크게 뜨고 보니

진흙탕 속에 무엇이 있었는데

작은 산만큼 큰 돼지 한 마리가

온몸에 흙탕물을 뒤집어쓴 채

머리를 틀어박고 산을 깎는 것이 아닌가

마음속으로 감격한 대우

앞으로 나아가 인사를 드리려는데

깜짝 놀란 돼지

머리를 돌려 대우를 보더니

황급히 도망가려고 했네

그런데 아뿔싸! 대우에게 잡혀

투산 씨 원모습을 드러냈네

투산 씨는 자신의 모습이 너무 추해서

남편 얼굴을 볼 면목이 없었네

바로 몸을 돌려 돼지로 변해서

강을 따라 서쪽으로 줄달음쳤네

서쪽 황량한 곳에 이르러

깊은 산 속으로 들어가 산봉우리로 변했네.[12]

투산 씨는 대우를 위해 산을 깎고

투산 씨는 백성들에게 복을 지어 주었네

백성들은 투산 씨를 기념하고자

이곳을 투우산이라 불렀네.

12　투우산은 涂禹山. 투산 씨와 대우의 이름을 합쳐 지은 이름이다.

공덕은 영원하리

나 스비가 헤아려보니

오늘은 길일

길한 날에 대우를 노래하네

우리의 신 대우를 노래하네.

대우는 인간의 구세주

붉은 태양처럼 이 땅을 비추네

만물이 자랄 수 있게 골고루 비춰주네

대우는 별처럼 세상에 빛을 뿌리고

대우는 달처럼 인간을 비춰주네

해와 달이 대우 몸에 녹아있네

대우는 하늘과 땅에 순종하여

인간 세상에 환생하였네

홍수를 퇴치하여 세상을 안정시켰네

무수히 많은 산을 옮기고

아홉 골짜기의 물을 소통시켰네.

민강 양안에 사는 창족 사람들

우레가 울고 번개가 쳐도 두렵지 않네

홍수가 합쳐 바다로 흘러가니

가뭄도 홍수도 두렵지 않네

강물로 관개하니 풍년이 들고

오곡이 무르익어 창고에 가득차니

우리 백성들은 얼마나 행복한가!

여기까지 제자 스비의
대우 송가는 다 끝났네.
대우 경배 의식이 곧 끝나가니
미주를 가져다가 대우에게 공양하네
대우에게 공양하지 않으면 우리도 못 마시네
칼을 들어 대우에게 바치네
오곡으로 만든 떡을 대우에게 공양하네
대우는 백성들을 위해 힘들게 고생했네
고생한 공로가 있고 힘들인 공적이 있네.
백성들은 영원히 마음속에 기억하리
자손만대 영원히 잊지 않으리
치수의 정신을 세세대대로 전하리
치수의 공덕을 세세대대로 노래하리
대우는 백성들의 영원한 혼!
세세대대 대우를 공경하고 받들리라!

중국 창족 서사시 원문

中国羌族敍事詩 原文

嘎(《羌戈大战》)①

从天上唱下来，
唱到山上；
从山上唱下来，
唱到地上。

唱天就象天，
唱山就象山，
唱地就象地。
说到哪样，
就象哪样。
唱到哪样，
就象哪样。

我现在要唱，
阿巴木比塔的三儿子②，
到凡间巡视。
看到了一大片，
冬夏不分的森林；

看到了一大片，

没有庄稼的草原。

阿巴木比塔的三儿子，

来到凡间，

正月初一初二，

天气暖和了，

夏天来了③。

七月十四十五，

雪隆包上的旧雪化了④，

新雪来了，

旧雪新雪在调换了。

冬天去了，

夏天来了，

冬夏在调换了。

阿巴木比塔的三儿子，

在凡间的正月初一初二，

属猪属马的好日子这一天，

把牛吆到凡间来；

在七月十四十五，

属猪属牛的好日子这一天，

把牛吆到凡间来。

从这以后，

阿巴木比塔的三儿子，

把牛吆到冬夏不分的一片大森林去牧放，

把牛吆到没有庄稼的一匹大草山去牧放。

这一天

阿巴木比塔，

对他的三儿子说：

"你把牛吆到凡间去牧放，

要经常去照看，

草，是否够吃？

水，是否够喝？

牛，有没有生病？

牛，有没有丢失？"

阿巴木比塔的三儿子，

到凡间来照看牛。

嫩草，一匹山连一匹山，

泉水，哗哗地流，

牛，没有生病，

只是象少了几头。

阿巴木比塔的三儿子，

数过去数过来，

都差一头叉角牯牛；

看过去看过来，

额头上有撮白毛的母牛不在。

偷神牛的，

是热还是嘎?

偷神牛的,

犯了死罪,

犯了病罪。

阿巴木比塔的三儿子,

九天九夜过后,

到凡间来数牛,

到凡间来照看牛,

数过去数过来,

短尾巴牯牛不在了;

看过去看过来,

跛子母牛不在了。

偷神牛的是热还是嘎?

偷神牛的,

犯了死罪,

犯了病罪。

热的办法多,

热的主意多,

热去到天上,

请阿巴木比塔,

到凡间来访一访,

到凡间来查一查,

偷神牛的,

是热还是嘎?

阿巴木比塔,
派三儿子来到凡间,
在嘎的门口,
挖出三个牛脑壳,
在热的门口,
挖出三个树疙苋。
阿巴木比塔的三儿子说:
"偷神牛的,
不是热是嘎,
你嘎犯了死罪,
你嘎犯了病罪!"

这一回,
凡间的热,
想办法了;
凡间的热,
想主意了。
凡间的热,
圆根吃了;
凡间的嘎,
牛肉吃了。
凡间的热,

到天上去，

请阿巴木比塔的三儿子，

到凡间来，

查看热的嘴巴，

查看嘎的嘴巴。

查清楚偷神牛的，

是热还是嘎?

阿巴木比塔的三儿子，

来到凡间，

在热的嘴巴里，

牙齿缝缝里，

取出三根圆根筋;

在嘎的嘴巴里，

牙齿缝缝里

取出三根牛肉筋。

阿巴木比塔的三儿子，

怄疼了!

阿巴木比塔的三儿子，

发气了!

阿巴木比塔的三儿子，

牙巴咬紧了!

阿巴木比塔的三儿子，

眼睛鼓大了!

阿巴木比塔的三儿子说:

"偷神牛的不是热,

偷神牛的是你嘎,

你嘎犯了死罪的!

你嘎犯了病罪!"

阿巴木比塔的三儿子,

急忙回到天廷

禀报天牛的实情。

阿巴木比塔听完禀报,

出了天廷,

来到凡间,

要看热和嘎,

是不是敬神?

心是否虔诚?

这一天,

阿巴木比塔先问热:

"你敬神咋个敬?"

热恭敬地回答:

"神灵分大小,

敬神分先后,

大的我先敬,

小的我后敬。

柏树要栽在房后的山上,

松树要栽在屋前的矮处。

还愿的杉木丫丫，

桦树丫丫，

捆好插在房背上敬神的地方。

松树丫丫，

捆好插在房下路边，

给那些邪和鬼。

先敬天神，

再敬所有的神，

接着依次

敬祖先，

敬爹娘，

敬舅舅，

敬老辈子，

敬朋友，

这下才是自己吃，

最后喂狗"。

阿巴木比塔又问嘎:

"你敬神咋个数?,

嘎说:

"我敬神，

先敬小神，

后敬大神，

柏树栽在房前的矮处，

松树栽在房后的山上,

松树丫丫乱捆起,

插在房背上敬神的地方,

杉树丫丫、桦树丫丫,

捆起插在房前矮处,

送给邪和鬼。

我先自己吃,

吃后喂猪狗,

然后是——

敬兄弟朋友,

敬老辈子,

敬舅舅,

敬爹娘,

敬祖先,

再敬所有的神,

最后敬天神"。

阿巴木比塔听后说:

"你嘎不会敬神,

你嘎敬神不虔诚。

不对, 不对,

是你嘎不对;

错了, 错了,

是你嘎错了!

现在你们比一比,
看哪个先登到天廷"。

阿巴木比塔,
把热放在好爬的马桑树上,
把嘎放在不好爬的杈杈多的树上,
热在马桑树上,
吆喝一声就登上了天廷;
嘎在杈杈丫丫多的树上,
这边踩, 踩不稳,
那边踩, 踩不稳,
紧爬慢爬,
嘎比热迟到了。

阿巴木比塔说:
"你手脚这么慢,
咋个斗野物(野兽)!?"
阿巴木比塔,
命热和嘎比赛下河坝。
阿巴木比塔,
凌冰槽上铺麻杆,
热坐在上面,
吆喝一声滑拢了河坝;
嘎在荒山上,

钻过来,
刺芭挂住手;
钻过去,
刺芭挂住了脚,
钻来钻去,
等滑拢河坝时,
看见热早已拢了。
阿巴木比塔说:
"你手脚这么慢,
咋个种庄稼?!
不是, 不是,
是你嘎不是;
错了, 错了,
是你嘎错了"。

阿巴木比塔,
又叫热和嘎,
卡儿比头去比武,
大河坝里互相铲,
看谁能铲赢!
阿巴木比塔,
把荆条子给热,
把麻杆给嘎。
热用荆条子,

铲过去, 铲过来,
把嘎打死了一大片;
嘎用麻杆,
铲过去, 铲过来,
没有打伤热一人。
阿巴木比塔说:
"铲又铲不赢,
实在是太蠢!
不是, 不是,
还是你嘎不是;
错了, 错了,
还是你嘎错了!"

阿巴木比塔,
叫热和嘎,
你打我打拼一下。
阿巴木比塔,
把白鹅卵石给热,
把馍馍给嘎,
热和嘎打过去打过来,
嘎用馍馍打热,
没有打到热的皮肉;
热有了馍馍吃,
越打越扎劲,

用白鹅卵石把嘎打死一大片。

阿巴木比塔说：

“你嘎真没得用，

拼打又打不赢！

不是，不是，

是你嘎不是；

错了，错了，

是你嘎错了”。

阿巴木比塔问热：

“你住的地方(你的家乡)，

有没有海子？

有没有大河？

有没有山溪水？”

热回答木比塔：

“我的家乡，

有装得满满的水的海子，

有装得满满的水的大河，

有哗哗流的山溪水”。

阿巴木比塔问嘎：

“你住的地方(你的家乡)，

有没有海子？

有没有大河？

有没有山溪水?"

嘎回答木比塔:

"我的家乡,

有装得满满的水的海子,

有装得满满的水的大河

有哗哗流的山溪水"。

阿巴木比塔,

回到天廷,

叫他的三儿子,

到凡间查看:

有没有海子水?

有没有大河水?

有没有山溪水?

阿巴木比塔的三儿子,

在凡间四处巡视一遍,

回去禀报阿巴木比塔:

"热和嘎住的地方,

海子里的水满满地在起波纹,

大河里的水满满地流,

山溪水满满地在淌"。

阿巴木比塔,

有主意了,

阿巴木比塔,

有办法了。

阿巴木比塔,
叫会敬神的热,
躲在牛皮船上,
阿巴木比塔在使法术了,
阿巴木比塔在发洪水了。

嘎住的地方,
海子里的水漫出来了,
大河里的水漫出来了,
山溪里的水漫出来了。
阿巴木比塔问他的三儿子:
"海子水淹拢哪里了?"
"海子水淹齐膝盖了"。
阿巴木比塔发洪水了。
阿巴木比塔问三儿子
"大河水淹拢哪里了?"
"大河水淹齐腰杆了"。
阿巴木比塔发洪水了,
阿巴木比塔问三儿子:
"山溪水淹拢哪里了?"
"嘎住的地方全淹了,
连树尖尖都看不见了"。
阿巴木比塔使法术,
洪水唰啦啦一声响,

全都消退了。
阿巴木比塔的三儿子，
遵照父命，
来到凡间，
查看水淹后的情景。
看过去看过来，
他看见了，
会敬神的热，
坐在牛皮船上；
看过去看过来，
他看见了，
猖狂的嘎，
淹死完了，
连点残渣都没有了。
雪山上的野牛来了，
山驴也来了，
岩羊也来了，
獐子也来了，
阿巴木比塔的三儿子问：
"猖狂的嘎还有没有？"
"猖狂的嘎被淹死完了，
连点残渣都没得了"。
红嘴老鸦飞来了，
鸦雀子飞来了，

野鸡飞来了，

画眉子飞来了，

麻雀飞来了，

蛇也跑来了。

阿巴木比塔的三儿子问：

"猖狂的嘎还有没有？

残余的嘎还有没有？"

"猖狂的嘎全淹死完了，

连点残渣也没有留！"

老熊来了，

阿巴木比塔的三儿子问：

"猖狂的嘎还有没有？"

"猖狂的嘎还很多，

有的在杀牛，

有的在杀猪，

杀了敬天神。"

阿巴木比塔的三儿子很怄气：

"你老熊不老实，

你老熊说白话，

祖祖辈辈都是黑的，

永远白不起来，

是天神决定的。"

土猪子跑来了，
阿巴木比塔的三儿子问：
"猖狂的嘎还有没有？"
"猖狂的嘎还有很多，
有的在杀牛，
有的在杀猪，
杀了敬天神。
阿巴木比塔的三儿子很怄气：
"你土猪子不老实，
你土猪子说白话，
祖祖辈辈长不大，
永远长不大，
是天神决定的。

黑老鸦飞来了，
阿巴木比塔的三儿子问：
"猖狂的嘎还有没有？"
"猖狂的嘎还有很多，
"有的在杀牛，
有的在杀猪，
杀了敬天神。
阿巴木比塔的三儿子很怄气：
"你黑老鸦不老实，
你黑老鸦说白话，

祖祖辈辈都是黑的

永远是黑的,

是天神决定的"。

演唱者: 王治国 男 67岁 羌 释比 私塾四年
采录者: 刘尚乐 李明 孟燕 周辉枝
翻译者: 汪友伦 男 42岁 羌 干部中学
整理者: 李明男 63岁 汉 教师 大学
流传地区: 汶川县绵篪乡簇头寨。
采录时间: 1987年3月

注释:

① 见附记。

② 阿巴木比塔: 羌语音译, 阿巴即老辈子, 木即天, 比塔即神, 阿巴木比塔
可译为天神或天爷。

③ 羌族古代把一年分为两季, 只有夏冬, 没有春秋。

④ 雪隆包: 又称雪灵堡、雪龙包, 羌语, 地名, 是理县、汶川、小金三县交界处
的大雪山, 传说是羌人的圣地。因羌人的祖先木姐珠下凡时路经此山, 释
比(巫)祖师阿巴木拉下凡后也在此山栖息。

[附记]

传说古羌人从甘肃、青海一带向东南迁徙到岷江流域定居前, 岷江上游曾居
住着一种"嘎"人, 又称"嘎尔补"。羌人迁来岷江流域后, 曾与称来定居的"嘎"人频
繁战斗, 将"嘎"人赶走、消灭后定居下来。据考古资料证明, "嘎"人居岩洞, 死后
行石棺葬, 岷江和杂谷脑河两岩台地上, 这种墓葬很多。解放前, 教古学界在岷
江流域发掘许多这种墓葬"嘎尔补"人定名为"戈基人"。

　　《嘎》是汶川县绵虒乡簇头寨释比(巫, 汉语称端公)王治国所唱诵的上坛经中的
一段。在汶川县雁门乡索桥大队小寨子释比袁祯祺释比经中, 属中坛经中的一
段, 称《格约》, 在羌族神话传说中称《羌戈大战》。

失牛

天神阿巴木比塔，
木比塔有三子。
长子放牛花果山，
二子放马黄猴坡，
三子放羊汶山上，
有一天，
长子吆牛出天廷，
花果山上放牦牛。
就在牧场点牛数，
叉角神牛在牛群，
弯角神牛在群中。
太阳落山，
黄昏降临，
想吆牛群回天廷，
天神的长子点牛数，

叉角神牛找不见，
弯角神牛找不见。
天神的长子心焦了，
天神的长子没有主意了！
牧场四处去寻找，
阴山阳山无踪影。
天神的长子回天廷，
向天神禀实情：
"今天放牧在花果山，
牛群吆到牧场上，
去到牧场曾点数，
叉角神牛都还在，
弯角神牛也还在。
到了黄昏牧归时，
叉角神牛找不见，
弯角神牛找不见。
牧场四外都找遍，
阴山阳山无踪影。
阿巴木比塔，
我该怎么办？"

盘查

天廷的神牛不在了，
阿巴木比塔怄气了。
天神和长子商量定，
去到凡间找原因。
天神和长子，
先去问羌人：
"你羌人可去花果山
天神的放牧场？
叉角神牛可曾看见？
弯角神年可曾看见？"
羌人忙对天神说：
"天神的牧场未曾去，
叉角神牛未曾见，
弯角神牛未曾见"。
天神又问戈基人：
"你戈基可去花果山
天神的放牧场？
叉角神牛可曾看见？
弯角神牛可曾看见？"
戈基回话禀天神：
"天神的牧场未曾去，
叉角神牛未曾见，

弯角神牛未曾见。

牧场丢失的叉角牛，
牧场丢失的弯角牛，
是羌人偷来杀了!?
是羌人吆来杀了!?
是羌人把肉吃了!?
牛骨头戈基洞口堆放了。
戈基人看见骨上还有肉，
一个二个都在啃。
羌人又怕天神查，
每人都把干菜吃，
牙缝塞满干菜筋。

果然天神来搜查，
在羌人的牙缝里，
搜出来菜筋筋；
在戈基人嘴巴里，
搜出了牛肉筋。

天神思忖后，
天神问羌人：
"你要神，要羌?还是要戈基?"
羌人回答说：

"敬天神，要羌人，

就是不要戈基人！"

天神车转身，

又问戈基人：

"你要神?要羌?还是要戈基人?"

戈基人回禀木比塔：

"不要神也不要羌，

只是要我戈基人"。

天神听了很气愤，

领着长子回天廷。

初战

阿巴木比塔，

心中有计谋。

把羌、戈引到日补坝①，

让羌人和戈基人，

战场上面分高低。

阿巴木比塔，

木棒交给羌人；

麻杆交给戈基人。

跟着先把戈基喊，
呼喊戈基打羌人。

戈基人听到木比塔的呼喊，
戈基人接受木比塔的命令，
举起麻杆冲上阵，
麻杆打羌人。
麻杆打人声，
麻杆折断声，
喊声杀声乱纷纷。
戈基猛打猛冲很起劲，
阿巴木比塔，
连连夸赞戈基人：
"戈基个个铁样硬"。
阿巴木比塔，
转身喊羌人：
"挥动手上木棍，
猛打戈基人"。
一棍下去死一个，
二棍下去死两个，
三棍下去三人死，
无数戈人被打死，
日补坝上尸体横。
阿巴木比塔，

假意责羌人：
"羌人没本事，
挥棍没有劲！"

赛劲

一日阿巴木比塔，
召来羌和戈，
劈柴场上比力气，
谁劈得多，算谁赢。
羌人的白铁斧头挎腰上，
来到劈柴场。
左手取柴块，
右手挥动白铁斧，
顷刻劈了柴一堆。
戈基人自恃力气大，
不用斧劈用手撕。
这样撕撕不开，
那样撕撕不开。
戈基人心里慌了，
戈基人心里急了，
戈基人想争头功了。

羌人劈柴柴裂缝，

戈人将手伸缝中，

妄图撕开大柴块，

羌人立刻把斧抽，

戈人的手被柴夹住了!

戈人痛得大声呼叫了!

鏖战

阿巴木比塔，

再引羌、戈到山上，

山上摆战场。

阿巴木比塔，

交给戈基人三砣雪，

雪团当武器。

天神先喊戈基人，

手拿雪团打羌人，

雪团打在羌人身上，

雪团散了，

雪花飞了!

二砣雪团打羌人，

雪团散了，

雪花飞了。

三砣雪团打羌人，

雪团散了，

雪花飞了，

天神假意夸赞戈基人：

"戈基有本领，

象铁一样硬"。

戈基很得意了，

戈基人呲起牙巴笑了。

阿巴木比塔转身，

三块白石给羌人，

白石当武器，

狠打戈基人！

羌人投白石，

白石击人身，

一投白石死一个，

二投白石死两人，

三投白石三人死，

从日出战到日落，

从清晨战到黄昏。

戈基人死伤遍山野，

羌人越战越起劲。

智斗

중국 창족 서사시

天神又召戈和羌，

红岩边上摆战场，

天神存心帮羌人，

秘告羌人岩下躲，

秘告羌人扎草人，

秘告草人穿羌衣。

草人立岩边，

如同临战阵。

阿巴木比塔，

先摔三草人，

草人飞岩下，

然后问岩下：

"岩下有无泉水？

岩下有无花朵？

岩下有无森林？

岩下有无小鸟？

岩下是冷还是热？

岩下有无地方住？

岩下有无猪膘吃？

岩下有无咂酒喝？"

躲在岩下的羌人，

句句回答都诱人：

"岩下的泉水甜,

岩下的杜鹃香,

岩下的森林多辽阔,

岩下的鸟儿在唱歌,

岩下不冷又不热,

岩下的碉楼连成片,

岩下的猪膘够你吃三年,

岩下的砸酒够你九年喝!"

这时天神下命令:

红岩边上摆开阵,

羌人在我左,

戈基在我右,

红岩下边风光好,

谁先占领就归谁!"

羌人急忙摔草人,

草人飞落岩脚下。

戈基人着急了,

戈基人心慌了,

戈基人怕羌人占领岩脚好地方,

你争我抢跳下岩。

跳一人,

死一人,

跳两人,

死两人,

岩下尸体一大坝，
从此再不见戈人。

庆功

龙坝人如海，
皮鼓闹喧天，
歌声震山川，
人神一同庆胜利，
山也笑了，
水也笑了。
统兵一声令，
兵马齐列队。

"戈基被消灭了，
戈基人绝迹了。
可是，敌人还会有的，
拼搏还会有的。
羌人齐努力，
努力筑羌城。
羌城筑起了，
城坚好御敌"。

羌人团结一心，
白天筑城，
夜晚筑城，
在烈日下筑城，
在风雪中筑城。
羌城筑完工，
又建冉咙府②。
冉咙府依着山，
冉咙府照着水，
冉珑府四方，
碉楼立在白云上。

戈基死亡无踪迹，
地广人稀。
羌人按姓氏，
按姓分地盘，
人人忙迁徙。
地盘业主举寨首，
选公正的人，
选善战的人，
选善牧放的人。

为防敌人入侵，
分兵汶山郡③，

各村各寨派人，
山岭去搜巡，
沟壑去搜巡，
密林去搜巡，
保护羌山安宁，
保护羌寨安宁。

买猪

羌人打败了戈基人，
羌人消灭了戈基人，
是天神相助，
是木比塔关心。
要到成都去买猪，
买回神猪敬天神，
买回神猪谢天恩，

乐善寨首④出远门下，
乐善寨首要别家乡了，
出远门，
先祭立地神；
别家乡，

先敬立地神。

乐善寨首，
银子背在肩上，
戥子别在腰上，
走拢宗渠地方，
宗渠寨首托买猪，
买猪敬天神，
敬神是大事，
乐善寨首愿帮忙。

乐善寨首到石鼓，
石鼓寨首托买猪，
买猪敬天神。
敬神是大事，
乐善寨首愿帮忙。
乐善寨首到七星关，
七星关寨首托买猪，
买猪敬天神。
敬神是大事，
乐善寨首愿帮忙。

乐善寨首到雁门，
雁门寨首托买猪，

买猪敬天神。
敬神是大事，
乐善寨首愿帮忙。

乐善寨首到威州，
威州寨首托买猪，
买猪敬天神。
敬神是大事，
乐善寨首愿帮忙。

乐善寨首到汶川，
汶川寨首托买猪，
买猪敬天神。
敬神是大事，
乐善寨首愿帮忙。

乐善寨首到娘子岭，
娘子岭寨首托买猪，
买猪敬天神。
敬神是大事，
乐善寨首愿帮忙。

乐善寨首到油溪，
油溪寨首托买猪，

买猪敬天神。
敬神是大事，
乐善寨首愿帮忙。

乐善寨首到灌县，
灌县寨首托买猪，
买猪敬天神。
敬神是大事，
乐善寨首愿帮忙。

乐善寨首到郫县，
郫县寨首托买猪，
买猪敬天神。
敬神是大事，
乐善寨首愿帮忙。

乐善寨首到成都，
成都寨首问乐善：
"从乐善寨到成都，
山要翻千千子匹，
河要过百百子条，
你这样苦，
你这样累，
有什么要事要做？"

乐善寨首回答说：
"千千子匹山，
我翻过了，
百百子条河，
我跨过了。
苦也不怕，
累也不怕，
我到成都来买猪，
买猪还天愿，
买猪敬天神，
买猪谢天恩！"
成都寨首在讨价了，
乐善寨首在还价了，
讨价还价，
两个寨首把价说断了。
成都寨首，
把猪数给了乐善；
乐善寨首，
细细把猪点清。
乐善寨首，
手拿戥子称白银，
称够白银付猪钱。

乐善寨首想家乡，

乐善寨首想亲人。
吆猪到郫县,
敬酒没有吃,
敬肉没有吃,
十只神猪给寨首,
猪银取了,
猪钱拿了。
乐善寨首想亲人,
想念亲人忙赶路。

乐善寨首想家乡,
乐善寨首想亲人。
吆猪到油溪,
敬酒没有吃,
敬肉没有吃,
十只神猪给寨首,
猪银取了,
猪钱拿了。
乐善寨首想亲人,
想念亲人忙赶路。

乐善寨首想家乡,
乐善寨首想亲人。
吆猪到娘子岭,

敬酒没有吃，

敬肉没有吃，

十只神猪给寨首，

猪银取了，

猪钱拿了。

乐善寨首想亲人，

想念亲人忙赶路。

乐善寨首想家乡，

乐善寨首想亲人。

吆猪到汶川，

敬酒没有吃，

敬肉没有吃，

十只神猪给寨首，

猪银取了，

猪钱拿了。

乐善寨首想亲人，

想念亲人忙赶路。

乐善寨首想家乡，

乐善寨首想亲人。

吆猪到威州，

敬酒没有吃，

敬肉没有吃，

十只神猪给寨首，
猪银取了，
猪钱拿了。
乐善寨首想亲人，
想念亲人忙赶路。

乐善寨首想家乡，
乐善寨首想亲人。
吆猪到雁门，
敬酒没有吃，
敬肉没有吃，
十只神猪给寨首，
猪银取了，
猪钱拿了。
乐善寨首想亲人，
想念亲人忙赶路。

乐善寨首想家乡，
乐善寨首想亲人。
吆猪到七星关，
敬酒没有吃，
敬肉没有吃，
十只神猪给寨首，
猪银取了，

猪钱拿了。
乐善寨首想亲人，
想念亲人忙赶路。

乐善寨首想家乡，
乐善寨首想亲人。
吆猪到石鼓，
敬酒没有吃，
敬肉没有吃，
十只神猪给寨首，
猪银取了，
猪钱拿了。
乐善寨首想亲人，
想念亲人忙赶路。

乐善寨首想家乡，
乐善寨首想亲人。
吆猪到宗渠，
敬酒没有吃，
敬肉没有吃，
十只神猪给寨首，
猪银取了，
猪钱拿了。
乐善寨首想亲人，

想念亲人忙赶路。

乐善寨首想家乡，

乐善寨首想亲人。

吆猪到威州，

听说神猪已买回，

满城的人，

老人小孩，

男的女的，

眯起眼睛笑了，

张开嘴巴笑了。

小猪进圈喂养，

大猪杀了敬神。

敬神

一年十二月，

十月初一是吉日⑤，

十月初一祭天神。

神猪杀了祭天神，

神羊杀了祭天神，

神鸡杀了祭天神，

祭天神，

还神愿，

满城人还神愿，

家家户户还神愿，

男女老少还神愿。

神猪、神羊、神鸡齐供上，

祭祀木比谢天恩。

讲唱者：袁祯祺(已故) 男 77岁 羌 释比 私塾5个月
采录者：李明 刘光娘 男 50岁 汉 大学
整理者：李明 男 55岁 汉 教师 大学
翻译者：袁祯祺
采录地点：四川省汶川县雁门乡索桥大队小寨子生产队。
采录时间：1980年10月。

注释：
① 日补坝：地名，直译为龙洞沟坝子。今茂县凤仪镇南桥村之龙洞沟。日补，

直译为龙住的地方；坝，为开阔的坝子。

② 冉拢：部落名。司马迁《史记. 南夷传》有载。

③ 汶山郡：古郡名，汉武帝在今松茂等羌族聚居区置汶山郡。

④ 乐善寨：即今济川县雁门乡小寨子。

⑤羌人一般以农历十月初一为年节，羌语称"日荚吉"，意为羌人逢九。

[附记]

必格纽，即"吆猪"。意为吆猪敬神还愿。是汶川县雁门乡索桥大队小寨子生产
队端公袁祯祺老先生作法事除农害时唱述的释比经中坛经中的一部。其内容
即史诗《羌戈大战》的全文，唱述天神助羌人打败了戈基人，为谢天恩，谢神恩

而买猪敬神。该经文在理县、汶川县普遍流传。

河边喜逢

天上有个木姐珠，
木姐珠心里想凡间，
木姐珠心里爱凡间。

地下有个斗安珠，
斗安珠心里想娶亲，
斗安珠心里盼娶亲。

木姐珠十七八岁未出稼，
还未出嫁等什么？
还未出嫁等好男。

斗安珠二十四岁未娶亲，
还未娶亲等什么？
还未娶亲等好妻。

天上的公主等好男，
地下的奇男等好妻。

这天是个好日子，
这天是个吉祥日。
木姐珠放羊去汶山，
羊毛篼篼肩上挎，
羊毛纺锤手上提。

木姐珠来到汶山上，
木姐珠坐在白石上，
羊毛篼篼放身旁，
纺线锤儿左旋转，
纺线锤儿右旋转。

木姐珠守护着羊群，
神狗叼走，
猎狗叼走。

木姐珠守护着羊群，
神鹰叼走，
猎鹰叼走。

就在吉祥的日子，

就在喜庆的日子，
斗安珠砍柴到汶山。
公主和奇男相逢了，
木姐珠和斗安珠相会了。

木姐珠看着斗安珠面带笑，
幸福地笑；
斗安珠看着木姐珠望出神，
痴情地看。

木姐斗安初相见，
大石包旁初相见；
木姐斗安初相逢，
吉祥的日子初相逢。

美丽的三公主，
聪明的木姐珠，
先把家世告斗安，
先把身世告斗安。

"我家住在天宫，
我家住在天廷。
阿巴木比塔，
是我的父亲"。

我有三个兄长,
大哥牧马在花果山,
二哥放牛在黄猴坡,
三哥在汝山放羊群。

"我有两个姐,
大姐嫁在神宫管神事,
二姐嫁在龙宫管龙事,
我是天神二公主,
神事不理多自在,
龙事不理多自在"。

斗安珠想自己的身世,
斗安珠讲自己的身世:
"我无父无母,
一人孤单。
一个人烧荒种地,
一个人牧羊汝山,
想起来心酸,
说起来心酸"。

要说的话刚开始,
想说的话未说完,
太阳快要落山,

太阳落下西山。

斗安珠舍不得离去,
木姐珠心生爱恋。
木姐珠解下裹腿赠斗安,
无言胜有言。

斗安珠接过信物,
象吃了蜂糖;
斗安珠捧着信物,
象作梦一般。

这天是个好日子,
这天是个吉祥日,
木姐珠斗安珠重相逢,
火地边上重相逢。

木姐斗安,
相逢喜悦说不完,
木姐斗安,
别后的相思说不完。

相逢只嫌时间短,
太阳又要落西山,

木姐珠取下篾子，
篾子赠给斗安珠。

斗安珠双后捧着篾子，
斗安珠两眼看着木姐珠，
死死地盯着木姐珠，
千言万语一句也说不出。

这一天是个好日子，
这一天是个吉祥日，
斗安珠河边去背水，
河边相逢木姐珠。

两人坐在河边草地上，
坐在河边唱苔西②。
忘记背水唱苔西，
忘记回家唱苔西。

太阳快要落山了，
太阳已经落山了，
木姐珠珊瑚戒指送斗安，
木姐珠一颗爱心给斗安。

朝天请婚

九月三十吉祥日
木姐斗安，
在还愿神的地方相会了，
在谢天恩的地方相会了。

木姐欢喜告斗安，
木姐兴奋告斗安：
"今晚凡间敬天神，
今晚凡间还天愿。
今晚天门将大开，
待到今晚天门开，
你我一同去天宫，
你我一同去天廷。

斗安珠吓了一跳，
斗安珠吃了一惊。
斗安珠说给木姐珠听：
"天廷是神住的地方，
天宫是神住的地方。
天廷仙境我不恋，
天神住的地方我不敢去"。

美丽的木姐珠，
聪明的三公主，
劝说斗安珠，
宽慰斗安珠:
"你住在凡间，
我住在天廷，
相逢的时间不多，
相思的日子难挨。

你也盼, 我也盼,
好容易盼到九月天门开，
吉祥的日子不能错过，
好机遇何时再来?!

你若不敢进天廷，
你若不愿进天宫，
可在天宫羊圈躲一躲，
暂在天廷羊圈藏身"。

斗安珠左右为难，
斗安珠比一比轻重，
斗安珠硬着头皮，
终于答应去天廷。

待到夜深人静，
待到三更时分，
木姐和斗安，
双双进天廷。

十月初一这一天，
四大天臣禀天神：
"你的天宫来过什么生人？
为何宫内凡人气气重？"

阿巴木比塔，
感到很奇怪。
"我的天宫凡人没来过，
凡人怎敢进天宫"。

四大天臣又回禀：
"尊敬的阿巴木比塔，
你的天宫凡人气味浓，
凡人的秽气遍天廷"。

天神听后果生疑，
唤来大女问：
"你嫁到神宫管神事，
是否将凡人引进天廷？

是否将凡人引进天宫?"

大公主回禀木比塔:
"我嫁到神宫理神事,
不敢把凡人引进天宫,
不敢把凡人引进天廷。

天神吩咐大公主:
"你到土排楼③边去,
四周查查,
四周看看,
可有凡人到天宫?
可有凡人进天廷?"

大公主听了天神的话,
走上土排,
看过去,没有看见凡人,
看过来,没有看见凡人。

大公主回去禀告天神:
"你的大女儿在土排上,
四处看了,
没有看见凡人;
你的大女儿四处找了,

没有找到凡人"。

天神的疑团未解开，
唤来二女问：
"你嫁到龙宫管龙事，
是否将凡人引进天廷，
是否将凡人引进天宫？"

二公主回禀木比塔：
"我嫁到龙宫管龙事，
不敢把凡人引进天宫，
不敢把凡人引进天廷"。

天神吩咐二公主：
"你到土排楼边去，
四周查查，
四周看看，
可有凡人到天宫？
可有凡人进天廷？"

二公主听了天神的话，
走上土排，
看过去，没有看见凡人，
看过来，没有看见凡人。

二公主回去禀告天神：
"你的二女儿在土排上，
四处看了，
没有看见凡人；
你的二女儿四处找了，
没有找到凡人"。

天神的疑团未解开，
唤来三女问：
"我的木姐幺女儿，
不嫁神宫理神事，
不嫁龙宫理龙事，
是否将凡人引进天廷?
是否将凡人引进天宫?"

三女回禀木比塔：
"阿爸的头发白了，
阿爸的眉毛白了，
阿爸年高带岁了!

你的幺女不嫁神，
不愿神宫理神事；
你的幺女不嫁龙，
不愿龙宫理龙事。

幺女只愿牧羊，
牧羊在汶山；
未曾把凡人引进天宫，
未曾把凡人引进天廷。

天神吩咐三公主：
"你到土排楼边去，
四周查查，
四周看看，
可有凡人到天宫？
可有凡人进天廷？"

三公主听了天神的话，
匆忙走上土排，
匆忙走进羊圈，
匆忙把事告斗安：

"起先阿爸在询问：
是否把凡人带进天廷？
是谁把凡人带进天宫？
派人四处找凡人。

不如同我进天宫，
大大方方朝天神。

若是天神把你问，
若是天神把你盘。

你慌不得，
你急不得，
你怕不得。
你就说：
"尊敬的阿巴木比塔，
敬爱的阿巴木比塔，
我是凡人斗安珠，
特向天神来求亲，
请求阿巴木比塔，
把三公主许给我，
把木姐珠嫁给我"。

木姐珠的主意好，
木姐珠的办法好，
斗安珠听了很高兴，
跟随木姐珠，
一同进天宫。

木姐珠引着斗安珠进天宫，
木姐珠引着斗安珠见天神。
天神问斗安：

"斗安你今天到天廷，
斗安你今天进天宫。
可知天廷是神住的地方？
可知天宫是我住的地方？

斗安你是凡间人，
还愿的地方你不在，
祭神的地方你不在，
来我天廷做什么？
来我天宫做什么？"

斗安珠听了天神问，
恭恭敬敬禀天神：
"尊敬的阿巴木比塔，
敬爱的阿巴木比塔，
我是凡人斗安珠，
斗安珠今天进天宫，
特向天神来求亲，
请求阿巴木比塔，
把三公主许给我，
把木姐珠嫁给我。"

难题初试

木比塔在想主意了，

木比塔在想办法了。

木楷塔想出妙计一条，

一条妙计试斗安：

"斗安珠你是一凡人，

木姐珠是天神三公主，

我的三公主，

怎能随便嫁凡人!?"

你要想娶三公主，

你要想娶木姐珠，

你要办完一件事，

你要办好一件事。

明天一早，

天未亮的时候，

雾未散的时候，

麦面馍馍身上背，

随我同去凌冰槽。

你要站在槽中间，

我到凌冰槽顶去，

木头放下来，
石头放下来。

木头放下来你接住，
石头放下来你接住，
木头石头你接住了，
我的木姐许给你。

斗安珠没有办法了，
斗安珠没有主意了，
黄昏时分背水路上等，
背水路上等待木姐珠。

背水路上等到了木姐珠，
黄昏时分会到三公主，
斗安珠把天神的难题告诉木姐珠，
斗安珠问计木姐珠。

美丽的木姐珠，
聪明的三公主，
好话宽慰斗安：
"不要急，
不要慌，
主意我会出，

办法我会想,
明天一早,
天未亮的时候,
雾未散的时候,
麦面馍馍身上背,
跟着天神去凌冰槽,
跟着阿爸去凌冰槽,
阿爸到凌冰槽顶去,
你找个大石包藏身,
你在石包后藏身。

天神攀到凌冰槽顶,
木头往下放,
石头往下放。
滚木轰轰响的时候,
你莫出来;
滚石轰轰响的时候,
你莫出来。
滚木的声音不响了,
滚石的声音不响了,
你快站在槽中间,
白发白眉的老人梭下来,
你要赶忙抱住他,
你要紧紧抱牢实。

只要你按计做了，
只要你按计做妥善了，
你就到阿爸面前去请婚，
你就到天神面前去请婚。

第二天一早，
天未亮的时候，
雾未散的时候，
麦面馍馍身上背，
随天神去到凌冰槽。
木比塔，
去到凌冰槽顶上；
斗安珠，
石包后面去藏身。

阿巴木比塔，
把木头放下来。
滚木轰轰响，
斗安珠没有出来。

阿巴木比塔，
把石头放下来。
滚石轰轰响，
斗安珠没有出来。

滚木声没有了，
滚石声没有了，
斗安珠赶忙走出来，
斗安珠赶忙站在槽中间。

白发白眉老人梭下来了，
顺着凌冰槽梭下来了，
斗安珠赶忙抱住他，
斗安珠紧紧抱牢实。

这时天已近黄昏，
不知白发老人是何人！
不知白眉老人是何儿，
告别老人回天宫。

斗安珠回到天宫，
斗安珠见到天神，
斗安珠禀告天神：
"尊敬的阿巴木比塔，
敬爱的阿巴木比塔，
今天去的凌冰槽，
滚下来的木头我接住了，
滚下来的石头我接住了，
白发白眉老人梭下来，

我接住了。
我苦也苦了，
累也累了，
你的木姐珠该许给我了，
你的三公主该嫁给我了"。

砍火地

木比塔在想主意了，
木比塔在想办法了，
木比塔想出妙计一条，
一条妙计试斗安:
"斗安珠你是一凡人，
木姐珠是天神三公主，
我的三公主，
怎能随便嫁凡人!?

你要想娶三公主，
你要想娶木姐珠，
你要办完一件事，
你要办好一件事。

明天一早，

天未亮的时候，

雾未散的时候，

麦面馍馍身上背，

白铁弯刀手中拿，

去到十九匹梁子上，

你一天，

九匹坡的火地砍完了，

九条沟的火地砍完了，

我的木姐珠许给你。

斗安珠没有办法了，

斗安珠没有主意了，

黄昏时分背水路上等，

背水路上等待木姐珠。

背水路上等到了木姐珠，

黄昏时分会到了三公主。

斗安珠把天神的难题告诉木姐珠，

斗安珠问计木姐珠。

美丽的木姐珠，

聪明的三公主，

好话宽慰斗安珠：

"不要急，

不要慌，

主意我会出，
办法我会想。

明天一早，
天未亮的时候，
雾未散的时候，
麦面馍馍身上背，
白铁弯刀手中拿，
走到十九匹梁子后，
九匹坡的四角砍一刀，
九条沟的四角砍一刀，
大石包后去藏身。

砍柴声轰响你莫怕，
挖石声轰响你莫怕，
等到砍柴声不响了，
等到挖石声不响了，
你从石后走出来，
收拾弯刀回天廷，
手拿弯刀回天宫。
你就到阿爸面前去请婚，
你就到天神面前去请婚。

第二天一早，

天未亮的时候，
雾未散的时候，
斗安珠，
麦面馍馍身上背，
白铁弯刀手中拿，
去到十九匹梁子上，
九匹坡的四角砍一刀，
九条沟的四角砍一刀，
大石包后去藏身。

砍柴声轰响时他未怕，
挖石声轰响时他未怕。
砍柴声不响了，
挖石声不响了，
斗安珠从石后走出来，
收拾弯刀回天廷，
手拿弯刀回天宫。

斗安珠回到天宫，
斗安珠见到天神，
斗安珠禀告天神:
"尊敬的阿巴木比塔，
敬爱的阿巴木比塔，
今天我去到十九匹梁子上，

九匹坡的火地砍完了，

九条沟的火地砍完了。

我苦也苦了，

累也累了，

你的木姐珠该许给我了，

你的三公主该嫁给我了！"

火地遇险

木比塔在想主意了，

木比塔在想办法了，

木比塔想出了妙计一条，

妙计一条试斗安:

"斗安珠你是一凡人，

木姐珠是天神三公主，

我的三公主，

怎能随便嫁凡人!?

你要想娶三公主，

你要想娶木姐珠，

你要办完一件事，

你要办好一件事。

明天一早，

天未亮的时候，

雾未散的时候，

麦面馍馍身上背，

一把火镰腰间系。

去到十九匹梁子上，

取出火镰打燃火。

把九匹坡的山脚点燃，

把九条沟的山脚点燃，

团转四角都点燃，

团转四角点燃后，

你就去睡觉，

睡在火地边，

九匹坡的火地烧完了，

九条沟的火地烧完了，

我的木姐珠许给你。

火镰打火烧山，

这事有啥难?!

不必去找木姐珠，

给她添麻烦。

第二天一早，

天未亮的时候，

雾未散的时候，

麦面馍馍身上背，

一把火镰腰间系，

去到十九匹梁子上，

取出火镰打燃火，

把九匹坡的山脚点燃，

把九条沟的山脚点燃，

团转四角都点燃，

团转四角点燃后，

就去睡了，

睡在火地边。

九匹坡的火燃起来了，

九条沟的火燃起来了，

四周的火都燃起来了，

火地边的草木烧燃了，

斗安珠无处躲了！

斗安珠双手抱头，

山角角头躲，

斗安珠双手抱头，

山角角头藏。

斗安珠一身都烧燃了，

344

焦臭味四散了，

焦臭味到处都闻到了，

焦臭味远处都闻到了。

木姐珠正在汝山上，

汝山草山牧九群羊。

突然感到事不对，

突然闻到焦臭味。

木姐珠知道是斗安出事了，

知道斗安在火地出事了。

木姐珠急忙返天廷，

木姐珠急忙回天宫。

木姐珠急把二姐找，

请二姐快降雨，

请二姐降雨九匹坡，

请二姐降雨九条沟。

乌云聚拢了，

火闪地扯了，

雷声在响了，

一场大雨落下来。

九匹坡的大火熄灭了，
九条沟的大火熄灭了，
到处的火都熄灭了，
斗安珠身上的火也熄灭了。

日落西山了，
黄昏来到了，
木姐珠放羊归来，
背水路上等待斗安珠，
焦焦急急地等待斗安珠。

斗安珠等来了，
斗安珠拄着棍棍走回来。
皮燃焦了，
皮肤裂了。

木姐珠心痛了，
木姐珠流泪了。
木姐珠扶着斗安珠埋怨说:
"你去烧火地,
为啥先前不通个气?!
为啥行前不商量?!
看你烧成这个样,
看你痛成这个样。

比你憨的不再有了！
比你笨的不再有了！
你可赶忙凡间去，
取来净水脚盆装，
取来泉水脚盆装。

三岔路口，
白石三块你拣来；
三岔路口，
白石三块你拾来。

白石三块火塘上烧，
白铁铧头火塘上烧，
烧红白石和铁铧，
白石铁铧放盆中，
盆中净水化蒸气，
净水洗身，
蒸气熏身。

柏枝你拣来，
羊角树枝你拣来，
燃起柏枝熏身，
燃起羊角树枝熏身。
你熏了，你洗了，

烧焦的地方痊愈，
烧烂的地方痊愈。
烧伤全部医好后，
伤好你再去天廷，
去找阿爸请婚。

斗安珠照着木姐珠的话，
熏也熏了，
洗也洗了，
烧伤痊愈了。

斗安珠去到天宫，
斗安珠见到天神，
斗安珠禀告天神：
"尊敬的阿巴木比塔，
敬爱的阿巴木比塔，
今天我去到十九匹梁子，
九匹坡的火地烧完，
九条沟的火地烧完。
我苦也苦了，
累也累了，
你的木姐珠该许给我了，
你的三公主该嫁给我了！"

火地播种

木比塔在想主意了，

木比塔在想办法了，

木比塔想出了妙计一条，

妙计一条试斗安:

"斗安珠你是一凡人，

木姐珠是天神三公主，

我的三公主，

怎能随便嫁凡人!?

你要想娶三公主，

你要想娶木姐珠，

你要办完一件事，

你要办好一件事。

明天一早，

天未亮的时候，

雾未散的时候，

麦面馍馍身上背，

九斗菜子肩上扛，

你到十九匹梁子上，

在九匹坡的火地上，

在九条沟的火地上，

你九斗菜子撒完了，
九匹坡九条沟的火地撒遍了，
我的木姐珠许给你。

斗安珠没有办法了，
斗安珠没有主意了，
黄昏时分背水路上等，
背水路上等待木姐珠。

背水路上等到了木姐珠，
黄昏时分会到三公主，
斗安珠把天神的难题告诉木姐珠，
斗安珠问计木姐珠。

美丽的木姐珠，
聪明的三公主，
好话宽慰斗安：
"不要急，
不要慌，
主意我会出，
办法我会想，

明天一早，
天未亮的时候，

雾未散的时候，

九斗菜子你找来，

九根口袋你找来，

一根口袋装一斗，

九根口袋都装满。

九根口袋装满后，

九袋菜子你背起，

去到十九匹梁子上，

你把菜子口袋，

一沟挂一根；

你把菜子口袋，

一坡挂一袋；

九沟火地，

一沟撒一把；

九坡火地，

一坡撒一把，

你照这样做完后，

就到大石包背后躲，

就到大石包背后藏，

雀鸟喳喳叫的时候，

你莫出来。

喳喳的叫声没有了，

九匹坡的火地就撒遍了，

九条沟的火地就撒遍了。

九斗菜子就撒完了，

你从石后走出来，

你背着空袋回天廷，

你背着空袋回天宫，

你就到阿爸面前去请婚，

你就到天神面前去请婚。

第二天一早，

天未亮的时候，

雾未散的时候。

斗安珠，

九斗菜子找来了，

九根口袋找来了，

一根口袋装一斗，

九根口袋都装满。

九根口袋装满后，

九袋菜子背在肩，

去到十九匹梁子上，

把菜子口袋，

一沟挂一根；

把菜子口袋，

一坡挂一袋；

九沟火地，

一沟撒一把；

九坡火地，

一坡撒一把。

他照这样做完后，

就到大石背后躲，

就到大石背后藏。

雀鸟喳喳叫的时候，

他没有出来。

喳喳叫的声音没有了，

九条沟的火地撒遍了，

九斗菜子撒完了，

斗安珠，

背着空口袋回天廷，

背着空口袋回天宫。

斗安珠回到天宫，

斗安珠见到天神，

斗安珠禀告天神：

"尊敬的阿巴木比塔，

敬爱的阿巴木比塔，

今天我去到十九匹梁子上，

九匹坡的菜子撒遍了，

九条沟的菜子撒遍了。

我苦也苦了，

累也累了，

你的木姐珠该许给我了，
你的三公主该嫁给我了！"

拣回菜子

木比塔在想主意了，
木比塔在想办法了，
木比塔想出了妙计一条，
妙计一条试斗安：
"斗安珠你是一凡人，
木姐珠是天神三公主，
我的三公主，
怎能随便嫁凡人!?

你要想娶三公主，
你要想娶木姐珠，
你要办完一件事，
你要办好一件事。

明天一早，
天未亮的时候，
雾未散的时候，

麦面馍馍身上背,
口袋九根肩上扛,
去到十九匹梁子上,
九匹坡的菜子你拣回,
九条沟的菜子你拣回,
九斗菜子你拣回。

九匹坡的菜子拣回完了,
九条沟的菜子拣回完了,
九斗菜子拣回完了,
我的木姐珠许给你。

斗安珠没有办法了,
斗安珠没有主意了,
黄昏时分背水路上等,
背水路上等待木姐珠。

背水路上等到了木姐珠,
黄昏时分会到三公主,
斗安珠把天神的难题告诉木姐珠,
斗安珠问计木姐珠。

美丽的木姐珠,
聪明的三公主,

好话宽慰斗安：
"不要急，
不要慌，
主意我会出，
办法我会想。

明天一早，
天未亮的时候，
雾未散的时候，
麦面馍馍身上背，
口袋九根肩上扛，
去到十九匹梁子上，
牛皮口袋，
九匹坡火地挂上，
九条沟火地挂上；
火地上菜子拣九颗，
条条口袋一颗装。

这些事情做完了，
这些事情办完了，
你到大石包后面躲，
你到大石包后面藏。

空中的鸟雀喳喳叫，

雀鸟喳喳叫的时候，
你莫出来。
雀鸟喳喳的叫声没有了，
九匹坡的菜子就拣完了，
九条沟的菜子就拣完了。
九斗菜子拣完了，
你从石后走出来。
你背着菜子回天廷，
你背着菜子回天宫，
你就到阿爸面前去请婚，
你就到天神面前去请婚。

第二天一早，
天未亮的时候，
雾未散的时候，
斗安珠，
麦面馍馍身上背，
口袋九根肩上扛，
去到十九匹梁子上。
牛皮口袋，
九匹坡火地挂上，
九条沟火地挂上；
火地上菜子拣九颗，
条条口袋装一颗。

这事做完了，
这事办完了，
斗安珠大石包后面躲，
斗安珠大石包后面藏。

空中的雀鸟喳喳叫，
雀鸟喳喳叫的时候，
斗安珠没有出来。
雀鸟喳喳叫的声音没有了，
九匹坡的菜子拣回完了，
九条沟的菜子拣回完了，
九斗菜子拣回完了，
斗安珠从石后走出来。
背着菜子回天廷，
背着菜子回天宫。
斗安珠回到天宫，
斗安珠见到天神，
斗安珠禀告天神：
"尊敬的阿巴木比塔，
敬爱的阿巴木比塔，
今天我去到十九匹梁子上，
九匹坡的菜子拣回完了，
九条沟的菜子拣回完了。
我苦也苦了，

累也累了，
你的木姐珠该许给我了，
你的三公主该嫁给我了！"

神箭射鸠

九匹坡的菜子拣回完了，
九条沟的菜子拣回完了。
九斗菜子拣回完了，
阿巴木比塔很惊奇，
阿巴木比塔不放心。

阿巴木比塔，
唤来四大臣。
阿巴木比塔，
唤来管粮官。

粮官用斗量，
粮官用升量，
量过去不够数，
量过来不够数。

粮官用秤称，
粮官用戥子称，
称过去不够秤，
称过来差九颗。

阿巴木比塔车转身，
转过身来告斗安：
"九斗菜子不够数，
九斗菜子差九颗。
你到十九匹梁子上，
九匹坡的火地上，
九条沟的火地上，
九颗菜子拣回来，
一颗不少地拣回完了，
我的木姐珠许给你"。

斗安珠没有办法了，
斗安珠没有主意了，
黄昏时分背水路上等，
背水路上等待木姐珠。

背水路上等到了木姐珠，
黄昏时分会到三公主，
斗安珠把天神的难题告诉木姐珠，

斗安珠问计木姐珠。

美丽的木姐珠，
聪明的三公主，
好话宽慰斗安：
"不要急，
不要慌，
主意我会出，
办法我会想，

明天一早，
天未亮的时候，
雾未散的时候，
麦面馍馍身上背，
阿爸的神弓肩上挎，
阿爸的神箭腰间别，
你去到十九匹梁子上，
十九匹梁子上慢慢等。

黑嘴老鸦，
呱呱叫着飞过来，
你不要问，
你不要射。
黄嘴老鸦，

呱呱叫着飞过来，
你不要问，
你不要射。

一只斑鸠飞过来，
你就问，
你就射。
斑鸠你射落，
嗉子你剥开，
九颗菜子你找到，
带着菜子回天廷，
带着菜子回天宫。
你就到阿爸面前去请婚，
你就到天神面前去请婚'。

第二天一早，
天未亮的时候，
雾未散的时候，
斗安珠，
麦面馍馍身上背，
神弓一支腰间别，
去到十九匹梁子上，
十九匹梁子上面等。

黑嘴老鸦飞过来,
呱呱叫着飞过来,
斗安珠心急问老鸦:
"老鸦你可曾到火地去,
菜子九颗可啄吃?"

老鸦赶忙答斗安:
"火地我未去,
菜子未啄吃,
请求别射我!"

黄嘴老鸦飞过来,
呱呱叫着飞过来,
斗安心急问老鸦:
"老鸦你可曾到火地去,
菜子九颗可啄吃?"
老鸦赶忙答斗安:
"火地我未去,
菜子未啄吃,
请求别射我!"

一只斑鸠飞过来,
高高兴兴飞过来,
斗安急着问斑鸠:

"斑鸠你可曾到火地去，
菜子九颗可啄吃？"

斑鸠很得意，
得意告斗安：
"菜子火地我去过，
九颗菜子我啄吃"。

斗安珠弯神弓，
斗安珠搭神箭，
神箭射出斑鸠落，
神箭射出斑鸠死。

斗安珠斑鸠嗉子剥开了，
斗安珠九颗菜子找到了。
斗安珠带着菜子回天廷，
斗安珠带着菜子回天宫。

斗安珠回到天宫，
斗安珠见到天神，
斗安珠禀告天神：
"尊敬的阿巴木比塔，
敬爱的阿巴木比塔，
今天我去到十九匹梁子上，

九颗菜子全找回来了。
我苦也苦了，
累也累了，
你的木姐珠该许给我了，
你的三公主该嫁给我了!"

结亲下凡

一出难题难斗安，
再出难题难斗安，
难题没有难住斗安珠，
难题测试出一个男子汉。
木比塔允下这门亲，
木比塔答应三女嫁凡间。

阿巴木比塔，
吉日嫁三女。
把夫人请出来，
三个儿子召进宫，
大女二女召进宫，
又把木姐珠，
召来在身边，

天神宫殿把话说：
"我的幺女儿，
我的木姐珠，
你不嫁神宫管神事，
你不嫁龙宫管龙事，
你一心嫁到凡间去，
你一心愿嫁一凡人，
阿爸今天答应你。
金砖银砖陪奁你，
金银首饰陪奁你，
绫罗绸缎陪奁你，
你到凡间要钱用，
穿的戴的应美丽。

陪奁你三斗青稞种，
带到凡间去，
从此凡间有粮吃。

陪奁你三斗荆棘种，
撒在悬岩上，
从此凡间有柴烧。

陪奁你三斗杉树种，
种子撒矮山，

修房造屋少不了。

陪衾你三斗羊角花种，
种子撒满山，
从此凡间更美丽。

陪衾你三斗木香种④，
种子撒在屋四周，
敬神解秽不可少。

陪衾你白石五块，
安放在房顶最高处，
敬神不可少。

阿爸陪衾你百种兽，
百兽在你前面走；
阿爸陪衾你千禽和千兽，
千禽千兽后面跟。

你俩离开天廷后，
你俩离开天宫后，
不要回头看天廷，
不要回头看天宫。

木姐嫁到凡间后，

火塘边上莫唤狗，

圈里莫敬白石神，

水缸里不能搓尿布，

板凳上切莫掐虱子，

铁三脚⑤不能烤尿布。

每年十月初一日，

是吉祥日，

是祭祀日。

那天天门一齐开，

阿爸依门看凡间，

阿妈依门看凡间，

虽是天地距离远，

阿爸可以看见你，

阿妈可以看见你。

木姐珠和斗安珠，

告别了亲人，

离开天廷；

木姐珠和斗安珠，

带着陪奁，

离开天宫。

刚走拢第一匹山梁，
木姐珠想念阿爸了，
木姐珠想念阿妈了，
木姐珠回头把阿爸阿妈看望，
阿爸阿妈没看见，
看见的只是天廷的宫房。

刚走拢第二匹山梁，
木姐珠想念阿爸了，
木姐珠想念阿妈了，
木姐珠回头把阿爸阿妈看望，
阿爸阿妈的身影没看见，
看见的只是宫房照楼。

刚走拢第三匹山梁，
木姐珠想念亲人了，
木姐珠回头把亲人看望，
哥哥姐姐没看见，
看见的只是屋顶的白石。

木姐珠阿爸的嘱咐不该忘，
木姐珠不该回头看，
前面走的百禽和百兽，
阿爸陪奁的百禽和百兽，

带到凡间驯养；

后面走的千禽和千兽，

全跑进山林变野了⑥。

木姐珠阿爸的嘱咐不该忘，

木姐珠阿妈的嘱咐不该忘。

不该把荆棘种撒矮山，

不该把杉树种撒在高山坡，

不该把木香种子撒半岩，

不该把羊角花种撒在山顶上。

杉木种子撒错了，

荆棘种子撒错了，

花的种子撒错了，

从此采集多不便，

人畜常受伤。

木姐珠阿爸的嘱咐不该忘，

木姐珠阿妈的嘱咐不该忘，

火塘边上唤过狗，

圈里敬过白石神，

水缸里搓过尿布，

板凳上掐过虱子，

铁三角上烤过尿布，

木姐珠违了父训要吃亏，

木姐珠违了母教要吃苦，

木姐珠因受惩罚身生疮。

天宫求医

有一天，

木姐珠背起背篼回娘家，

木姐珠背起背篼回天宫，

木姐珠走拢天宫，

天宫大门紧闭。

木姐珠阿爸喊，

木姐珠阿妈喊：

"阿爸阿妈开天门，

你的三女儿回天廷，

你的三公主回天宫"。

阿巴木比塔，

忙将天门开，

木姐上前喊阿爸。

木比塔见了很惊奇：

"你不是我的木姐珠，

你不是我的三公主"。

木姐珠心酸了，
木姐珠心痛了，
木姐珠眼泪流，
流着泪水求天神：
"我是你的木姐珠，
我是你的三女儿。
阿爸若是不相信，
宫中神狗放出来，
神狗对我摇尾巴，
证明我是你女儿，
证明我是木姐珠"。

天神放出神狗，
天神放出金狗，
天狗见了木姐珠，
又是摇尾巴，
又是同她狂。
天神不相信，
还是把头摇。

木姐珠二次求天神，
请求天神放神鸟：

"阿巴木比塔,
你养的神鸟多。
你把神鸡放出来,
你把神凤放出来,
证明我是你女儿,
证明我是木姐珠"。

天神放出神鸡,
天神放出神凤。
神鸡神凤见了木姐珠,
拍翅起舞了,
宛啭鸣啼了。

天神这才相信,
天神这才认出。
天神牵着木姐珠,
走进天廷,
走进天宫。

天神很伤心,
天神很痛心。
天神问木姐:
"我的憨女子出嫁时,
穿金戴银。

凡间才一年，
头上的虱子起堆堆，
身上的虮子成群。
我的憨女子变了样，
我的憨女子成了另外一个人。
我的憨女子凡间做了什么?!
我的憨女子凡间做错什么事?!"

木姐珠心头很难过，
木姐珠含泪禀天神:
"去年结亲下凡间，
临别时，
阿爸干叮咛万嘱咐，
阿妈干叮咛万嘱咐。
阿爸的话没有听，
阿妈的话没有听。

阿爸的话没有听，
吃了亏;
阿妈的话没有听，
吃了苦!

吃苦又吃亏，
生满一身疮。

回到天宫求阿爸，
为我医疮痛"。

天神听后告木姐：
"我的憨女子，
回到凡间后，
请释比⑦作法，
请释比治病"。

木姐回凡间，
释比请到家，
请来作法事。

木盆净水先装满，
三岔路边白石三块拣回来，
白铁铧头找一个。

白铁铧头火里烧，
白石三块火里烧，
释比手中拿柏枝，
释比手中拿羊角花枝。

焚过的柏枝熏木姐，
焚过的羊角花枝熏木姐，

熏生疮的地方，

熏木姐周身。

释比作法事，

作法医木姐。

烧红的铧头水盆放，

烧红的白石水盆放，

净水冒热气，

盆中冒热气，

木姐用水洗脓疮，

木姐用水洗周身。

熏气熏掉了脓疮，

净水洗掉了病痛，

熏洗过后疮痊愈，

木姐谢天神，

木姐谢天恩。

讲唱者: 袁祯祺 男 77岁 羌族 释比 私塾5个月。
采录者: 李明 刘光娘 男 50岁 汉 教师大学。
整理者: 李明 男 55岁 汉 教师大学。
翻译者: 袁祯祺 男 77岁 羌 释比 私塾5个月。
采录时间: 1980年8月。
采录地点: 四川省汶川县雁门乡索桥大队小寨子生产队。

注释：

① 《木姐珠》为汶川雁门公社索大队小寨子生产队释比袁祯祺老先生唱述的端公经上坛经之一部，民间多称《木姐珠与安斗珠》。相传木姐珠是天神(天神爷)阿巴木比塔的三公主，与凡人斗安珠相爱成亲，繁衍了羌族，制造人间一切，被羌人奉为神先神、始祖。解放前，羌人举世谢天地神、还愿，以及重大的节庆日，必请端公唱诵此经。经文甚长，整理时加了小标题。

② 苕西：羌语音译，即情歌。

③ 羌人一般都住三层楼房，由独木梯上到二楼时，首先到一四周无栏杆，上面无屋顶遮拦的土台，羌人称此为土排。

④ 木香：即柏树枝，羌人传统习惯燃柏树作香，用以敬神，求神解秽。柏树枝被称为木香。

⑤ 铁三脚(或铜三脚)：羌人火塘用以支锅的三脚，三脚上各有一神，一为火神，一为男祖先神，一为女祖先神，如在架上烤尿布，意亵渎神灵。

⑥ 传说马、牛、猪、驴、兔、狗、鸡、鸭是木姐珠与斗安珠结亲时带到凡间来的陪奁，变野了指的是天神陪奁给木姐珠的许多禽兽，跑进了山林变野了。

⑦ 羌族巫师，羌语称"许"，或尊称为"阿爸许"，是一种不脱离农业生产的宗教师。

喜逢

羌人唱古歌，

常常提到三公主；

今天我来唱，

起头先唱木姐珠。

天神的三女木姐珠，

木姐美似羊角花，

羊角花开了十八次了，

木姐珠已是十八岁了。

十八岁的姑娘未出嫁，

还未出嫁等好男。

凡间有个燃比娃，

憨厚的燃比娃，

勤劳的燃比娃，

二十四岁未娶妻，
没有娶妻等好女！

天神的三公主，
美丽的木姐球，
爱凡间，
想凡间，
要到凡间洗麻线，
出天廷下到雪隆包，
经过矮山到小河边。

木姐珠要在河边洗麻线，
取下首饰放身边。
木姐珠双手搓麻线，
身影倒映水中间。

凡间的小伙子，
憨厚的燃比娃，
听见河水在响，
看见美丽的姑娘，
手中的麻线在闪光，
身边的首饰在闪光。

燃比娃不想离开姑娘，

燃比娃想与姑娘把话讲。
燃比娃把姑娘的首饰拿来，
挂在河边柳树枝上。

木姐珠洗完麻线，
金银首饰找不见。
找过去找过来，
没有找到；
看过去看过来，
没有看到。

木姐珠忽然看到了，
金银首饰看到了，
金银首饰在水里。
木姐珠水中捞首饰，
从这边捞，
没有捞上来；
从那边捞，
没有捞上来。
这样捞，
没有捞上来；
那样捞，
没有捞上来；
燃比娃坐在柳树上，

偷偷地笑了，
燃比娃坐在柳树上，
笑出声来了。

木姐珠回头看，
树上坐着燃比娃；
木姐球回头看，
金银首饰挂树上。
木姐珠仔细想：
是他把首饰挂树上，
是他想和我逗笑。

木姐珠看见燃比娃，
心在咚咚咚跳了；
木姐珠看见燃比娃，
心在咪咪地笑了。
木姐珠请燃比娃，
木姐珠求燃比娃：
"你把首饰还给我，
要金给你金，
要银给你银，
你要粮食我给你，
你要牛羊牲畜我给你"。

燃比娃两眼目了着木姐珠，

死死盯着美丽的木姐珠，

在打主意了，

在想办法了。

回话木姐珠：

"金银财宝我不要，

五谷粮食我不要，

牛羊牲率我不要"。

燃比娃询问天廷事，

木姐珠神事说了，

阿爸说了，

阿哥说了，

阿姐说了，

这样那样都说了。

木姐珠询问凡间事，

燃比娃一一都说清。

山说了，

水说了，

花说了，

木说了，

自己的事情说了，

这样那样都说了。

山泉水流不完，

两人的话说不完。

太阳落山了，
黄昏降临了，
木姐珠要回天廷了。
燃比娃把首饰还给了木姐珠，
燃比娃把首饰戴在木姐珠手上，
木姐珠低头害羞不开腔。

那天是个吉祥日，
木姐珠去河边，
河边去背水。
燃比娃去河边，
河边去背水，
背水的路上，
两个相会了。
从天廷说到地上，
从地上说到天廷，
说不完的想念，
说不完的真情。
太阳落山了
黄昏降临了，
没有说完的话，
只有等以后再说，
不想分别也得分别。
木姐珠背起水桶，

难舍难分地回天廷了，
燃比娃背起水桶，
难舍难分地回家了。

又是一个吉祥日，
木姐珠牧羊汶山上，
燃比娃汶山去放羊。
木姐珠和燃比娃，
牧场上相会了，
草山上重逢了，
相思的苦说不完了，
相思的愁说不完了。

知心的话，
象星星一样多，
才说了一点点，
太阳又落下西山了！
两人又要分别了，
两人又要割离了，
不愿分别，由不得你了！
木姐珠埋着头，
木姐珠羞嗒嗒，
麻布裹腿送给燃比娃，
雪白的裹脚送给燃比娃。

燃比娃接过定情物，
心上的石头落了地。

朝天

九月吉日那一天，

木姐珠和燃比娃，

在还愿的地方相会了。

木姐珠对燃比娃说了：

“今天三十吉祥日，

天神大打开，

神门大打开。

凡间还天愿，

凡间敬天神。

你我一同去天廷去，

阿爸面前去请婚，

木比塔面前去请婚”。

就在深夜三更天，

木姐珠燃比娃，

两人进天城，

两人到天廷。

木姐珠叫燃比娃，
楼下柴房躲避，
楼下柴房藏身。

木姐珠每餐三碗饭，
一碗送给燃比娃，
一碗给天狗，
自己只留一碗吃。
木姐珠一天天瘦了，
木比塔一阵阵心痛了。

这一天，
木比塔问木姐珠：
"为啥我的天廷，
有生人气气？
你去找一找，
你去看一看，
有没有凡间人，
混进天城？
有没有凡间人，
混进天廷？"

木姐珠假装四处找了，
木姐珠假装四处看了。

木姐珠回禀木比塔:
"凡间人没有找到,
凡间人没有看见,
天廷未来凡间人"。

生人的气气,
阿巴木比塔闻到了;
凡间人的气气,
阿巴木比塔闻到了。
下楼去查看,
走过柴房门。

燃比娃听到脚步声,
以为是木姐珠送饭来了,
以为是木姐姝送饮食来了。
急忙开门接。
木比塔把凡人找到了,
木比塔把凡人找到了。

木比塔知道,
木比塔明白,
这是我三女(木姐珠)的安排,
这是我三女(木姐珠)的主意。
不是燃比娃的主意,

不是燃比娃的办法。

阿巴木比塔,

追问燃比娃:

"你是什么人?

为啥悄悄进天城?

为啥悄悄到天廷?"

燃比娃恭恭敬敬回答木比塔:

"我是凡间燃比娃,

我是憨厚的燃比娃,

天神的三公主,

与我有缘份;

木比的木姐珠,

与我有缘分。

我们在凡间相会三次,

三次相会,

话都未说完。

我们说的话,

比天上星星还多,

比岩蜂的糖还甜。

我爱上了木比塔的三公主,

我爱上了聪明美丽的木姐珠。

今天进天城,

今天到天廷,

特向尊敬的阿巴木比塔，

特请尊敬的阿巴木比塔，

把三公主嫁给我，

把木姐珠嫁给我。

初难

燃比娃的话，

天神听了很生气：

"我的木姐珠，

木比塔的三公主，

怎能嫁给凡间人？

你要娶我的三女儿，

明天早上，

鸡未叫的时候，

雾未散的时候，

你到十九匹梁子上，

九匹坡的火地，

你一天砍完；

九条沟的火地，

你一天砍完。

九匹坡的火地砍完了，

九条沟的火地砍完了，
我的木姐珠嫁给你，
木比塔的三公主嫁给我。

燃比娃没得主意了，
燃比娃没得办法了，
燃比娃去找木姐珠。
聪明的木姐珠，
美丽的三公主，
劝燃比娃莫急，
劝燃比娃莫慌。
她有一个好办法，
她有一个好主意，
告诉燃比娃：
"你快到阿爸那里，
到木比塔那里，
要四把弯刀，
要四块毛铁②。
明天早上，
鸡未叫的时候，
雾未散的时候，
你馍馍身上带，
弯刀身上带，
毛铁身上带，

到十九匹梁子上，

把弯刀、毛铁，

挂在九匹坡九条沟四角的树上，

你就躲进岩洞里，

你就藏在岩洞里。

弯刀毛铁响的时候，

你不要出来；

弯刀毛铁的响声没有了，

你再出来。

木姐珠的好主意，

木姐珠的好办法，

燃比娃认真听了，

燃比娃照着做了。

燃比娃去找阿巴木比塔，

要了四把弯刀，

要了四块毛铁。

鸡未叫的时候，

雾未散的时候，

馍馍身上带，

弯刀身上带，

毛铁身上带，

去到九匹梁子上，

把弯刀、毛铁，

挂在九匹坡九条沟四角的树上，

就躲到了岩洞里，

就藏在岩洞里，

听见噼哩啪啦响了一夜。

鸡叫了，

雾散了，

弯刀、毛铁的声音不响了，

砍树的声音不响了。

燃比娃走出岩洞，

九匹坡的火地砍完了，

九条沟的火地砍完了。

燃比娃收拾好弯刀、毛铁，

燃比娃回到天廷，

燃比娃禀告木比塔：

"尊敬的阿巴木比塔，

敬爱的阿巴木比塔，

九匹坡的火地砍完了，

九条沟的火地砍完了，

我苦也苦了，

累也累了，

你的木姐珠该许给我了，

你的三公主该嫁给我了！"

再难

阿巴木比塔打主意了，

阿巴木比塔想办法了，

阿巴木比塔告诉燃比娃：

"你九匹坡的火地砍完了，

你九条沟的火地砍完了。

这主意，

不是你燃比娃的主意

是我女儿木姐珠的主意；

这办法，

不是你燃比娃的办法，

是我女儿木姐珠的办法。

你要娶我的三女儿，

你要想娶木姐珠，

你还得去烧火地。

明天早上，

鸡未叫的时候，

雾未散的时候，

你到十九匹梁子上，

四周的草木，

你点燃，

再到山顶坐着等。

九匹坡的火地烧完了，

九条沟的火地烧完了,
我的木姐珠嫁给你。

这一天,
憨厚的燃比娃,
老实的燃比娃,
以为烧火地很撇脱,
没有问计木姐珠。
去到十九匹梁子,
来到山脚下,
取出火镰,
打出火星点点,
把九匹坡的草木点燃,
把九条沟的草木点燃,
就唱着山歌,
爬上山巅,
睡在草地上,
看白云弯幻。
啊!
火吼起来了,
四面八方都是火,
四面八方火在吼。
火的山,
火的浪,

火扑向燃比娃。

燃比娃跑向东，

燃比娃跑向西，

四方都无藏身的地方。

火遍山飞起来了，

火从四面八方围过来了，

大火向燃比娃扑过来了。

燃比娃身上起火了，

燃比娃用双手抱着头，

山角角头躲藏了。

大火燃比娃一身毛烧燃了，

焦臭味四方飞散了。

胡豆雀③闻到了，

胡豆雀看见了，

胡豆雀吓倒了！

胡豆雀真心去给木姐珠报信了。

象眼前雷炸，

如身后雪崩，

木姐珠心象跑马，

脚象长翅，

跑到银河边。

绣花头帕取下来，

蘸饱银河水，

洒向九匹山九条沟，
山上的火浪平息了，
燃比娃身上的火熄灭了。
燃比娃一身毛被烧光了，
幸好头发没有被烧掉。
经过银河水的冲洗，
燃比娃的烧伤痊愈了，
经过火的焚烧，
燃比娃更加标致了。

九匹坡的火地烧完了，
九条沟的火地烧完了，
燃比娃回到天廷，
燃比娃禀告木比塔：
"尊敬的阿巴木比塔，
敬爱的阿马木比塔，
九匹坡的火地烧完了，
九条沟的火地烧完了，
我苦也苦了，
累也累了，
你的木姐珠该许给我了，
你的三公主该嫁给我了"。

三难

阿巴木比塔打主意了，

阿巴木比塔想办法了，

阿巴木比塔告诉燃比娃：

"你九匹坡的火地烧完了，

你九条沟的火地烧完了，

这主意，

不是你燃比娃的主意，

是我女儿木姐珠的主意；

这办法，

不是你燃比娃的办法，

是我女儿木姐珠的办法。

你要娶我的三女儿，

你要想娶木姐珠，

你再到十九匹梁子上，

在九匹坡的火地上，

在九条沟的火地上，

你一天把三斗荣子撒完了，

你一天把九匹坡撒遍了，

你一天把九条沟撒遍了，

我的木姐珠嫁给你。"

燃比娃没得主意了，

燃比娃没得办法了，
燃比娃去找木姐珠出主意，
燃比娃去找木姐珠想办法。

木姐珠宽慰燃比娃：
"你不要着急，
你不要担心。
你到阿巴木比塔那里，
要三斗菜子，
明天早上，
鸡未叫的时候，
雾未散的时候，
你背上三斗菜子，
带上馍馍，
到十九匹梁子上，
九匹坡九条沟的四只角，
每只角上撒九颗，
剩余的散子放在中央。
你只管去到岩洞睡，
第二天，
你拿空口袋回天廷"。

木姐珠的好主意，
木姐珠的好办法，

燃比娃照着做了。

燃比娃到阿巴木比塔那里，

要了三斗菜子，

鸡未叫的时候，

雾未散的时候，

背上菜子，

带着馍馍，

到十九匹梁子上。

在九匹坡九条沟的四只角上，

每只角上九颗菜子撒了，

剩余的菜子放中央，

这些事做完，

就到岩洞去睡了。

第二天早上，

鸡叫了，

雾散了，

三斗菜子撒完了，

九匹坡撒遍了，

九条沟撒遍了，

燃比娃拿上空口袋，

回天城了，

回天廷了。

燃比娃禀告木比塔：

“尊敬的阿巴木比塔，

敬爱的阿巴木比塔，

三斗菜子撒完了，

九匹坡的火地撒遍了，

九条沟的火地撒遍了，

我苦也苦了，

累也累了，

你的木姐珠该许给我了，

你的三公主该嫁给我了!”

四难

阿巴木比塔打主意了，

阿巴木比塔想办法了，

阿巴木比塔告诉燃比娃:

“你三斗菜子撒完了，

九匹坡的火地撒遍了，

九条沟的火地撒遍于。

这主意，

不是你燃比娃的主意

是我女儿木姐珠的主意;

这办法，

不是你燃比娃的办法，
是我女儿木姐珠的办法。
你要娶我的三女儿，
你要想娶木姐珠，
你再到十九匹梁子上，
在九匹坡的火地上，
在九条沟的火地上，
你要把三斗菜子，
一颗不少地拣回来。
要是三斗菜子原封原样拣回来了，
我的木姐珠嫁给你。

燃比娃没得主意了，
燃比娃没得办法了，
燃比娃去找木姐珠出主意，
燃比娃去找木姐珠想办法。

木姐珠宽慰燃比娃：
"你不要着急，
你不要担心。
明天早上，
鸡未叫的时候，
雾未散的时候，
你背上馍馍，

带上空口袋，

到十九匹梁子上，

把空口袋放在九匹坡九条沟的中央，

在九匹坡九条沟的四角，

各拣九颗菜子放在口袋里，

你只管到岩洞去睡，

第二天，

你背着菜子回天廷。

木姐珠的好主意，

木姐珠的好办法，

燃比娃照着做了。

第二天，

鸡未叫的时候，

雾未散的时候，

燃比娃背上馍馍，

带上空口袋，

到十九匹梁子上，

把空口袋放在九匹坡九条沟的中央，

在九匹坡九条沟的四角，

各拣了九颗菜子放在口袋里，

这些事做完，

就到岩洞去睡了。

第二天早上，

鸡叫了，

雾散了，

空口袋装满菜子了，

燃比娃背着菜子，

回天城了，

回天廷了。

燃比娃禀告木比塔：

"尊敬的阿巴木比塔，

敬爱的阿马木比塔，

三斗菜子拣回来了，

九匹坡的菜子拣回来了，

九条沟的菜子拣回来了，

我苦也苦了，

累也累了，

你的木姐珠该许给我了，

你的三公主该嫁给我了"。

五难

阿巴木比塔打主意了，

阿巴木比塔想办法了。

阿巴木比塔告诉燃比娃:
"你三斗菜子拣完了?
九匹坡的菜子拣完了?
九条沟的菜子拣完了?"
阿巴木比塔打量菜子口袋,
转过去看,
转过来看。
又喊来臣子量菜子,
量过去量过来,
最后一合④差九颗。

阿巴木比塔,
告诉燃比娃:
"三斗菜子还差九粒,
三斗菜子还少九颗,
你要把九颗菜子,
一颗不少地拣回来,
我的木姐妹嫁给我"。

燃比娃没得主意了,
燃比娃没得办法了,
燃比娃去找木姐珠出主意,
燃比娃去找木姐珠想办法。

木姐珠宽慰燃比娃：

"你不要着急，

你不要担心。

我到阿巴木比塔那里，

去借来神弓，

去借来神箭。

明天早上，

鸡未叫的时候，

雾未散的时候，

你挎上弓箭，

你背上馍馍，

到十九匹梁子上，

在九匹坡打个角角躲起来，

在九条沟找个角角躲起来。

有两只斑鸠飞来时，

你就问它人荣子吃过没有？

飞在前面的会说：

看见了，没有吃，

这只斑鸠你不要射；

飞在后面的会说：

我吃了，没有看见，

这只斑鸠你要射。

荣子九颗藏在它嗉子里，

剥开嗉子就可见荣子"。

木姐珠的好主意，

木姐珠的好办法，

燃比娃要照着做了。

燃比娃在木比塔那里，

借来神弓，

借来神箭。

第二天，

鸡未叫的时候，

雾未散的时候，

燃比娃挎上神弓，

燃比娃带上神箭，

到九匹梁子上，

在九匹坡的角角头躲了，

在九条沟的角角头躲了。

两只斑鸠飞来了，

一前一后飞来了。

燃比娃大声问斑鸠：

"我九颗菜子不见了，

你们哪个吃了它？"

飞在前面的斑鸠说：

"我看见了，没有吃"。

燃比娃没有射它。

飞在后面的斑鸠说：

"我吃了，没有看见"。

燃比娃一射把它射落地。

燃比娃剥开嗉子找菜子，

找过去，找过来，

看过去，看过来，

九颗菜子看到了，

九颗菜子找到了。

燃比娃挎上神弓，

燃比娃带着菜子，

回天城了，

回天廷了。

燃比娃禀告木比塔：

"尊敬的阿巴木比塔，

敬爱的阿巴木比塔，

九颗菜子打回来了，

丢失的菜子找回来了。

我苦也苦了，

累也累了，

你的木姐珠该许给我了，

你的三公主该嫁给我了！"

六难

중국 창족 서사시

阿巴木比塔打主意了，

阿巴木比塔想办法了。

阿巴木比塔告诉燃比娃:

"九颗菜子打回来了，

丢失菜子找回来了，

这主意，

不是你燃比娃的主意，

是我女儿木姐珠的主意;

这办法，

不是你燃比娃的办法，

是我女儿木姐珠的办法。

你要娶我的三女儿，

你要想娶木姐珠，

明天早上，

鸡未叫的时候，

雾未散的时候，

随我去到凌冰槽，

我上凌冰槽顶，

石头造下来，

你把石接住;

木头造下来，

你把木接住，

我顺凌冰槽梭下来，
你要保证我安全。
你把石头接住了，
你把木头接住了，
你把我接住了，
我的木姐珠嫁给你。

燃比娃没得主意了，
燃比娃没得办法了，
燃比娃去找木姐珠出主意，
燃比娃去找木姐珠想办法。

木姐珠宽慰燃比娃：
"你不要着急，
你不要担心，
明天早上，
鸡未叫的时候，
雾未散的时候，
我背上馍馍，
跟着阿巴木比塔，
去到凌冰槽，
他上凌冰槽顶，
你到凌冰槽下，
他在造石木，

你在岩洞躲，

滚石头的声音在响的时候，

你不要出来接；

滚木头的声音在响的时候，

你不要出来接。

滚石头的声音过了，

滚木头的声音过了，

你就到凌冰槽下等，

白眉毛的老人梭下来了，

白头发的老人梭下来了，

他就是阿巴木比塔，

你要稳稳地把他抱住，

你要紧紧地把他抱住。

第二天，

鸡未叫的时候，

雾未散的时候，

阿巴木比塔，

领着燃比娃，

去到凌冰槽。

阿巴木比塔登上凌冰槽顶，

燃比娃躲进岩洞里，

天神造石头，

滚石轰轰响，

燃比娃没有出来接；
天神造木头，
滚木轰轰响，
燃比娃没有出来接。
滚石声不响了，
滚木声不响了，
燃比娃去到凌冰槽下，
白眉毛老人梭下来了，
白头发老人梭下来了，
燃比娃稳稳地把他抱住，
燃比娃紧紧地把他抱住。

燃比娃告别老人，
回天城了，
燃比娃告别老人，
回天廷了。
燃比娃禀告木比塔：
"尊敬的阿巴木比塔，
敬爱的阿巴木比塔，
今天一天，
凌冰槽下，
滚石接住了，
滚木接住了，
白眉毛白头发老人抱住了，

我苦也苦了，

累了也累了，

你的木姐珠该许给我了。

你的三公主该嫁给我了"。

结亲

难题，没有难住燃比娃，

测试，测出个来奇男儿。

木比塔应允了这门亲，

木比塔答应三女嫁凡间。

这一天是吉祥日，

吉祥日子好嫁女。

阿巴木比塔，

把木姐珠叫到面前：

"我的好女儿，

阿爸的木姐珠，

你不爱天廷爱凡间，

你不爱天神爱凡人，

阿爸答应你嫁到凡间去，

阿爸答应你嫁给燃比娃。

前头陪夜你千千子⑤，

后头陪奁你百百子⑥,

金钱千千子陪奁你,

金银首饰陪奁你,

绫罗绸缎陪奁你,

你到凡间要钱用,

穿的戴的应美丽。

陪奁你三斗青稞种,

带到凡间去,

从此凡间有粮吃,

陪奁你三斗荆棘种,

撒在悬岩上,

从此凡间有柴烧;

陪奁你三斗杉树种,

种子撒矮山,

修筑碉房少不了;

陪奁你三斗羊角花种,

种子撒满山,

从此凡间更美丽。

陪奁你三斗木香种⑦,

种子撒在屋四周,

敬神解秽不可少。

陪奁你五块白石,

供在房顶最高处,

敬神不可少。

你俩离开天城后，

你俩离开天廷后，

不要回头看天城，

不要回头看天廷。

木姐你嫁到凡间后，

火塘边上莫唤狗，

畜圈不可敬白石神，

水缸里不能搓尿布，

板凳上切莫持虱子，

铜三脚⑧上不能烤尿布。

每年十月初一日，

是凡间的吉祥日，

是凡间的祭祀日。

那天天门一齐开，

阿爸我依门看凡间，

阿爸我可以看见你。

创业

木姐珠和燃比娃，

告别木比塔，

离开天廷，

木姐珠和燃比娃,
带着陪奁,
离开天城。

第一匹山梁刚走拢,
木姐珠想念阿爸了。
木姐珠回头看阿爸,
阿巴木比塔没看见,
看见的只是天廷的宫房。

第二匹山梁刚走拢,
木姐珠相念阿妈了,
木姐珠回头看阿妈,
阿妈的身影未看见,
看见的只是宫房的照楼。

第三匹山梁刚走拢,
木姐珠想念亲人了。
木姐珠回头看亲人,
亲人的面貌看亲人,
亲人的面貌没有看见,
看见的只是屋顶的白石。

木姐珠啊,

阿巴木比塔的嘱咐不该忘,

木姐珠啊,

不该回头看,

前头陪奁的千千子,

跑进了深山变野了;

后头陪奁的百百子⑨,

跟着木姐珠来到凡间。

木姐珠下到凡间,

燃比娃回到家乡。

背水和泥,

搬石砌墙,

首先盖住房。

住房是楼房,

建在悬岩边上。

楼下养牲畜,

中层人居住,

楼顶晒谷打粮。

房屋修好了,

居住安定了,

这下才把生产忙。

燃比娃挥镰砍火地,

燃比娃打火烧火地,

忙在山上，
木姐珠牧放羊群，
木姐珠驯养家畜，
心情如蜜糖。
木姐珠忙，
盼望子孙兴旺，
盼望五谷丰收，
盼望牲畜肥壮。

可是啊，
木姐珠大不该，
不该把阿爸的嘱咐遗忘；
燃比娃大不该，
不该把天神的嘱咐遗忘；
不该呀不该，
不该把荆棘种子撒在矮山上，
不该把杉树种子撒在高山坡，
不该把羊角花种子撒在山顶上，
不该把木香种子撒半岩。

错了，错了!
树木的种子撒错了，
荆棘的种子撒错了，
花的种子撒错了。

采集多不便，

人畜常受伤。

错了，错了，

木姐珠事后知错了。

为免日后出差错，

五块白石供在房顶上，

吉庆节目常祭祀，

请神敬神谢神恩。

讲唱者: 王治国 男 67岁 羌端公. 私塾 四年
采录者: 刘尚乐 李明 孟燕 周辉枝
翻译者: 汪友伦 男 42岁 羌 干部 中学
整理者: 李明 男 55岁 汉 教师 大学
流传地区: 四川省汶川县绵虒乡簇头寨
采录时间: 1987年3月。

注释:

① 木姐珠: 羌语译音，又称"底不阿木比亚"，燃比娃: 羌语音译，又称"低蒲士"。传说木姐珠非常美丽、聪明、办法和创造极多，且都流传了下来，羌人称木姐珠为开天辟地神。木姐珠与燃比娃是民族神先神。这是汶川县绵虒乡端公王治国所唱述的上坛经的一部主要经文。因经文甚长，整理时加了小标题。

② 毛铁: 即斧头。

③ 胡豆雀: 即麻雀。

④ 合: 音GE，旧时量粮食的器具，一升的十分之一。

⑤ 造: 音ca。四川方言, 掀的意思。

⑥ 干干子、百百子: 言陪奁牲畜之多。

⑦ 木香: 即柏树。羌人淬习惯燃柏枝作香, 用以求神解秽。柏树枝谓之木香。

⑧ 铜三脚(或铁三脚): 羌人火塘用以支锅的三脚架, 三脚各有一神, 一为火神, 一为男祖先神, 一为女祖先神, 如在上面烤尿布, 意为是亵渎神灵。

⑨ 传说马、牛、猪、驴、兔、狗、鸡、鸭, 是木姐珠与燃比娃结亲时, 木姐珠从天廷带到凡间的陪奁。变野了指的是阿巴木比塔陪奁给木姐珠的许多牲畜, 跑进了深山变成了野兽, 传说这就是野兽的起源。

迟①

出生不凡

有了天才有地，
有了地才有人，
有了人才有故事。

故事从哪里说起?
故事到哪里说完?
前头《支》这部唱完了②，
有九匹梁子九条沟那么长，
现在接着来说《迟》。

太阳周围有虹圈③，
迟的阿爸荷米多高兴，
迟的阿妈阿窝米多喜欢，
迟的阿妈生下迟。

迟出生在日兹所辖的如波④，

日兹如波育英雄，

日兹如波出英雄。

迟一岁在阿妈怀里，

阿妈怀里吃妈奶。

左奶吃一下，

右奶吃一下，

象打锤⑤的样子。

迟二岁依偎在阿爸怀里，

依偎在怀里吃拳头。

左手吃一下，

右手吃一下，

象练武的样子。

迟三岁在火塘边耍火钳，

这样举一下，

那样举一下，

象练劲的样子。

迟四岁帮母亲做饭，

帮淘米，

帮洗菜，

很懂事的样子。

迟五岁攀梯上房背，
背着背篼上房背。
背着柴块上房背，
象大人的样子。

迟六岁扬叉作武器，
刺过去，
刺过来，
象杀敌的样子。

迟七岁放牛放羊群，
草山上放，
草坪上放，
牛羊肥又壮。

迟八岁到坡上种青稞，
砍完火地种青稞，
烧完火地种青稞，
青稞穗大颗粒满。

迟九岁翻坡爬岩去砍柴，
坡垮他不怕，

岩滑⑥他不怕，
山陡他不怕。

迟十岁悄悄移界碑，
为拓宽边界移界碑，
为拓宽住地移界碑，
为拓宽山场移界碑。

迟十二岁时想应试，
诗作的好，
文作的好，
为了应试勤攻读。

迟十六岁学释比，
师傅专心教，
迟也日夜学，
精通三经⑦皂解卦。

起兵报仇

父亲遭残害，
母亲遭残害，

悲惨情景迟看在眼里了，
悲惨情景迟记在心上了。

迟八岁立志报父仇，
迟九岁发誓雪母恨，
日夜想着报父仇，
日夜想着雪母恨。

羊角花开过十六次了，
羊角花落过十六次了，
迟长成人了，
迟屯聚兵马要去报仇雪恨了。

大门前立起扫把，
用牛粪封住大门。
迟发兵到了日兹场⑧，
寨主易国没有劝他住，
兵马又南行。

迟的兵马来到汶山郡，
茂州羌城在眼前。
立地寨首俄巴基，
俄巴基下令要阻兵，
没有阻住迟人马，

浩浩荡荡到宗渠⑨。

宗渠寨首是熊家，
熊家下命令，
不准迟通过，
不准迟发兵。
只因手脚慢，
迟的兵马已过境。

迟的兵马到石鼓⑩
石鼓寨首岳家基，
不愿迟借道，
不愿迟通行。
命令刚发出，
迟的兵马早已通过，
迟的兵马早已远行。

迟率人马急行军，
兵马南下抵七溪(11)，
七溪是名地。
寨首于巴基，
劝慰迟收兵，
劝慰迟回去。
迟不听劝阻，

迟率兵马急离去。

人马到达文镇场，
寨首文家惊问迟:
"你为何发兵来?
是不是攻打文镇?
是不是我的敌军?"

迟赶忙解释，
迟赶忙说明:
"我的人马是过境，
不是打文镇，
要去打依多(12)，
要去雪仇恨。

文家未阻兵，
任迟去远征，
任迟去报仇，
任迟去雪恨。

迟在文镇场，
抬眼看四方。
看东方，
看西方，

看南方，
看北方，
江水寨前过，
木托寨(13)隔江望，
文镇不象羌寨，
文镇象汉街。

兵马离文镇，
兵马往前行(14)，
很快到蒲子。

蒲子是关隘，
蒲子是关卡，
蒲子很险要，
通过很不易。

寨首德博，
人的喧闹声听到了，
马的喧闹声听到了，
急忙来查看，
急忙来询问：
"兵马何处去？
为何不通禀？"

迟拍马迎上前，
回话很恭敬：
"兵马去依多。
为报父仇去依多，
为雪母恨去依多"。

德博挥手让通过，
兵马南入到柯萨(15)。
凿子基出面阻挡，
凿子基不准通行。

迟很着急，
迟很怄气，
迟带领兵马闯寨过，
迟扬鞭策马闯寨过。

太阳快要落山了，
太阳已经落山了，
迟已到沙窝(16)，
兵马到沙窝。

迟去会寨首，
说报父仇过沙窝，
说雪母恨去依多。

要借宿营地，
宿营在沙窝。

沙窝寨首表同情，
沙窝寨首很达理，
为迟安排宿营地，
为人马安排宿营地。

迟命兵士去拣柴，
迟命兵士去背水，
兵士去拣柴，
兵士去背水，
拣柴最多是黑莫基，
背水最多是白莫珠。

第二天，
天未亮的时候，
鸡未叫的时候，
迟的兵马又上路，
迟的兵马又启程。

迟的兵马多劳累，
爬过九匹坡，
翻过九条沟，

清晨走拢了茨巴寨。

寨首博立来见迟，
寨首博立盘问迟：
"你的兵马好几千，
几千兵马来我寨，
来到我寨干什么？"

迟悲痛极了，
迟流眼泪了，
迟流着泪水告寨首：
"为报父仇到依多，
为雪母恨到依多，
沿路各寨不干扰，
只是借道通过"。

博立寨首准通过，
兵马又启程，
兵马又动身，
爬了几匹山，
翻了几匹坡，
来到黑阿苏(17)。

兵马来到黑阿苏，

寨首克必想阻拦。

看见迟的兵马多，

看见迟的兵马壮，

没有打麻烦，

不敢打麻烦，

问明情由放通行。

迟的兵马赶路程，

迟的兵马往南行，

迟的兵马到达怀怀亚(18)，

寨首站在山坡上，

寨首站在石包上，

高声来问迟，

兵马去哪里?

迟的心悲痛，

迟的眼泪流，

迟挥泪告寨首:

"迟要去报仇，

迟要去雪恨，

为母去雪恨。

报仇去依多。

雪恨去依多"。

寨首同情迟，

挥手让通行。

迟的兵马摇着旗帜过山去，

迟的兵马呼着喊着过山去。

迟的兵马走拢柯杂场(19)，

寨首很罗嗦，

罗嗦地盘，

罗嗦地问，

盘问完了让通过，

盘问完了让前行。

迟的兵马走得急，

迟的兵马走得快，

兵马来到六谷多(20)，

迟的兵马到蛮城。

六谷多寨首很吃惊，

问迟带领兵马哪里去?!

问迟带兵到此为什么?!

迟很是痛心，

迟很是伤心，

迟流着泪水说，

迟咬着牙齿说:

"迟父遭残害,

迟母遭残杀,

为报父仇去依多,

为报母仇去依多"。

迟的兵马走拢川西坝,

迟的兵马到达国涅比亚街(21)。

寨首吉希惊诧了,

寨首吉希问迟了:

"你是敌人?

还是朋友?

若是敌人,

我就与你交战

交战决雌雄"。

迟回话答寨首,

迟回话说来由:

"你我没有仇,

你我没有恨。

没仇又没恨,

咋会带兵进攻!?

只因父的冤仇大,

只因母的冤仇大。
仇恨在心里，
仇在依多，
为了报仇打依多。

借路去打依多，
用不着戒备，
用不着多心，
用不着疑惑。

迟屯兵川西坝，
迟观看川西坝，
川西坝子宽，
川西坝子没有山，
川西坝子没有岩，
沟渠象蜘蛛网那么密，
人象夏天的山花那么多。

日兹不敢比，
如波不敢比。
三千人马算个啥?
三千人马能干啥?

迟的兵马屯在国涅比亚了，

寨首吉希不放心了。
他派人日夜加固城池，
他遣使日夜调集人马。

不久双方就交战，
不久双方就厮杀。
双方都有官兵战死，
双方都有官兵流血。

迟远道带兵来攻城，
人累了，
马累了，
箭少了，
粮缺了。
迟不敢久战了，
迟不便久战了，
迟见势不妙了，
迟急忙撤兵了。

回师如波

迟撤兵了，

兵回六谷多。
寨首领人在筑城，
兵士横枪挡道。

迟见情况不好，
迟见形势不妙，
带领人马忙冲杀，
带领人马忙奔逃。

蛮城的勇士冲杀出来了，
蛮城的马队冲杀过来了，
紧紧地追赶迟，
紧紧追赶不放松。

迟边打边退，
迟边退边打，
迟退到柯杂场。
人马撤到柯杂场。

柯杂场的城墙已筑好，
柯杂场的城墙已筑牢。
幸好城里未驻兵，
幸好寨首未布阵。

杨柳扁担城外靠，
根根扁担九拿手长。
萱麻草鞋挂在扁担上，
萱麻草鞋九卡长，
萱麻草鞋九寸厚。

迟看见了，
迟很惊讶。
这里住的什么人？
扁担九拿长！
草鞋九卡长！

若是阵上遇到他，
人会成泥，
身会成粉，
骨会破碎！

迟看过去看过去，
仔细看了；
迟想过去想过来，
仔细想了。

迟决定急忙撤兵，
迟命令急忙赶路。

马不停蹄忙赶路，
人不下鞍忙赶路。

人马到达怀比亚，
寨首拦马问话：
"此番兵马伐依多，
此番兵马打依多，
父仇可曾报？
母仇可曾报？"

迟心中在想，
心中暗暗想：
实话说不得，
实情露不得。

如是说实情，
如是露实情，
寨主要耻笑，
众人说无能。

迟坐马上大声说，
迟坐马上大声讲：
"小仗打过打大仗，
大仗打过打小仗，

依多人马有伤亡，
我的人马有死伤。
父仇已报了，
母仇已报了，
带领人马回家乡"。

说完即赶路，
回到黑阿苏，
黑阿苏的城墙已筑起，
黑阿苏的城墙高高立。

寨首克必起歹心，
寨首克必怀歹意，
设计要抓迟，
设计要害迟。

诡计实拙劣，
诡计又破露，
寨首无办法，
只好放迟通过。

迟的兵马走得快，
兵马快到蒲子关。
迟赶忙收住人马，

下一道命令:

"前面就是蒲子关,

蒲子关隘守得紧。

要想安全过此关,

只好悄悄过,

只好偷偷行,

谁都不准开腔,

谁都不准出声。

迟的命令严,

偷偷过了蒲子关。

迟的兵马快,

很快到七溪。

七溪寨首于巴基,

于巴基迎上前,

于巴基忙问迟:

"你的兵马壮,

兵马伐依多,

父仇可曾报?

母仇可曾报?"

迟惟恐露真情,

迟惟恐寨首起歹意,

迟从容镇静地回答：
"父仇已报了，
母仇已报了，
高高兴兴回来了，
唱着胜利歌回来了！"

离开七溪到茂州，
茂州无动静，
茂州很平静，
寨首很和气，
寨首很关心，
寨首问战情。

迟向寨首施礼，
迟叙述了争战的经过。
双方都有伤亡，
双方都洒了不少官兵血。

叙完便启程，
叙完忙赶路。
大队人马奔日兹，
迟的人马到日兹。

协台(22)在筑城，

协台听见兵马喧闹声，
协台看见迟的兵马到，
日兹协台设计要逮迟。

只因协台无本领，
只因协台无计谋，
只因协台的兵马胆子小，
只因协台的兵马不英勇。

杀过去杀过来，
没有战胜迟。
拦过去拦过来，
没有拦住迟。
逮过去逮过来，
没有逮住迟。

迟说着笑着回如波，
迟平平安安回如波。
迟高高兴兴地看到了如波，
迟高高兴兴地回到了家乡。

反抵家园

迟千山万水回到家乡，

迟千辛万苦回到家乡。

带兵远去打仗，

家乡变得荒凉。

门前的荆棘杂草多，

门前的荆棘杂草深，

迟命兵士砍荆棘，

迟命兵士扯杂草，

迟命兵士把地扫，

迟命兵士把封门的牛屎揭掉。

楼梯长满青苔，

屋内霉气熏人，

蜘蛛网到处挂满了，

床上的灰尘铺厚了，

迟忙着打扫，

兵士帮着打扫。

这次出征辛苦了，

官兵都辛苦了。

迟叫拿出九年的老猪膘(22)，

迟叫抬出九年的陈咂酒。
迟犒赏众兵士了，
迟慰劳众兵士了。

兵士们多多把咂酒吃了，
兵士们多多把猪膘吃了，
兵士们欢天喜地，
欢天喜地象作了梦一场。

虽然父仇没有报，
虽然母仇没有报，
迟为报仇尽了力，
迟为报仇费了心，
迟的心也平静了，
迟的心也安宁了！

心不再打依多了，
迟永不打依多了。
请释比来念经，
请喇嘛来念经，
请和尚来念经。
念经敬菩萨，
岩上架溜索(桥)。
要与依多交朋友，

生意一起做。

迟这部经唱完了，

主人家屋头请迟来，

主人家屋头送走迟。

迟走了，

病人也会好起来，

迟不在了，

邪秽同样不敢来。

请迟是今天，

送迟是今天，

把迟送走了，

有我端公菩萨在。

讲唱者: 王海云 男 68岁 羌 释比 私塾二年
采录者: 刘尚乐 李明 孟燕 周辉枝
整理埂: 李明男 55岁 汉 教师 大学
翻译者: 汪友伦 男 42岁 干部 中学
流传地区: 汶川县绵箎乡和平村。
采录时间: 1987年3月。

注释:
① 迟: 即《迟吉嘎布》，"迟"是释比经中的称谓。

② 汶川县绵虎乡和平村王海云所唱的释比下坛经中的一部。羌人患病以为

是交恶运, 须请释比治病, 释比即唱此经, 祈求留好运, 去恶运。

③ 太阳周围有彩虹状的圆圈, 指迟的阿妈怀孕了。

④ 日兹: 羌语译音, 即阿坝州松潘县; 如波: 羌语音译, 在松潘县境内, 今为何地, 待考。

⑤ 打锤: 四川方言, 即打架。

⑥ 垮: 四川方言, 即垮塌之意。

⑦ 三经: 指释比(或许汉语称端公)的上坛经、中坛经下坛经。

⑧ 日兹场: 即今松潘。传说当时松潘尚未建城, 仅有类似小街的村寨, 谓日兹场。

⑨ 宗渠: 地名, 在今茂县城南十五里处。

⑩ 石鼓: 地名, 即今茂县石鼓乡。传说这里当时有类似街的村寨。

⑪ 七溪: 地名, 即今七星关, 在今茂县城南四十五里处的南兴乡。

⑫ 依多: 即成都。此称呼来自古汉语。两汉之际成都称盆都。依多乃汉语盆都之音变。

⑬ 木托寨: 地名。在今茂县南兴乡, 系一羌寨, 与老文镇隔江相望。

⑭ 蒲子: 地名。在汶川县雁门乡, 即雁门关, 当时关隘处有羌寨。

⑮ 柯萨: 地名。即今汶川县城古城威州所在地。传说当时尚无威州城, 仅有类似小街的寨子, 称柯萨场。

⑯ 沙窝: 地名。今汶川县城南数里处。

⑰ 黑阿苏: 即古汶川, 县治在的古绵虒镇, 即今汶川绵虒乡。

⑱ 怀怀亚: 地名, 即娘子岭, 距今汶川与灌县不远, 属汶川县所辖。

⑲ 柯杂: 地名, 今灌县龙溪, 是个类似寨子的街子, 故名柯杂场。

⑳ 六谷多: 地名, 即今灌县城, 传说当时灌县已有城, 城西关称蛮城。

㉑ 国涅比亚街: 地名, 即今郫县城关, 传说当时尚无城镇, 只有类似村寨的

街子, 故名国涅比亚街。

㉒ 协台: 官名。传说当时松潘地方为协台镇主。据考, 协台为清代官名, 当时是否在松潘设官, 以无从确考。按传说推测, 松潘当时属汶山郡, 不可能设立什么协台镇。

㉓ 九年的老猪膘: 九年前的猪肉都还未吃完, 借以表示富有, 非实指。

[附记]

汶川县绵虒乡和平村端公所唱述的这部经, 称《迟》, 是下坛经之一部。汶川县雁门乡袁祯祺老先生唱此经, 称《赤吉格布》或《泽吉嘎布》或《缔吉格补》, 系中坛经之一部。解放前羌人打保护时, 端公唱此经以解秽。"迟"或"赤吉"、"泽吉"、"迟吉""缔吉"是人名, "格布"、"嘎布"、"格补", 均意为孤儿。迟吉嘎布为羌人传说中的英雄, 为报父母之仇曾率兵攻打成都中, 战败归里。有的经文说双方谈判结束战争, 从此双方团结, 有喜忧事互相通往, 共同修桥修路, 互通贸易。经文反映羌族尊敬民族英雄。端公唱其事迹, 用以驱邪解秽。

（一）

有了天才有地，

有了地才有人，

有人才有故事。

端公我今天要说，

不敢东说西说；

有什么就说什么，

有什么就唱什么，

有什么事就念什么经。

《支》这部经送走了，

《迟》这部经跟着来；

《勒尔》这部跟着来。

《勒尔》这部经，

象走九匹山九条沟的道那么长；

《勒尔》这部经，

要唱九匹山九条沟那么长。

勒尔的父亲,
父亲百合米①;
勒尔的母亲,
母亲阿窝米②。

勒尔的父亲,
勒尔的母亲,
生下勒尔了,
哺养勒尔了。

一年长一岁,
两年长两岁,
苹果树开了十八次花,
苹果树结了十八次果,
勒尔已满十八岁了。

勒尔很聪明,
勒尔很能干,
勒尔扮官象官,
勒尔扮端公象端公。

(二)

勒尔学木匠，
学得很精通。
勒尔出师后，
天神请勒尔，
天城修天宫。

勒尔去天城，
勒尔修天宫，
木匠家具背兜装，
五十五样家具背兜装。

斧头腰上挂，
火镰腰上带，
草鞋穿一双，
拿一支烟杆。

鸡未叫的时候，
天未亮的时候，
勒尔出了门，
勒尔上了路。

勒尔走过一条沟，

勒尔翻过一匹坡，
勒尔看见杉木林了，
勒尔走拢杉木林了。

勒尔这小伙子，
挽起左手的袖子，
挽起右手的袖子，
挽起袖子要干活。

勒尔转过去，
勒尔转过来，
转来转去看树子。

勒尔看过去，
勒尔看过来，
看来看去选树子。

有千千子杉树，
有万万子杉树，
有的长弯了，
弯树他不要。

有千千子杉木树，
有万万子杉木树

有的丫丫多，
丫丫多的他不要。

勒尔选木料，
只选端的③；
勒尔砍木料，
只砍端的。

勒尔挥斧头，
挥斧砍杉木，
砍过去砍过来，
杉木砍倒了。

朝下倒的树④他说不好，
他不要；
朝上倒的树⑤他说好，
他要了。

勒尔把金墨斗拿出来，
墨斗弹墨线，
弹过去弹过来。
墨线弹得端。

勒尔把银尺子拿出来，

尺子印木料，
印过去印过来，
木料端又好。

木料要搬下山，
木料要送上天，
喊来许多人手，
你来我往争着搬。

每人一根抬杠，
抬扛拗木料，
拗过去拗过来，
咿哩哇啦一阵喊，
杉树梭到了半山。

人多好干活，
心齐力量大。
半山腰上拗木料，
咿哩哇啦一阵喊，
杉木拗到了山脚。

千千子树，
拗下来了，
万万子树，

拗下来了。

倒树轰轰轰,
滚树轰轰轰,
惊动了地府的阎君,
惹恼了地府的阎君:
"这木料是哪个砍的?
砍得这样好!
这木料是哪个放的?
放得这样好。

等他天宫修好后,
命他修地府,
现在而今仅⑦他去,
不要把他打扰"。

勒尔修天宫,
做工很精细,
白天夜晚连着干,
不久就完工。

（三）

勒尔收拾家具，

收拾家具下凡间，

勒尔离开天宫，

离开天宫到家中。

这一天，

鸡刚叫，

天刚亮，

勒布比⑧到家中，

对勒尔的妈妈。

把来意说明：

"尔加布⑨要修房子，

尔加布要修宫廷，

叫你的勒尔到那里去，

到那里去修房子，

到那里去修宫廷。"

听说叫勒尔去地府，

勒尔的妈妈心中不安逸，

勒尔的妈妈心中不安宁。

勒尔的妈妈说：

"我们的勒尔不得空，

我们的勒尔搞不赢，
不得空去地府，
不得空去修宫廷。

勒布比赶忙问：
"你们的勒尔不得空，
你们的勒尔搞不赢，
你们的勒尔忙啥子?
你们的勒尔在哪里?"

勒尔的妈妈说：
"九匹梁子上去了，
九匹坡去了，
放牛的草山放牛去了，
放牛的草山吆牛去了"。

勒布比跟着去九匹坡，
勒布比跟着去草山。
勒布比九匹梁子上去找了，
没有找见勒尔。
勒布比放牛的地方去找了，
没有找见勒尔。

勒布比对勒尔的妈妈说：

"九匹梁子上去找了，
没有找到你的勒尔，
九匹坡去找了，
没有找见你的勒尔。
你的勒尔到底哪里去了?
你的勒尔到底干啥子去了?"

勒尔的妈妈说:
"九条沟去了，
海子边去了，
九条沟放羊去了，
海子边吆羊去了"。

勒布比跟着就去九条沟，
跟着就去海子边。
勒布比九条沟去找了，
没有找见勒尔。
勒布比海子边去找了，
没有找见勒尔。

勒尔比对勒尔的妈妈说:
"九条沟去找了，
没有找见你的勒尔;
海子边去找了，

没有找见你的勒尔。
你的勒尔到底哪里去了?
你的勒尔到底干啥子去了?"

勒尔的妈妈说:
"珍珠泉去了,
绿草坪去了,
珍珠泉放绵羊去了,
绿草坪吆绵羊去了"。

勒布比跟着就去珍珠泉,
跟着就去绿草坪。
勒布比珍珠泉去找了,
没有找见勒尔;

勒布比绿草坪去找了,
没有找见勒尔。
勒尔比对勒尔的妈妈说:
"珍珠泉去找了,
没有找见你的勒尔;
绿草坪去找了,
没有找见你的勒尔。
你的勒尔到底哪里去了?
你的勒尔到底干啥子去了?"

勒尔的妈妈说:

"老林里去了,

密林里去了,

老林里放狗去了,

密林里撵山去了"。

勒布比跟着就向老林去,

跟着就向密林去。

勒布比老林去找了,

没有找见勒尔;

勒布比密林去找了,

没有找见勒尔。

勒布比对勒尔的妈妈说:

"老林去找了,

没有找见你的勒尔;

密林去找了,

没有找见你的勒尔。

你的勒尔到底哪里去了?

你的勒尔到底干啥子去了?"

勒尔的妈妈说:

"龙溪垭去了,

垭口上去了。

龙溪垭放猪去了,
垭口上吆猪去了"。

勒布比跟着就去龙溪垭,
跟着就去垭口上。
勒布比龙溪垭去找了,
没有找见勒尔,
勒布比垭口上去找了,
没有找见勒尔。

勒布比对勒尔的妈妈说:
"龙溪垭去找了,
没有找见你的勒尔;
垭口上去找了,
没有找见你的勒尔。
你的勒尔到底哪里去了?
你的勒尔到底干啥子去了?"

勒尔的妈妈说:
"到贝母山去了,
到月亮岩去了。
贝母山挖药去了,
月亮岩挖药去了"。

勒布比跟着就去贝母山，
跟着就去月亮岩。

勒布比贝母山去找了，
没有找见勒尔；
没有找见勒尔。

勒布比知道了
知道勒尔的妈妈在说假话。
勒布比醒悟了，
知道自己上了当。

勒布比对勒尔的妈妈说：
"你的勒尔找到了，
你的勒尔会见了，
你的勒尔说：
锯子在柱头上挂着，
推刨在柜子底下放着，
锛子在柜子底下放着，
磨刀石在屋门口放着。

木匠的家具一起交给我，
一起装背兜里交给我，
你的勒尔答应跟我去，

到尔加布去修房子，
到尔加布去修宫廷。

勒尔的妈妈说：
“我们的勒尔不得空，
我们的勒尔搞不赢，
尔加布修房子不能去，
尔加布修宫廷不能去！”

勒布比很不满，
勒布比很怄气。
勒布比发气说：
“尔加布修宫廷，
你们的勒尔就不得空；
天廷修宫廷，
你们的勒尔忙不赢。

我不懂，
这是为啥子!?
我不懂，
这是啥原因。

勒尔的父亲，
勒尔的母亲，

说也说了，

讲也讲了，

看样子，

勒尔不去是不得行了。

(四)

勒尔的妈妈很担忧，

勒尔的妈妈很怄气。

把锯子给了勒布比，

把金墨斗给了勒布比，

把锛子给了勒布比，

把磨刀石给了勒布比，

把推刨给了勒布比。

勒布比，

五十五样木匠家具背兜里装，

勒布比，

五十五样家具背到地府去。

勒尔回家来了，

勒尔全知道了。

木匠家具都被勒布比背走了，

不去尔加布不行了，
不去修地府不行了。

勒尔不想去尔加布，
勒尔不愿去尔加布。
拖一天，
拖两天，
十天过去了，
半月过去了！

这一天，
勒尔对父亲说，
勒尔对母亲说:
"我的父亲，
我的母亲，
木匠家具都被勒布此背走了，
你们的勒尔，
不去不行了。

由不得你們的勒尔了，
由不得你们独儿了。
你们的勒尔，
我只好到尔加布去了。

我的父亲，

我的母亲，

你们千嘱咐万叮咛，

告诉我的尔加布修房子，

要从里头修出来，

不要从外头往里修。

你们的勒尔，

记在心中了。

你们的勒尔，

永不会忘记。

勒尔告别父亲走了，

勒尔告别母亲走了，

一步一回头地走了，

流着泪水走了。

一年过去了，

两年过去了，

三年还不见勒尔回来。

勒尔的父亲，

勒尔的母亲，

想念勒尔了，

担心勒尔了。

勒尔的父亲,

勒尔的母亲,

心头焦急了,

心头不安了,

到处去打听,

看见哪个问哪个。

看见点水雀,

就问点水雀:

"点水雀,

永远长不大的点水雀,

你在到处飞,

你在到处耍,

你看到我的勒尔没有?"

点水雀回答说:

"你们的勒尔我看见了,

你们的勒尔在地府修房子。

从外头往里修的地方有他,

从里头往外修的地方没有他"。

勒尔的父亲,

勒尔的母亲,

知道事情不妙,

知道事情拐⑩了。

他们伤心地哭了，
伤心地哭勒尔了，
伤心地哭独儿了，
眼睛都哭红了。

勒尔的父亲，
勒尔的母亲，
主意找错了，
办法想错了。

太阳晒三天，
就干得不得了；
下三天大雨，
就滑得不得了。

勒尔的父亲，
勒尔的母亲，
请了个猴子，
去打听勒尔的下落，
请猴子到地府去，
打听勒尔的下落。

猴子东跳西跳，
猴子东翻西翻(11)，

翻到了尔加布，
翻到了地府。

猴子去敲地府的门，
猴子去喊地府的门。
勒布比问是哪一个？
勒布比问是鬼还是神？

猴子说也说了，
猴子讲也讲了：
"我既是神，
我又是鬼"。
勒布比又问猴子，
你做啥子得行？(有啥本领)
猴子说：
"天晴的时候，
我能叫天空起白云，
我能叫天空起黑云，
我能叫天空扯火闪，
我能叫天空起雷声，
我能叫天空下大雨"。

猴子说声：
"起白云！"

猴子撕开白羊毛，
在门缝前晃动，
勒布比从门缝里看过去，
"天空硬是起白云!"

猴子说声:
"起黑云!"
猴子撕开黑羊毛，
在门缝门晃动。
勒布比从门缝里看过来，
"天空硬是起黑云!"

猴子说声:
"扯火闪!"
猴子用火镰打火石，
火星闪闪亮，
勒布比从门缝里看过来，
"天空硬是在扯火闪?"

猴子说声:
"快打雷!"
猴子赶忙推磨子，
磨子转动轰轰响。
轰轰响声象雷鸣，

勒布比在门后听到，
"硬是天上响雷声！"

猴子说声：
"快下雨！"
猴子赶忙把水洒，
勒布比从门缝里看过来，
"天空硬是在下雨！"

勒布比向猴子说了几句悄悄话，
猴子东跳西跳，
猴子东翻西翻，
几个筋斗回凡间。

猴子流着泪水，
告诉勒尔的父母：
"菜子一合(12)撒出去，
无法收回了，
你们的勒尔到地府，
不能回来了！"

勒尔的父亲，
勒尔的母亲，
在抬丧的路上，

路上遇见喜鹊，
喜鹊喳喳喳地对他们说：
"你们的勒尔，
到地府去修宫廷，
不能回来了，
你们不要盼了，
你们不要等了！"

（五）

勒尔的父亲，
勒尔的母亲，
流着泪水请端公，
流着泪水请来了端公。

请端公想好办法，
请端公出好主意，
请端公为勒尔招魂，
请端公为勒尔除黑。

端公有好办法，
端公有好主意。

端公叫勒尔的父母这样做:

早先抬丧的道上,

放上银子的升子。

早先抬丧的路上,

放上银子的斗。

一尺白布,

盖在上面。

一尺黑布,

盖在上面。

敬茶, 敬酒。

勒尔父母家的门前,

一块石碑上,

刻有一个吞口(13),

好的不敢来,

坏的不敢来。

招财的时候,

吞口不在,

说孬话的时候,

吞口在了。

吞口不在时,

好的主意出了,

好的办法说了。

吞口在的时候,

好的主意没有出，
好的办法没有说。

勒尔的父亲，
勒尔的母亲，
在角角神面前，
在管人的神的面前，
祈求吉祥如意的话说了，
祈求吉祥如意的话讲了。
吉祥会降给勒尔的父母，
如意会降给勒尔的父母。

今后，
勒尔的父亲，
勒尔的母亲，
任随走到哪方，
菩萨都在哪方保佑他们；
给全寨人带来吉祥如意，
给亲朋好友带来吉祥如意。

勒尔我送了，
得病的病没得了，
要死的死没得了。
吉祥如意，

我招回来了。

天上所有的神，

我都请了。

给全寨人带来吉祥如意，

给家门房族带来吉祥如意。

讲唱者: 王海云 男 42岁 羌 释比 小学
采录者: 刘尚乐 李明 孟燕 周辉枝
翻译者: 汪友伦 男 42岁 羌 干部 中学
整理者: 李明男 55岁 汉 教师 大学
流传地区: 四川省汶川县绵篪乡羌锋大队。
采录时间: 1987年3月。

注释:
①、② 百合米、阿窝米、均系人名。
③ 端的: 四川方言, 即直的。
④ 朝上倒: 指树梢朝山顶倒的树。
⑤ 朝下倒: 指树梢朝山脚倒的树。
⑥ 印: 四川方言, 即量的意思。
⑦ 四川方言, "让"之意, "仅他去"即"让他去, 不要管他"。
⑧ 勒布比: 是阎王派来的使者。
⑨ 尔加布: 指传说中的地府。
⑩ 拐: 四川方言, 坏了的意思。
⑪ 指翻筋斗。
⑫ 合: 容量单位, 一升的十分之。旧时量粮食的器具。
⑬ 吞口: 传说吃恶鬼的善鬼, 四川呼为"吞口儿"。

[附记]

《勒尔》或《尔》, 是汶川县绵虒乡释比王海云所唱诵的下坛经之一部。羌人发生偶然性死亡时, 端公作法, 唱诵此经。

因为唱词很长, 采录者把它分成了几个大段。

招魂除黑: 羌人认为凶死者是其灵魂被恶鬼掠去, 死后不能再转生为人, 常为村寨甚至家庭之患。所以凶死者死后, 其家人须请释比作法念经, 将其灵魂从恶鬼群中抢出, 招至坟山上去, 死者乃得转世为人, 不致危害村寨和家庭。请释比此法事, 谓之"招魂除黑"。

石纽投胎

在这良辰佳节里
在这吉运高照时
释比我要诵唱经
诵唱先祖大禹根
诵唱先祖大禹源
先祖圣禹生羌地
羌人大禹名传播
他的好事说不完
好事多如天上星
他的故事说不完
犹如凡间之沙石
好事从何人说起
好事从大禹说起
大禹故事从何讲
故事是从何地起

故事起源在天界

天界最大木比塔

掌管天界和众神

众神之中有二位

一个是那管水神

一个是那管火神

两神都是急性子

火神水神是冤家

他们见面就吵架

真是水火不相容

两神天上吵不休

争论谁的本事大

争论谁的本领强

水神争先抢着说

天下不能没有水

要是凡间没有水

万物枯死不复存

坚硬石头要裂开

毫不示弱火神道

天下不能无火光

要是凡间无火光

世间万物不生长

巍峨大山要腐烂

两神越吵越厉害

谁也不服谁的气

最后干脆动干戈

火神拿上金龙枪

金枪舞动冒金光

水神举起银牙刀

银刀舞动冒银光

两神从天打到地

两神从地斗到天

从山巅战到山底

从地面战到地下

苦战二十一天整

杀得天昏地又暗

天地一时难分辨

火神金枪被刺钝

金枪变成长局担

水神银刀也砍钝

银刀刀身成月牙

难分两神谁胜负

扔掉手中刀和枪

同意凡间决胜负

两神飞身来凡间

正是羌人居住地

炊烟袅袅人烟织

牛壮羊肥遍山坡

羌人生活好安乐
青山绿水景象新
两神来到羌人地
火神拿起鹅卵石
水神拿起大泥坨
从东方打到西方
从西方打到东方
从早晨打到晚上
从夜晚打到天亮
拼杀了四十九天
地上石块打尽了
地上泥块已打完
把好端端的羌地
打得个一塌糊涂
水神渐渐力不支
行动迟缓已无力
石块飞来无法躲
最终战败伤了身
只得落荒而速跑
逃到草地不敢歇
逃到莽林不敢躲
害怕火神烧莽林
左思右想跑山巅
躲在山尖崖缝处

岩缝养伤把事想
想来想去怪羌地
羌地泥块不坚硬
羌人泥块不经打
自己战败怪泥块
自身受伤怪泥块
水神越想越气愤
既然泥块污我名
既然泥块害我身
我拿羌地把气出
我叫羌人把苦受
水神像脱缰野马
水神像瞎眼野牛
水神像疯狂猎狗
朝东方向去乱撞
朝西方向去瞎撞
跑到哪里撞到哪
施展浑身之法术
处处洪水始泛滥
一片汪洋淹羌地
洪水淹没了庄稼
洪水淹没了田地
洪水淹没了寨房
洪水冲走了牛羊

羌人失去居住地
可怜扶老又携幼
有的岩洞把身藏
有的像鸟筑巢住
有的活活被淹死
毒花恶草四处长
凶禽猛兽四处游
羌人死于饥饿中
羌人丧生野兽口
羌人死亡数不清
羌人灾难道不完
真是神仙来打仗
凡间羌人遭了殃
话说天神木比塔
知晓两神闻大祸
木比下令四天将
捉来水神关天牢
再拿火神同关押
神台压住两罪神
两神吓得汗直流
各自懊悔泪满面
只因我俩好争强
造成凡人受苦难
两神认识了错误

愿意接受天戒条
天神木比严声道
两神罪责不可饶
凡人之地去争斗
天下凡民受磨难
不惩难慰诸位神
不罚难解民怨愤
下旨免去神职位
永远不得离天界
告诫两神时记牢
无私奉献帮凡民
贡献温暖和甘露
天神心间挂民众
眼见大地凄惨状
洪水泛滥猖獗流
心急如焚坐不安
迅速召集众神灵
商议如何帮民众
智多神灵敬拜道
凡间大地无限多
滔滔洪水四处流
虽然我们有神通
根治洪水难断根
根不治断洪水流

洪水卷来害凡民
我们诸神成罪人
要使洪水治断根
挑选一神降凡间
投胎凡人寻水根
率领民众治洪水
众神推荐出龙神
只因龙神能吃苦
只因龙神有善心
龙神听后深感动
感谢诸神信任他
乐意下凡去人间
牺牲自我为凡民
完成天神的宏愿
龙神投胎吉运日
选择羌人石纽地
石纽住有一夫妻
吃苦耐劳做庄稼
夫妻膝下无儿女
时时盼望得子女
妻子这日做庄稼
石纽上空祥云飘
祥云金光四射照
比羊角花更绚丽

像宝石一样耀眼
眨眼落下白石头
白石触地地摇动
妻子肚子有振动
犹如怀孕儿在动
急忙回家告诉夫
丈夫听后很惊喜
夫妻跪拜谢天神
原来此事全真实
龙神投胎已成功
只等出世造福人
从此洪水有人治

出世不凡

石纽羌地好地方
山清水秀好景致
天界神仙常来游
流连忘返念不舍
龙神投胎石纽地
转眼已是十余载
羌家妇女怀十年

怀胎受难经波折

没有饭吃吃野果

没有羹喝喝泉水

吃尽石纽山野果

喝尽石纽山泉水

怀胎十年多艰辛

怀胎十年多不易

阿巴木比看在眼

心生敬重和感动

投胎转世已告成

只等吉日来出世

指令花仙羊角神

前往石纽细察看

羊角花神不敢误

飞身来到石纽地

羌家妇女忙劳作

忽感肚里实疼痛

慢慢倚靠田坎歇

腹中疼痛绞心窝

豆大汗珠脸上冒

预感产仔临此时

只叹丈夫不在旁

着急之时变昏迷

羊角花神看在眼

急忙变成一老妪

飞身扶起忙回家

羊角花香送鼻中

羌家妇女醒过来

腹里疼痛更剧烈

痛苦呻吟声不断

三天三夜受煎熬

这日拂晓雄鸡鸣

天地四方红灿烂

东方闪动一流星

羌家妇女一惊叫

生下满身血斑儿

男婴落地哇哇哭

声音响亮又清脆

哭声惊动了天神

天神动容降雨水

三天三夜降润雨

石纽满山羊角花

哭声惊动土地神

神灵动容给灵气

灵气缠绕众山峰

石纽群山有生机

羌家夫妻得贵子

男女老少四面来

踏歌跳舞齐欢唱
欢娱作乐笑开颜
祭拜天神谢天恩
贵子生时雄鸡鸣
雄鸡鸣啼来世间
父母取名叫禹基
羌人尊称为大禹
他生来神奇灵异
襁褓之中能言语
三天之后能交谈
三个月就会走路
三岁长成大小伙
大禹相貌实在俊
脸盘轮廓像雕刻
眉毛黑黑像箭铁
瞳眼明亮像星星
鼻子挺拔像山梁
嘴唇厚厚像山脉
身材大山样强壮
双臂像红松样壮
双脚健壮如铁针
大禹本领实高超
腾云驾雾能上天
飞上天去能摘星

大禹他聪明通达
他能预测天上事
他能明理凡间事
天空飞鸟顺从他
地上走兽跟随他
他的智慧无穷大
他的心胸比海宽
洪水滔天盖大地
洪水不断根心不甘
誓要为民除水害
誓与羌人同甘苦
地上有啥之怪物
天上就有啥神治
大禹来到了人间
洪水妖怪末日到
往日威风耍不了
治得洪水来灌溉
五谷丰登堆满仓
凡间民众有温饱

涂山联姻

大禹来到凡间地
正是洪水泛滥时
洪水淹没了田地
洪水冲塌了房屋
没有了田地房屋
羌民无粮来充饥
羌民无房来栖身
四处逃散命难保
妻离子散痛心间
大禹看见心着急
大禹看后心难受
体内热血像沸腾
暗暗发誓治洪水
洪水不治心不甘
决心要为民除害
治得洪水佑人类
大禹召集众羌民
细细讲明治洪水
洪水虽然在泛滥
只要齐心可治理
号召大家去山岭
砍回青冈树备用

羌民砍回青冈柴
背回树木千千根
背回枝叶万万堆
大禹看后真高兴
治理洪水心急切
吩咐大家削树杆
树杆削尖待备用
吩咐大家烧枝叶
枝叶烧灰待备用
大禹带领众羌民
扛杂树杆插水中
鹅卵石片砌水中
不等树杆插立完
洪水淹没了树杆
取杂树灰堵冒水
这边堵住那边冒
那边堵住这边流
四面冒水撩不住
洪水依旧滚滚流
大禹看后连叹息
羌民看见心意灰
大禹心急如刀绞
洪水为何治不了
坐卧不安难入眠

天天察看洪水流

想来想去方明白

原来洪水无通道

乱碰乱撞似野牛

狂奔乱跑像野马

大禹暗暗下决心

定要弄清其原因

前去请教百岁老

百岁老人告诉道

石纽山峰正对面

有座山峰名涂山

涂山山高又险峻

站立山尖能望远

能见很远的流水

能见很远的水路

涂山山中有贵人

遇见贵人有缘分

遇见贵人有福气

贵人助您事必成

大禹相信老人话

急忙上路向涂山

此时正是阳春月

桃李开花四处艳

阳雀鸣叫响山间

大禹无心看美景
越过一条条水流
翻过一座座高山
忘记疲劳和饥饿
历经艰辛和困苦
终于登上涂山顶
流水重山在眼下
条条流水水路明
大禹记了山与水
山脉水路记心间
大禹记住往回走
走至涂山半腰时
听见有人吹羌笛
羌笛悠悠林间传
大禹好奇忙探看
定睛一看大惊讶
美貌若仙羌家女
她的眼睛亮如星
她的脸蛋赛桃花
头戴雪白绣花帕
身穿绣花长彩衣
正在专心吹羌笛
身边鸟儿和野兽
竖起耳朵听羌笛

身前有块白石包

上有一张羊皮图

图上画的是线路

大禹看后无心留

正要转身赶路程

没想羌女先说话

偷听笛子正是您

不说也知是大禹

大禹上前答礼道

您为何知道我的名

美丽羌女告诉道

我已等您好几月

大禹听完更奇怪

您等待我有何事

美丽羌女告诉道

天下洪水成灾难

百姓苦难深重重

天神术比托梦我

石纽有位叫大禹

治理洪水是能手

要来涂山看水路

返回路时过此处

叮嘱在此等候您

传您涂山祖传图

三江九水送给您
说罢将图拿起来
双手捧起给大禹
大禹接后深感激
恍悟贵人就是她
询问姑娘的姓名
姑娘害羞回答道
我家就住涂山地
人们叫我涂山氏
两人话语说不完
治理洪水共商议
情投意合两情愿
时遇此时吉祥日
拜天拜地拜涂山
圣洁白石作见证
一同治理洪水怪
涂山联姻成佳话

背岭导江

大禹打开羊皮图
认真察看水路位

仔细研究羊皮图

三江九水都查清

要想洪水治断根

开山引路出山地

滔滔洪水导入海

大禹要往高处走

察看山势和山形

开了那山有水路

告别妻子要上路

为让大禹早上山

为使大禹行路快

涂山氏绣五彩线

大禹鞋上绣彩云

彩云绣在鞋帮上

登上彩鞋行如飞

跋山涉水任自由

云云鞋儿由此来

大禹历经苦和难

口渴山泉来解渴

攀摘野果以充饥

千座山峰已越过

万条江河已趟过

终于来到岷江源

岷江源地陡山险

高大山岭重叠嶂

群岭阻挡无水路

每年八月是秋雨

秋雨连绵是雨季

山洪像羊群下山

千沟万壑发洪水

全部涌进崛江内

洪水挡在深山内

不能顺利流出去

山前房屋被水淹

山外土地宽又平

大山阻水水不流

水田干得裂开口

百姓吃水更困难

水比菜油还金贵

大禹来到崛江边

仔细观察山和水

分析江河和水路

认为只有移群山

才使山前无水灾

解去山外之干旱

大禹决心移群山

要给百姓谋幸福

移山吉日已掐算

传遍羌寨户户家

九沟九寨都知晓

良辰吉日皆盼望

大禹来到岷江边

各寨羌民来相助

顿时江边人山涌

大禹静静站江边

手无劈山的斧头

身边没有大力士

两手空空立江边

两眼平视看前方

想到洪水冲田宅

想到洪水害羌民

热血沸腾涌全身

大禹甩开铁肩膀

蹬起铁柱八字脚

朝着日出的东方

深深吸了一口气

然后伸开铁臂膀

反手铁臂抠大山

抠住大山一声吼

吼声滚滚震天地

只听轰隆一声响

就像天柱断了根

灰尘满天遮太阳
就像烧锅水沸腾
霎时天地难分清
九天九夜尘雾散
艳阳高照睛朗朗
只见阻水群山峰
座座山峰移两旁
原来大禹把山背
座座背起摔江边
人们欢跳皮鼓舞
载歌载舞人欢乐
百姓感激大禹恩
世世代代永传颂
自此岷江多畅流
浩浩荡荡奔大海
百姓不怕洪水灾
百姓不怕天干旱

化猪拱山

英雄大禹背山岭
事迹感动众百姓

歌功颂德赞大禹

治理洪水立大功

只为百姓能安康

话说禹妻涂山氏

常年挂念大禹来

大禹出门治洪水

成天忙东又忙西

背岭导江日夜忙

九年三次过家门

洪水不治不入门

深深感动涂山氏

暗下决心助大禹

开山导流治洪水

涂山氏新求天神

请求天神木比塔

传我法力治洪水

木比听后深感动

愿意帮她了心愿

只因涂山女人身

传授法力无威力

愿传动物变身法

变得一头神威猪

点化神猪有神威

拱山移山是能手

涂山听完谢木比
每天黑夜到来时
变成偌大一神猪
悄悄来到大山下
坚硬鼻头拱山岭
山岭座座被推平
开山导水水流走
鸡鸣之时才回家
大禹背山引水路
发现阻水的大山
被谁推平了许多
发现岩上有毛发
发现岩上有血迹
大禹感到很奇怪
决定察看弄明白
以便登门去拜谢
既然白天无踪影
那么夜晚会现身
大禹等到天黑时
趁着月色来江边
只见堵水的大山
正在渐渐往下垮
消沉水中被淹没
洪水流向缺口处

波涛滚滚流出去
大禹睁大眼睛看
泥涛之中有一物
一头神猪如小山
浑身沾满稀泥水
埋头正在拱山岭
大禹心中多感激
正要上前致谢意
哪知神猪被惊动
回头看见大禹来
就想夺路往回逃
却被大禹逮住了
现了原形是涂山
涂山觉得已露相
觉得自身太丑陋
无脸见到丈夫面
转过身体化神猪
沿江向西狂奔去
跑到西边荒凉地
丛林深涧化山峰
涂山为禹把山拱
涂山为民来造福
百姓为了纪念她
从此地名涂禹山

功德永垂

释比我来掐算过

掐算今天是吉日

吉祥之日颂大禹

颂唱大禹是神灵

您是凡人大救星

您像红日当空照

普照万物有生机

您像星星映凡间

您像圆月照凡民

日月融在您身上

苍天大地您顺从

投生凡间为百姓

驱除洪魔世安宁

搬掉无数的山岭

九沟之水顺江流

岷江两岸住羌民

雷雨交加不用怕

洪水汇江归海流

从此旱涝民不怕

江水溉田粮丰收

五谷丰登粮满仓

凡民百姓多欢畅

弟子释比在今天
唱颂禹经已到此
敬禹仪式快结束
美酒拿来敬大禹
不敬大禹不敢吃
刀头献上敬大禹
五谷香馍敬大禹
您为凡民受苦累
苦有功劳累有绩
凡民永远记心间
子孙后代永不忘
治水精神代代传
治水功德代代颂
您是百姓永恒魂
世世代代敬奉您

편역자 소개

허련화(許蓮花)

1970년 중국 지린성(吉林省) 룽징시(龙井市)에서 출생. 연변대학교 조문학부 학사, 석사, 서울대학교 국문학 박사. 현재 서남민족대학교 한국어학과 부교수이다. 중국한국(조선)어교육연구학회 상무이사, 중국외국문학연구학회 조선-한국문학연구분회 이사를 역임했으며 저서『김동리 소설 연구』,『한국 대중문화와 문화산업』(공저),『한국 현대소설이 걸어온 길』(공저),『최인훈, 오디세우스의 항해』(공저), 역저『玩偶之城』,『중국 창족 신화와 전설』,『중국 인류학의 글로벌 의식과 학술적 자각』 등이 있다. 이밖에 시, 수필, 평론 수십 편 발표. 천지 신인문학상, 재외동포문학 가작상, 상상시 문학상 가작상, 동포문학 우수시인상 등 수상 경력이 있다.

중국 창족 서사시

초판1쇄 인쇄 2024년 9월 10일
초판1쇄 발행 2024년 9월 20일

엮고 옮긴이　허련화 許蓮花
펴낸이　　　이대현
편집　　　　이태곤 권분옥 강윤경 임애정
디자인　　　안혜진 최선주 강보민
마케팅　　　박태훈 한주영

펴낸곳　　　도서출판 역락
출판등록　　1999년 4월 19일 제303-2002-000014호
주소　　　　서울시 서초구 동광로 46길 6-6 문창빌딩 2층 (우06589)
전화　　　　02-3409-2060
팩스　　　　02-3409-2059
홈페이지　　www.youkrackbooks.com
이메일　　　youkrack@hanmail.net
字數　　　　141,341字

ISBN　　　　979-11-6742-762-5 03820